田 文 钢 作 品

珍贵的人间

田文钢 著

成都时代出版社

目录 Contents

清　明　…　001

民国爱情　…　013

春节随笔　…　019

珍贵的人间　…　035

朝　山　…　040

五通桥　…　045

手机·同窗　…058

如是我闻　…　066

金山寺古镇　…　071

第一次瓦泽乡之行　…081

瓦泽乡之行二 … 088

初　七 … 095

时间，去哪儿了？ … 099

生命 … 106

文字与图腾 … 110

瞭望青岛 … 117

瞭望青岛之二 … 123

故　园 … 128

时光里的过客 … 141

往事如风 … 149

从生到死 … 154

钢琴师吕布 … 158

碾子湾 … 165

鸟　窝 … 172

乡　愁 … 181

涤　公 … 189

大　寒 … 198

朝　圣 … 204

城市书房 … 207

文化与牛粪 … 211

读作家 … 216

都市芳华 … 238

熊　猫 … 243

齐邦媛 … 247

重　建 … 253

五通格式 … 257

若尔盖 … 269

寻找柳江 … 274

劫后余生 … 278

清　明

　　我喜欢在后院里靠围墙的地方，摆一张方桌，一把竹椅，一杯清茶，一本书，一副老花眼镜，然后，一个人坐在那里，一待就是一个下午。

　　围墙外面是一片茂盛的竹林和散落在岩壁上的几棵千姿百态的老树，老树扭曲的身姿和裸露的岩石相互挤压在一起，有些峥嵘的意思。

　　整个下午，竹林里都有风吹过。竹叶沙沙沙沙的声音从未停息，恰好是这种从未停息的声音，让后院里显得很是安静。

　　靠着围墙，我便有一种安稳和舒坦的感觉，这种感觉是从地上、从空中、从毛孔里慢慢渗透出来的，像温润的空气从四面八方凝聚到一起，形成露珠，最后又飞扬到空中，翻卷、飞跃，像极了竹叶。如同雨停了，屋檐上还在往下滴落的雨水，一头撞向地面，一头还连着屋檐。

　　这段围墙曾经是我们家老屋后墙的位置。那个时候，宽厚的土墙根一年四季都透着凉意。人靠在夯土墙壁上如同靠在大地上。我就在这截土墙的老屋里生活了很多年，度过了我的全部少年时光。

　　而今，这段已经修建了三十多年的青砖围墙替代了夯土墙的位置，反而更能让我轻而易举地想起过去的岁月，仿佛昨天就在眼前，时光没有一点不同。我甚至怀疑时间是静止的、不动的，没有过去，也没有未来。世间的一切，都像是一场梦。我们以顽童方式仰视或者祭奠我们的过去，盼望自己的未来。

所以,我很乐意待在这里。尤其是还抱着一本书,泡着一杯茶,听着风吹过竹林的声音。我的生命,已然精彩。尤其是,当我从镜子里看见两鬓新长出来的一缕白发的时候,心中顿时安静下来,且充满喜悦。

后院里,除了有一个空旷的地坝之外,还在屋檐下堆着些许杂物和几张父亲自己织的渔网。父亲织的渔网非常结实,非常漂亮。尤其是当渔网挂在屋檐的挑梁上时,总有一种奇特的东西会袭击我的记忆。

最惹眼的,是那个至少有上百年历史的木头柜子,紧靠着后院的墙壁,沉默了很多很多年。家里人都舍不得扔掉它,也舍不得打来做烧柴。因为这个古朴的柜子里装着我们田家一段远去的历史。这段历史,长久地蜷缩在我们的心里,似乎从未离开。

清光绪十六年,也就是1890年,那年春天我爷爷的爷爷,从一个叫河呷坎(磨池。之前是哪里的,就不得而知)的地方,来到碾子湾一个叫中坝呷的地方,花了一大笔银子买了一大块临河靠山的地,修建了一座气派的大宅子。

厚厚的夯土墙,高大的堂屋,笔直的房梁,厚实的木格子,用长条石砌成宽约三米开外的干沿过道。堂屋的大门也很讲究,中间是一道门槛很高的双开透雕花木门,左右的耳门也是双开的透雕花木门,只是尺寸相对小些。四根脸盆粗的木柱头,支撑着整个屋檐。每次推开这扇大门,都会发出浑厚的声音。声音里包裹着庄严和苍茫。以前祭祖的时候,人们分别站在两边,中间是香案。

尤其是那几扇用松木透雕、做工精细的窗户,成了我童年时光里最美好的记忆。因为,屋子外面的阳光,会被窗户巧妙地分割成漂亮的光束泻入室内,随着太阳的移动,从左到右满屋子跑。满屋子跑的,还有鸡仔和老鼠，还有我儿时沾满蜘蛛网的记忆。

记得我第一次见到那张泛黄的地契，应该是在三十多年前的一个下午。

昏暗的屋子里挤满了潮湿的味道，在这个很古老的方桌柜的抽屉里，我的手指无意中碰触到一个柔软的东西。取出来，拿到屋外一看，竟然是一轴包裹得很完整的黄色的宣纸。强烈的好奇心驱使我小心翼翼地摊开了这轴神秘的东西。

这是张清光绪十六年的地契。我的祖先们凭着这张地契，完成了他们人生中最光辉的一页。地契的字迹跌宕遒丽，令人惊叹。

上面除了许多田氏族亲以外，还有一些外姓见证人的名字。最显眼的地方，密密麻麻地盖了许多淡红色的印章。其中最大的一枚印章，是犍为县县令大人的。历史清晰而严肃地摆在我的眼前，我仿佛置身于他们中间，望着他们慈祥的微笑，如同望着天空的太阳。

现在想起来，三十年前的那一刻，就变得十分有意义了。那竟然是一个交接仪式，一个家族传承的仪式。是祖先们选择了那一刻，把田氏祖业清单交到我的手中。或者，是他们在以一种特有的方式，嘱咐我什么。而我想知道的是，祖先们哪来的这么多银子买下这么大块地？他们是做什么的？为什么要选择地势偏僻的中坝呢，而不是在交通方便的城镇？若干年后，我在某个大雨滂沱的夜晚冥思苦想，终于领悟到了祖先的意图：做人要保持谦卑的心态，要懂得安详的美好，要过安分守己的日子，要试图学会沉默，哪怕就是偏安于某个不为人知的角落，都不失为一种生活的智慧。

所购地界的划分非常清楚，地契上标注的地名至今未变。如果按照地契的标注，在当时，我们这个生产队的地盘几乎一半以上是我们家的。当然，时代早已更替，1951 年 6 月土改之后，这些土地就已易主。

至于这份家业是如何衰落的，很多年前，听裹着小脚的奶奶讲过。

我奶奶的一双脚像煮熟的泡馍，脚指头全部向脚掌心深度地弯曲过去，只剩下尖尖的脚背，从正面是看不到脚趾头的。小时候给奶奶洗脚，最喜欢伸手去摸奶奶的脚趾头。有三寸金莲的奶奶一张没有牙齿的嘴，总是笑呵呵地，不紧不慢地，给我们讲他们的往事。奶奶说，做人要讲良心，要做善人，要给后辈儿孙积点阴德。

我的爷爷年轻时就染上了吸鸦片烟的习惯，一天到晚，都躺在街上的烟馆里，不落屋。甚至有一次，吃完鸦片，没有钱给人家，被堵在烟馆回不了家。最后还是干马帮生意的姑公拿着钱赎回了他。姑公姓肖，是田家的姑爷、爷爷的妹夫，我们按辈分喊他姑公。小时候，我常见他穿着灰布长衫来我们家走人户。那时候，慈祥的姑公和我的爷爷就坐在我家的地坝边上，一人拿着一杆叶子烟，有一句无一句地吹牛。很多时候，根本没有说话，就那样长久地干坐着。

直到1949年12月14日，中国人民解放军第二野战军第16军47师攻占了金山寺，五通桥和平解放，市场上实在买不到鸦片烟了，我爷爷才迫不得已戒掉了鸦片。

对于这件事，我的爷爷从未辩解。我也没有听见过爷爷对于任何事情做过任何辩解。他对我们说得最多的一句话就是：善有善报，恶有恶报，不是不报，时候未到，时候一到，阎王就到。人啊，要多做好事。

爷爷是我们家唯一不会做农活的成员，这在我们当地农村是非常罕见的。一个农民不会务农，也不会任何一门手艺，要在农村立足简直是不可思议。从我能记事起，就常常看见爷爷身着青布长衫，端着一根三尺多长的烟杆，兜里装着洋火，一天到晚冒着白烟。我们围坐在他的身边，伸手去摸他长长的白胡子和烟管。爷爷慈祥而温和，从不发火。花白的长须，一直垂到胸前。家里人无论是谁做的饭菜，不管这顿饭做得好吃还是不好吃，盐放多了还是放少了，爷爷从不说话。

爷爷在一百岁的那一年，陪着他的亲家（我的外公）在堂屋里喝完人生最后一杯白酒，抽完人生最后一支叶子烟，坐在那把我父亲亲手做的躺椅上，安详离世。

祖先的背影，模糊而清晰。

他们翻山越岭，山一程，水一程，将这张薄薄的地契送到我的眼前，这中间需要多久的准备啊。而我，又拿什么来克绍箕裘，来回答这份期许呢？

这样的暗自纠结，深深藏在我心中，走了很多年，很多年，从未敢对人讲起。

回头万里，故人长绝。

让自己感到欣慰的，是有幸目睹了这样一张穿越时光的家族地契。也让我，可以望见祖先们温暖而自信的笑容。

唉，千古事，云飞烟灭。仅此而已。

而此刻，在这里，能望得见的就是被竹林遮挡住的山脊和时常停留下来的美丽的各种鸟，还有邻居三哥修了很多年的红砖楼房。偶尔，能听见三哥家传来劈柴和他们烧锅做饭的声音。要是在几年以前，还常常能听见他们家猪圈里被饿得嗷嗷乱叫的猪仔们尖锐的声音。如今，这些声音，都没有了。

围墙背后竹林坡坎上隐约可看出的两口土窖，是父亲当年亲手挖的，我也参与了挖窖和挑土。每年从地里挑回来的红薯，除了人吃和喂猪，大多就窖藏在了这个地方。要么陆续地翻拣出来当食物，要么留作来年的种子。当然，很多时候，窖藏在这里的红薯，也会莫名其妙地烂掉。

农村里不管是有门路的，还是没有门路的，很多人都不再养猪，不再养牛了。因为，按照传统养殖模式，喂养猪和牛的成本都很高，根本没有一点利润，也就失去了竞争力和喂养的原动力。

以前是农村包围城市，现在是城市"吞并"农村。被城市"吞并"的农村，大部分年轻人离开了土地，离开了传统农耕——大部分人不再喂养猪，大部分人不再喂养鸡鸭，大部分人不再种蔬菜，大部分人不再做手工豆花和传统食物。我们大多数人只能食用速食产品。原本要长八九个月才出栏的猪，现在只要三个月就上市。原本要长四五个月的鸡鸭，现在只要几十天。原本吃着五谷杂粮、青草野菜自然生长的猪、牛、鸡和鸭，而今它们唯一的食物，就是饲料了。它们吃饲料，我们吃它们。食物链的改变，让人隐隐担忧。原来是用母鸡孵出小鸡，现在的小鸡全部是温箱孵化，这些从出生就没有体会到母爱的小鸡们，骨子里已经丢失了什么，我无法知道。

现在农民们最多也就养着几只鸡、几只鸭，下几个蛋，要么拿去街上卖了，要么留着自己吃。地也种得很少，以前相互之间争边边争坎坎的吵闹现象，忽然就没有了。就连那些每天会按时升起的袅袅炊烟，也渐渐地断了。漫山遍野，除了大有燎原之势的野草，庄稼们显得力不从心。

我计算过，可能过不了二十年，我们这个地方就会成为一片荒山野岭。老人们会逐渐死去，年轻人全部进城，到那时，还有谁记得起我们生活过的老家和这片土地呢？

记不起，就是没了。空了。

当我读蒋勋的书时，他恰好写到"留白"。什么叫留白？蒋勋说"留白"就是一种对"空"深刻的理解。空，即是无，即是虚与实的关系，即是获得与失去。生命莫不是如此，有虚实，有有无，有留白。

所以，我感激我的老家，让我丰富、充实，让我获得，让我失去；让我听着竹林里的风声，想着屋檐上雨滴的眷恋，悄悄地心酸，悄悄地感动。

在我的鼓动下，父亲在家里养了一只猫。是从六姑妈家带回来的一只花白色的小猫崽。刚来的时候，这只小猫崽极为愤怒，和家里的任何人都不接触，警觉得跟面对仇人似的。我猜想，可能是因为它实在不愿意离开自己的妈妈和那个出生的地方。小猫崽除非实在饿得不行，才趁着没人注意，悄悄地溜到为它准备的食物处，狼吞虎咽地叼上几口，又迅疾不见踪迹。

这样的状态，持续了一个多月，小猫崽没有丝毫妥协的意思。

直到有一天，小猫崽自己不小心被窗户玻璃划伤了，鲜血直流。父亲亲自给它上药，给它喂药喂食，每天悉心照料，直到它的伤口痊愈。

父亲说，从那以后，小猫崽就变得非常温顺、黏人了，而且只对父亲特别亲近。遇到父母外出晚归，小猫崽都会跑到屋外的小路上长时间地趴着，望眼欲穿地等候它的主人归来。

有一次，有一位刚刚上班一年的员工哭丧着脸给我讲，和同事们很难相处。我认真地听完他的倾诉，告诉他：如果有人背后讲你的坏，这个人是你的老师，他很想帮助你，改正你可能没有发现的问题，你不要去怨恨他。相反，你要感激他。如果有人背后讲你的好，这个人是你的朋友，值得你用心珍惜。如果，你和一群人处不好关系，我想问题可能不在多数人那里。如果你感觉在这里上班很不开心，那么你完全可以选择离开。树挪死，人挪活，再没有比痛苦着上班挣钱还要煎熬的事情。我们的工作，表面上是为了谋生，而实际上是为了和这个世界相处。只不过，在这个相处的过程里，我们不要沉湎于种种烦恼。更不要把小烦恼任意地放大和揪着不放，你不放下烦恼，烦恼折磨的人，一定是你。那样的话，不值得。

我最后说：我们每一天都在给大家讲相同的一句话，要用心工作，要用良知去工作，要用知行合一的思想去工作。我们要有守一不移的恒心，更要有成就他人的爱心，才能庄严你自己。你应该认真地体会这些话，也许，能给你开启一扇风景不一样的窗户。

最后，他选择了留下。并和同事们相处得和睦。我发现，人的内心，有时候也像一只小猫崽，需要有人护理、疗伤。

今年的清明节，我们一家人驱车去了万里长江第一城宜宾。豪迈的金沙江和宽阔的岷江在宜宾城合二为一，成为万里长江的起点。这是一个了不起的交汇点。

这是一座生命力旺盛的城市。很多人记住这个地方，可能是因为这里盛产白酒和丰富的人文历史。而我记住这个地方，是因为一个叫李至的朋友。

这要从1999年说起，我来到五通桥做小生意，讨生活，混饭吃。

当时没有本钱，靠着力气给人送水为生。

一年三百六十五天，没有一天休息。这种状况持续七年之久。直到最后，我卖掉了水行。回到家时，儿子嘟着嘴嚷着说，这是第一回有爸爸在一起过年。七年。我听时，忍不住眼泪汪汪，以至于多少年之后，依旧无法释怀。

印象最深刻的，是那时候每到大年三十的这天，家家户户都齐聚在一起，把酒言欢，共享天伦；而我，却依旧在寒风里开着那辆二手摩托车，往人家家里送水。

楼层矮的还好，遇上楼层高的人家，就得扛着水桶一步一步地给送到七楼或者八楼，少走一步，都无法完成任务。很多人家里过年客人多，对水的需求就大。有时候，由于长时间没有能把水送到，会被客户劈头盖脸地一阵奚落，甚至是辱骂。

水没能按时送到的原因，有时候，是因为自己着急走错了单元，又折回来，重新爬上七楼或者八楼；有时候，是因为实在是忙不过来，耽搁了送水的时间。然而，有一些客户是不会理会这些原因的，他们仗着有钱或者其他的原因，总是粗暴地责难和辱骂。如同阿来先生在《尘埃落定》里描写的麦其土司的傻儿子一样，那个被卖给权力与他的领地一样大的土司的汉族女人和烂醉之后的土司睡觉后生下的傻儿子，坚定地认为：作为王者，心灵是多么容易受到伤害。此处的"王者"，在我的理解，就是现在某些有钱的暴发户们，养尊处优的他们，是多么容易感到伤心。所以，他们表达伤心最直接的办法，就是责难和辱骂。有钱人的形象，在我心中始终是一个结，他们除了唯一可以证明身份的刺眼而粗实的金项链，就是暴躁的坏脾气和傲慢的眼神。什么时候，如果有钱人能变得谦逊和柔和，那么我们的社会才能算真正进步了。

我十分清晰地记得，有一次，被一个酒气熏天的客户辱骂之后，我从地上默默地捡起了那张皱巴巴的沾满屈辱的五元钞票，一言不发地走下楼。我在大年三十夜晚的街道上，在此起彼伏的鞭炮声里，迎着新年寒冷的风和雨，泪流满面。

回到租住的岷东小区的八楼，我还要加班把飘雨的窗户修好。因为我的房东隔三岔五就要来检查他的房子，看看有没有被我们这些乡坝头的人整坏了。他不放心得很。我记起刘姥姥对贾母说的那句话："谁知城里不但人尊贵，连雀儿也是尊贵的。偏这雀儿到了你们这里，它也变俊了，也会说人话了。"妙玉还对宝玉说，刘姥姥喝过的水杯也要打几桶水来洗干净扔出去。

尽管房东也只是川盐化的一个下岗工人。他除了这套住房之外，还有一套狭窄而潮湿的两室一厅自己住着，然后就剩一辆三轮车维持生计了。他说，他这辈子能把肠子都悔青了的一件事情，就是把当时川盐化分给他的原始股票像卖破铜烂铁一样卖给了邻居。因为他当年根本不相信那张薄薄的破纸片在 1993 年会成为西南第一家上市的股票而身价飚增。为此，痛失一夜暴富的他，差点哭瞎了眼睛。

痛定思痛，我的可怜的房东只好用卖掉原始股票的钱买了一辆三轮车，开始了风雨无阻的新生活。而他的邻居早已在成都和北京置下了房产。这位房东傲慢而生硬的面孔以及他对社会的怨愤，那时候在我眼里，都是一栋高不可攀的楼。

这是我人生历程里遭受的苦难。我时常告诫自己，即便是一颗心在淌血，也要忍耐，要宽容，不计较。生命里的每一次流泪和诘难，说不定，都是上天赐给自己的礼物。我还相信，所有失去的，都会以另外一种方式归来。从此之后，什么样的苦，什么样的难，我几乎都可以熟视无睹。

那一年，需要购买一批食品级的水桶，差很多钱。就在我焦头烂额、无计可施的时候，就是李至这个和我仅有一面之缘的朋友慷慨地借给我五千元钱，帮我渡过了难关。

后来由于五通桥发电厂倒闭，人员分流，工作调动，他们一家去了宜宾，去了那座神奇的城市。我们两家人就少了往来，然而彼此间的问候，却成了辽阔生活里温暖的点缀。

她原来的单位是五通桥发电厂，建成于 1938 年，当时叫岷江发电厂。

乐山和五通桥开始使用电就始于此地，时间是 1919 年。据说是为了监督以盐税款偿还袁世凯政府 1913 年向英法俄德日五国的"善后大借款"，在北京设立了盐务稽核所，五通桥设置稽核支所，由以上五个国家的洋职员在所里掌握实权。这些洋人不习惯夜间无电灯的枯燥生活，在 1919 年，由英国人安装了一台三千瓦的小型柴油发电机，开启了乐山和五通桥一带有电灯的先河。国民政府原来打算在乐山、犍为、马边、峨边一带开发工业区，设想在此建设军工、钢铁、化工等企业。尽管未能实现，但五通桥发电厂就是在这样的背景下筹建了。

后来，她唯一的宝贝儿子竟然患了一种全世界都罕见的病，叫肌萎缩侧索硬化症，生活完全无法自理，也根本无法治愈。孩子只能蜷缩在轮椅上，衣食住行全靠她和丈夫悉心照料。

善良而乐观的她从未放弃，精心地护理着渐渐长大的孩子，从初中开始，一直到孩子大学毕业。在学校期间，孩子受到了学校老师和同学们的善良对待，其中很多故事感人至深。而这期间的艰辛和悲苦，是常人难以体会得到的。这孩子读书十分用功，当他带上博士帽的那一天，我从微信上看到李至发出的朋友圈，禁不住眼眶湿润。

孩子的奶奶告诉我，和孩子患有同样疾病的人，几乎都早已不在人世了，孩子有现在的成绩，全靠着她的儿媳细心照料。

奶奶说这话的时候，眼睛一直看着窗外，似乎在讲一个和自己无关的悲剧。而我，却不能长时间地打量奶奶的神情。

"我泪犹可拭，母哭不可闻"，我害怕看穿一个老人深埋于内心的痛！

谁能知道，祸不单行。

年纪轻轻的李至又被医院诊断为乳腺癌。这对他们的家庭而言，简直是屋漏又逢连夜雨。在手术室里经历了生死的她，虚弱得像根被霜打过的稻草，脸色苍白，却依旧坚强。

见到我们全家人的那一刻，她就半躺在儿子的身边，像一盏快要燃尽的油灯。一个家里，躺着两个重症病人，无论是谁，看了都会揪心。

她还兴奋地坐起来，和我们说话，说自己的病情和痛楚，也说些高兴的事情。

她说，昏迷的时候，她竟然见到了黑白无常。他们对她说，你这么年轻如果死了，罪孽就大了，就得下地狱。你看这些窗户里受苦的人，就是在活活受罪。你的儿子和父母还需要你，你要活下去。

李至说这话的时候，又天真得像个孩子一样。笑容在她苍白的脸上荡漾开来，又被疲倦的皱纹收拢。我们认真地听着，鼓励她。好在，她有一个大大咧咧、和她一样开朗的丈夫，否则，我真不知道他们一家该如何面对。这时候，躺在旁边的孩子对着我们友好地笑了笑。

我的心，被石头压着，非常难受。又被荆棘刺得血迹斑斑。

所有的生命，都会变成"曾在"。不管我们看得透还是看不透，还是不想看透，还是假装看透，都是一种执着。这样的执着，像手术刀一样，刺破我们的身体，却无法修复我们的喜和悲、得和失。

清明，也叫寒食节。

意思是，这一天，人们都应该禁忌烟火，只食冷食。

这是古人对恩情的最高礼遇，也是中国人重情重义的传统美德。按照古人的说法：万物生长此时，皆清洁而明净。

我愿他们苦难的一家，在这万物生长之时，苦尽，甘来；清洁，明净；祥和，幸福。

从宜宾返程，面对灯火阑珊的长江两岸，我一言未发。

后记：2019年5月16日这天，妻子收到李至发来的一条微信消息：孩子已经于前天走了，今天火化。我的眼眶瞬间湿润了！

民国爱情

读完梅莉写的陆小曼，我拿起笔在结尾的地方写下了两行字：读懂陆小曼，怕只有梅莉了。

这本《民国温柔》，从一个女人的视角给她的读者展现了很多我们没有看见过的东西。这些东西带着浓郁的民国爱恨，斜斜地、歪歪地钻进我的心里，迅速扎了根，凶猛地生长，扯都扯不掉。如果要生生地扯掉，肯定会流很多血。

那些年读过的民国，那些年听过的才子佳人，都仿佛在这本书里被盐水卤了一遍，变了色，变了味，却更有味道。

这股味道，令人心疼，让人可以眯起眼睛回味很久很久。就像一个酒鬼嗅着酒香，一个琴师听见琴音，一个画师打望一张作品一样。所以，我喜欢梅莉的温柔民国，比喜欢一道卤菜更多一点。

陆小曼的名字，本来就裹着哀怨，有烟火之气，从徐志摩的诗里跌入人们的视野，原本就有了伤痕。却不愿意，让人们看清楚伤在哪里。

不愿意让人看见的伤，才是真正的伤！不愿意让人看见的爱，不能说那不是爱！

很多人都可能和我一样，只看见了诗人，只看见了林徽因，还有那首被许多人沉迷了很久的《再别康桥》。轻轻的我走了，正如我轻轻的来，我挥一挥衣袖，不带走一片云彩。康桥，成了民国的一道风景，也成了很多人心里的一道风景，被徐志摩抹满了柔情，又被时光谱上了曲，成为经典，被世人传唱。

却忘了，还有一个人，在以爱情的名义，泪流满面。

她，就是陆小曼。

这是一个才华横溢、风情万种的女人，一个让"中国白话文运动之父，新文化运动的领袖，三十二个荣誉博士学位的获得者"，曾经当过北大校长的胡适都心猿意马过的女人，一个做过大画家刘海粟学生的女人，一个给北洋政府外交部做过翻译的女人，如此的一个女人，放在今天，就是"女神"。

有几个男人可以面对"女神"无动于衷？反正，徐志摩是真动了心。

民国的诗人，好像都很有名。特别是他们写的那些个现代爱情诗，让人怀疑那个年代的男子都十分的多情，都万分的风流。他们骨子里没有顾虑，只有爱。

作家丁玲曾经说过一句话："那时的结婚并不严格，同居和结婚没有太大差别。什么叫思想解放？我们那个时候，谁和谁好，搬到一起住就是。"

丁玲所讲的民国时代的自由，既高贵又低俗，既浪漫又悲催，既真实又虚幻，既热烈又冷漠。

这种情形，让我想起《诗经》里的那些描写："窈窕淑女，寤寐求之。求之不得，寤寐思服。悠哉悠哉，辗转反侧……窈窕淑女，琴瑟友之……窈窕淑女，钟鼓乐之。"《诗经》里描述的对爱情的追求不是琴瑟，就是钟鼓；不是寤寐思服，就是辗转反侧。

也就是说，从古至今，人们对爱情的追求从未改变过方式。

也不用改变方式。

也改变不了方式。

可以什么都不顾及，又仿佛什么都要顾及。空留下一地的羽毛让风一吹，被阳光一照，色彩斑斓。陆小曼狠狠地爱过一场，酣畅淋漓，不管不顾。像风吹过的麦浪，像雨淋过的秋草，让人触景生情。

就像许多人会有预感一样，陆小曼对自己爱着却苦痛着的诗人说过一句带有宿命的话，如果徐飞机失事了，她就做一个风流寡妇。她要用身体去报复徐志摩，报复这个让她恨爱交加的男人，这几乎是一个女人捍卫爱情的最后一把武器和底牌。而这把武器往往是既伤了自己，又会伤了别人。

她说这句话的时候，发疯地把烟枪掷向了徐志摩，打碎了诗人的眼镜。

镜片，落了一地。

也打碎了他们因为文学浪漫而垒起来的婚姻。

她是真不愿意他搭乘那趟免费飞机的。更何况，徐志摩是要搭乘这架飞机去北平参加林徽因的一场关于建筑艺术的演讲。说到底，徐志摩还不是左手搂着陆小曼，右手，仍旧伸向林徽因，尽管那时候的林徽因已经是梁思成（中国著名建筑学家，清华大学建筑系主任，曾参与联合国大厦设计，中国古建筑保护的探路者）的夫人、大名鼎鼎的梁启超的儿媳。

有时候，女人的第六感觉很可能成为现实。不管你信，还是不信。

一如《时有女子》里的一段话："我一生渴望被人收藏好，妥善安放，细心保存。免我惊，免我苦，免我四下流离，免我无枝可依。"陆小曼，要的就是这。

而这，没有如愿。没能如愿。如何能如愿。如不了愿。

陆小曼不是一般的女人，尽管她在爱情的雨巷里进退两难、欲罢不能，但仍旧不遗余力地兑现着自己的爱。

结果，陆小曼一语成谶。诗人真的坠机，先她而去了。陆小曼却并没有去做风流寡妇，而是从此铅华洗净，戒烟作画，素面朝天。

而当徐志摩坠机的噩耗传来，前往接机的林徽因当场晕倒在地。

后来，人们看到的是，徐志摩长满野草的坟前，每天都会被一个忧郁的女子（陆小曼）放上一朵花。这一放，就是三十年。

"多少前尘成噩梦……万千别恨向谁言……"徐志摩为爱死了，坟前却有一个爱他的人（陆小曼）三十年如一日地祭奠，还有什么值不值？

人之一生，最解释不清楚的问题，就是爱情。对于婚姻，有人说，只有爱情是不够的，还需要忍耐。不学会忍耐，很多婚姻就会半途而废。不是废于朝夕相处的疲倦，就是废于柴米油盐的现实；不是废于喜新厌旧的刺激，就是废于灯红酒绿的迷离；不是毁于相互猜忌的男欢女爱，就是毁于嫌穷爱富的一刀两断。所以，对于爱情，还应该有一份坚守和信心，这份坚守和信心，即是对初心的守望与忠贞。

我知道，这个世界上有很多人，也包括我，都曾经被徐志摩和林徽因的爱情故事深深吸引、感动和惋惜，却忘记了人家梁思成。梁启超对拜他为师的徐志摩那放荡不羁的性格也非常了解，他也清楚徐志摩离婚之后想娶的女人就是他为自己儿子相中的女人林徽因。所以，任公提笔给徐志摩写了一封真知灼见的长信，目的显然是为了保护梁思成和林徽因。信中说："万不能把他人之苦痛，易自己之快乐"，更不能"沉迷于不可得之梦境"。而徐志摩的回言是："我将于茫茫人海中访我唯一灵魂之伴侣，得之，我幸；不得，我命，如此而已。"

我们的生活里也会遇到类似于面包和爱情的两难选择，而细细一想，人和人的命运是多么的相似，人和人的情感之途是多么的近似。很多人缠绵悱恻地爱了很多年，结婚的时候，却不是这个人；很多人天荒地老地爱过一个人，却没有在对方的心里溅起半朵浪花。

梅莉在书里写道，如果陆小曼没有嫁给徐志摩，她的人生绝对不会背负那么多的骂名、留下那么多的是是非非。她忍受着世人的白眼和责骂——让一个空前绝后的多情才子殒命于空难。我却觉得，这是世人对她的误解。因为，人生，哪有如果，哪有绝对。

根本没有辩解的陆小曼，含着泪说过："他是为我而死的。"

这只是陆小曼的看法。

实际上，在我看来，徐志摩是为自己而亡的。

他这一死，一了百了。

谁把爱看得高于一切，谁就会为爱而死。谁把钱看得高于一切，谁就会为钱而死。谁把仇恨看得高于一切，谁就会为仇恨而死。所以，徐志摩死得其所。寿夭多因诽谤生，多情公子空牵念。

还是林徽因的儿子说了一句意味深长的话——

"我觉得徐的生命结束，也算是上天的安排了。"

这句话，应该是当局者迷，旁观者清。问题是，林徽因的儿子是旁观者吗？

而爱，本身就是一个谜。有的爱，和情有关；有的爱，只和身体有关。

你不是在迷中开花，就是在迷中走失。

劫后余生的陆小曼，余生都和一个和她有感情而没有爱情的有妇之夫一起走过。在我看来，陆小曼，没有辜负自己，也没有辜负徐志摩。

宋代有一个叫张先的人说："莫把幺弦拨，怨极弦能说。天不老，情难绝。心似双丝网,中有千千结。"

一个结,就是一件心事,上千个结,得有多少件心事?而恋爱中的人,恰恰是在这千千结的网中央,哪个能挣脱得出来?

挣不出来,就如同飞蛾扑火。

民国的舞台上,才子佳人层出不穷,他们的绝代风华,抚慰了我们远望的双眼。

"厚地高天,堪叹古今情不尽。痴男怨女,可怜风月债难偿。"他们的爱恨情仇,如一颗颗闪亮的星星,划过人间,留下长长的耀眼的光芒。

我端坐在庚子年正月的一个夜晚,默默地翻看着梅莉的这本《民国温柔》。

院子里除了悄无声息的灯光和刚刚冒出泥土的花草,空无一人。

夜,很冷了。

春节随笔

今天是2019年农历（己亥年）的大年三十。老家后院子里非常安静，泛着青光的水泥地面上，落满了树叶和竹叶。几只觅食的小鸟，沿着围墙根起起落落。

屋檐下，挂着父亲的渔网。初七仍旧和往常一样，蜷缩着柔软的身子躺在围墙的角落里，做着猫的梦。

现在很少有人去招惹它，它也不大主动来黏人。初七已经适应了农村的生活，像个乡村孩子一样成了地牯牛。只有在我扫地的时候惊醒了熟睡的它，它才不耐烦地伸着夸张的懒腰，等我扫了地上的落叶，又回到原处。它的日子，安静得要命。

刚开始被送回老家的初七是骄傲的、清高的，坚决不吃老家那只小花猫的食物。虽然两只猫很快成了朋友，而食物却分得很清楚。你吃你的粗茶淡饭，我吃我的西餐猫粮，好像是事先商量好了的一样。

由于我们工作的忙碌，好几次不能按时给初七送回它的猫粮，致使这只有着英国血统的贵族猫在忍饥挨饿了几天之后迫不得已地决定改变食谱，和那只小花猫同锅搅食了。这个情况，是我们万万没有想到的。

随之，原本乖巧的初七变得懒散和任性。它可以毫无顾忌地躺在任何一个地方以任何人都想象不到的姿势报复性地蒙头大睡。特别是那种伸直了四肢如同一张煎饼一样趴在地面的睡姿，实在是有损一只猫的形象。我甚至恶毒地想，它这是故意给我们看的。

它以前看见我们那种熟悉的调皮的眼神，竟然被老家后院竹林里的风吹得荡然无存了；被老家散养的鸡鸭们横冲直撞的习性，消磨得干干净净。它有了一点少年老成的猫的样子，还常常悄无声息地走来走去。唯一没有改变的，是它始终优雅而高贵的步态，令人称奇。

一年又一年，农村过年的那种浓浓的味道，在慢慢消退。记得小时候，一到过年，鞭炮声此起彼伏，锣鼓响器一起上，漫山遍野都是过年的声音，漫山遍野都是奔跑的问候，漫山遍野都漂浮着美味佳肴的香气，直钻鼻孔。这种味道，令人陶醉。这种味道，让人满足。连猪圈里的架子猪都比平常食欲要好，吃得特别多，肚子鼓起来像提前长了膘一样，走都走不动，让我误以为猪肥了要出栏了。各家各户的狗也变得友好了许多，不再像往常一样相互不认黄地狂吠，甚至打斗撕咬，而是成群结队地互相追逐嬉闹。

最让我们这群小孩们兴奋的是，那时候每到过年，生产队的库房晒谷坝里都要来一伙河南人耍猴戏。耍猴戏的河南人很厉害，能让猴子们模仿很多人的动作和行为，比如骑自行车、翻跟斗、敲锣鼓。另外，还有魔术表演和气功表演。

我印象深刻的是那个表演魔术的人，能把他手里的钱变到现场观众的腰包里，这个总是引起大家伙的啧啧称奇，也引起了我无数次的遐想。气功表演是把一块要两个成年男人才抬得动的大石板，抬起来，放在一个躺在地上的人的光肚皮上。然后把一个二锤高高地举起，夸张地猛击在石板上。顿时，火星四溅，石渣横飞。一次，两次，三次，石板终于断裂成两块。而地上的那个人居然毫发无损，一跃而起，在众人的惊叹声里频频向观众致意。

然后，那只表演了猴戏的猴子会戴着一顶不知道是哪个朝代的官帽，吊着两根长长的假耳朵歪歪斜斜地走出来。还捧着一个锣鼓，让鼓面朝向下方，就自然成了一个铜钵，晃动着身子逐一向人群讨要赏钱。那个姿势，就是活脱脱的一个人。如果发现帽子歪了，猴子还会赶紧扶正，动作让人忍俊不禁。

那时候，年过得很慢，也喜庆。

那种和土地唇齿相依的东西，如同烧红的烙印一样，刻在了我的记忆里，挥不去，也寻不见。

吃过午饭，我一个人沿着长田（以前这条路是一块栽秧子的水田，因为依山环绕，狭长得很，中间窄的地方我们小时候都可以跳过去跳过来，所以叫长田，后来修成了机耕道）公路，揣着新年红包去看我的六孃（我父亲的六姐）。老人一个人在家，老表们要么出去打牌了，要么在外打工没有回来，偌大一个房子，她独自坐在地坝里，安静地守着她的家，守着她的岁月。地坝里有几只母鸡好像刚刚从坡坎上觅食回来，浑身湿漉漉的，原来漂亮的羽毛弄得很凌乱，没了往日的风采。

六孃听见响动回过头来，看见是我，笑得很开心，很慈祥。

从六孃家回来，我又去了一趟隔壁大大的家里，给老人家也送了一个过年红包。她那被岁月挤干了水分的脸上，有我终生难忘的过去——是一个人不该忽视的亲情。无论这份亲情是轻还是重，它都如同一张明信片，始终会寄给我，我会在未来的时光里，定期或不定期地收到。

三十午饭的时候，父亲说，今天的日子好，下了雨，又出了太阳，今年开春的雨水会好，庄稼好种，无水也可插秧。父亲知道的很多，我不知道只上过初中的父亲为什么能晓得那么多的事情。

隔壁三哥也说，昨天就看见他家的猫跑出去起草（交配）了。这个春天,来早了点,连猫都提前叫春了。用不了好久,又要生一群小猫仔。以前的小猫仔还能卖几个钱,现在没人要了,只能到处送人养。因为以前各家各户的粮食几乎都是用木桶或者竹篾围栏装的,耗子可以轻而易举地咬破这些装粮食的农具而填饱肚子。这种情形下,几乎每家每户都得喂养一只猫而且是要闭水(管事)的猫,才能让耗子们有所收敛,才能守得住粮食。所以,那时候的猫值钱。

七月流火,九月授衣。在父辈的眼里,万物都是有规律,都是有秩序的。即天开于子,地辟于丑,人生于寅。比如他们常说,清明要明,谷雨要淋。小满不满,芒种不管。重阳有雨看十三,十三无雨一冬干。雨打二十五,后月无干土。毛星毛月秧水漫缺。有雨天边亮,无雨顶上光。天上明晃晃,地上水汹汹。甚至还有狗打喷嚏天要晴。我们都逃不开这种秩序和规律,包括人生。有天地然后有万物,有万物然后有男女,有男女然后有夫妇,有夫妇然后有父子,有父子然后有君臣,有君臣然后有上下,有上下然后有礼义。

有时候,我们总是鼓励自己要奋斗,要有理想。其实,每一个人的奋斗和理想,哪一个能逃出这些规律呢?逃不出的,我们没有谁逃出了老祖宗早已道破的天机,也都生活在老祖宗的注视之下,自觉或不自觉地奔忙。

如同张爱玲所说:"好像我们能做得了主似的。"她说得很对。我们能做主的事情,并不多。

新型冠状病毒的袭击,又一次让人痛心和恐慌。只不过,这次的天灾,国家的应对非常坚定和有序。我们生活在一个伟大的国家,并处在一个伟大的时代,要学会知足。

传说病毒可能源自人类食用野生动物。这个消息,对那些以食用野生动物为贵的人来说,应该是一次警醒。那么多的家禽,都不足以填饱我们的肚子，还要不择手段地去寻捕野外的猎物吗？是为过。

听说一个人的口腹之欲是有定数的，一个人的福分也是有定数的。在我们不长的人生之路上，要均匀地分配，才能寿终正寝。比如，同时购买一台汽车，你一年就跑了十万公里，人家十年才跑了一万公里，你的车损耗肯定比人家的车快。所以，该省的，还是省一点；该慢的，还是应该慢一点。

速度快了，我们就无法体会到食物的美味；速度快了，我们就无法看清楚沿途的风景；速度快了，我们就无法享受恋人的温柔；速度快了，我们就无法理解书中的意思。

我们这个地方的人在送别客人的时候，总爱说一句话："请了，请了，一时的都请了。您慢点走！慢慢地走。"多好的祝福，多深刻的含义。

老祖宗还说，惜衣惜食，非为惜财，原为惜福。这也是规律，其实也是告诫。

这份规律，来自敬畏。

我站在空无一人的乡村小路上，望着四周逐渐荒芜的田地和山林，遥想若干年后的某一天，我们全部的梦想和为之努力的土地，还有刻骨铭心的眷念、亲情，都会被野草淹没，被时间遗忘，顿时感觉茫然而无助。

唉，我放下过天地，却从未放下过你，我的故乡啊。

风，从遥远处吹拂过来，河谷里的竹林和树梢随风摇摆，这种优美的姿势让我联想起了风柔和的样子。一群白鹤自由地飞翔在田野上，寂寥冷清，山寒水瘦。

我被时光遥望，却不得而知是否会被怜悯，是否能见证人和自然更替时无与伦比的美。

我冷冷地望着我的土地，紧紧地抱着双臂。天地之间，谁都是渺小的。

一个人，经历的事情越多，内心会越孤独。

这个世界上没有人可以和自己分享这种孤独，更没有人能理解这种孤独。尤其是，对于一个拼搏在商场的人而言，很多苦，不可言说，很多难，不可言说。我觉得活佛仓央嘉措说得很贴切——一个人需要隐藏多少秘密，才能巧妙地度过一生。至少我，没有能够坦荡到问心无愧。有人说，没有苦难就没有辉煌。这是定律，也不是定律。因为有无相生，难易相成。

那天，好友老万拿着牌，讪讪地说："年轻的时候很疯狂，关键是那时候，我还很有钱。又身在一个急速蜕变的时代，没办法呀。"

我明白他的"没办法呀"指的是什么。

他端起茶杯，呷了一口水，接着说："前些日子，我开始研究《易经》。还颇有收获。嘿，给驼背儿算了一卦，卦象显示为鼎卦。啥子叫鼎卦呢？意思是说，这个鼎会摔坏，然后，又还可以修复。当时，也没有把这件事情说破（实际上，也没法说破。我后来鼓励他继续研究，只要火候到了，就能说破），就谁也没在意。结果没过好久，驼背儿竟然被车撞了，严重骨折，命悬一线。大家都认为，他娃这回死定了。然而没过好久，驼背儿居然奇迹般地康复了。现在回过头来看这件事，当时易指鼎会摔坏也可修复，是否就是一种卦象？"

这就是一种卦象。

我惊讶于他的卦象推演。同时，也想到了古人相人的故事。尧取人以状，舜取人以色，文王取人以度。就连渭北刀客杨虎城在人生失意的时候，也专程派人求教于民间高人牛道濂老夫子。说那天，站在小酒馆喝得醉醺醺的牛道濂望着来人，一语未发。只在纸上歪歪斜斜地写了几个字，交给杨虎城的卫兵让其带回，"重用名字里有山字的人。"因为云从龙，虎凭山。杨虎城果然就起用了一个叫王一山的人，其事业从此发达。

老万用秀气的手指敲打着桌面，又推了一下眼镜，继续讲：

"还有一个案例，卦象显示周三夫妇二人的命程是不可能合在一起的。即便合在了一起，也只能生个姑娘，而且婚姻迟早也会破裂。有了前车之鉴，这个卦象，我就没有敢告诉他们实话了。谁晓得半年之后，果然分道扬镳。女儿随了父亲。如此准确的易经推演，我吓了一大跳。从此之后，不敢再给任何人算卦了。"

他讲此话时，鼓着眼睛，一脸惊奇。

我明知故问："为什么？"

他含糊而诚恳地说："天机不可泄露。泄露天机的人，是会遭到天谴的。"

甄士隐说过："玄机不可预泄。"

故而我说："我知道了。"很多专门替人算命解卦的人，似乎结局都很差。孔夫子也说过："不占而已矣。"这里的"占"，就是占卜的意思。有一位西方哲人说过："如果人不是从1岁活到80岁，而是从80岁活到1岁，大多数人都可能成为上帝。"

十多年没有打牌的老万，江湖之气荡然无存。今天之所以又想打牌，而且是非要主动约我打字牌——尽管我不爱好，他依旧要安排一场与生活无关的牌局，完全是想帮我放开所有的羁绊和累，释放一下淤积在身体里的垃圾，恢复我的元气。

我才明白，他一直在注视着我。

而我也明白，我的元气被什么损伤，难以修复。但对这份兄弟之情，却心存感激。

我不说出来，除了微笑，什么都不说。

我喜欢沉默,更迷恋这种沉默的感觉。什么都不说出来,并不代表什么都不知道。而是以沉默作为回答,比之于滔滔不绝的宣讲,更具有旷日持久的力量。

于是,造就了我少言寡语的性格。而恰恰是这种性格让我朋友很少,圈子更小。

朋友少,却非常牢固。因为我坚信,只有经得起时间和金钱检验的朋友,才是朋友。只有一起经过了枪林弹雨的战友,才能叫战友。那些在酒桌上比谁喝得多才算豪迈才算够意思的朋友,不会是朋友。一个被酒精烧焦的人,能有几句可以兑现的话?

有人说,把自己灌醉有两种可能:一种是高兴,一种是悲伤。我觉得,应该还有一种,那就是表演。

吃了晚饭,回到五通桥已经天黑了。我要准备一下明天一早去多宝寺帮忙。已经好多年了,每年的大年初一,我都要去庙里帮衬照修法师迎接来寺庙烧香拜佛的人,给他们提供一些绵薄的帮助,打个下手。

多宝寺始建于清乾隆年间(1736—1795),为峨眉山大坪净土禅院的下院。传说王母娘娘曾在此藏有许多宝物,并派乌龙镇守。因而此山又叫乌龙山。"乌"与"五"同声,后逐渐演化成为五龙山。清代拔贡陈蕴华有诗云:"听余梵放疏钟动,画出僧归一杖闲。却与峨眉分半座,华严苍翠石斑斑。"陈蕴华还有一首《多宝寺题壁诗》:"剧怜印度凌夷盛,我佛东来大有心。"原来都说佛法西来,在此却是佛法东来,为什么呢?因为岷江河是当时五通桥的水路要道,逆流而上的各种文化当然是从东而至。这样就可以解释清楚陈蕴华为什么说是佛法东来了。

清光绪年间(1875—1908),五通桥盐场大使牟思敬和好友余云犀某日同游多宝寺,也按捺不住诗兴大发:"幽邃多宝寺,传闻万岭中。舟行二十里，遥见树葱茏。置身名利场，到此思无穷。夕阳忽西逝，枫林分外红。"洋洋洒洒几十个字，竟然成了后人追寻旧时光的蛛丝马迹。

另据记载，当年龙觉法师在五龙山始建寺庙时，开工动土即挖出唐代佛像数尊，其中一尊为多宝如来佛像，故取名为"多宝寺"，也称"小乌尤"。

在《五通桥八景》里有载"石门背后藏多宝"，便指的是这里。自建寺起，墨客文人，高僧大德，吟咏诗文，载于史册者，不绝于缕。民国三十三年（1944），五通桥著名的书法家袁子鉴在其竹根滩"乐野堂"撰写的《五桥山水记》就有"桥东里许，有多宝寺，建于山脊，清代丛林也。寺周青松古秀，丛林郁勃，遥望一湾流水，清如明镜"的描述。袁子鉴，原名袁烈成，其父以经营煤炭为业，也算殷实人家。袁子鉴于民国四年（1915）考入四川高等师范学校，后至北京高等师范学校深造。毕业后经黄埔军校教育长邓演达介绍加入国民党。后出任国民党犍为县党务负责人。他深感三民主义推行的艰难，遂去犍为县中学教书。民国二十八年（1939），袁子鉴回到五通桥，在犍为盐场私立通材中学任教，不再过问政治。后应邀为五通桥市文化馆题写了"文化馆"三个大字，如今字已不知下落。

由于时局动荡，多宝寺毁于一旦，仅剩庙前两尊石狮。1994年，五通桥区人民政府批准"同意恢复重建开放多宝寺，作为我区佛教活动的正式场所"，信众恭请遍能和尚考察建庙基地。遍能和尚来到五龙山，见奇峰秀丽、山青水明、曲径通幽，又远离尘嚣，具备超凡脱俗之景象，更有深厚的文脉佛缘，故，确定原址重建。

五龙山多宝寺风水极好，藏风聚水，无极而生。

山脊有庙称八功德水井一口，常年泉涌不断。2016年6月，我有幸参与了该水井的清淤工作，目睹了井壁上雕刻于清嘉庆丙辰年（1796）的一段文字，文字末称住持隆觉和尚书名曰五龙水井，故确认此井即是五龙水井。我还看见那股手腕粗的泉水就是从一个猪嘴状的龙嘴里喷涌出来，汇聚在井里，然后向山下流淌，汇入茫溪河。这口井，应当就是《四川盐政史》里记载的五龙吐泉，"传说五龙山上有个龙池，池壁上方有个龙头，从龙口里吐出龙泉，长年不断，人们将之称为'五龙吐泉'。吐出的清泉，流入茫溪河。"也就是说，八功德水井就是五龙水井。而这个五龙水井的"五"字，就成了后来五通桥地名来历的一个重要伏笔。

据史料记载，明末清初，永通厂（实位于今井研王村一带）盐井逐渐干涸，产量陡降，日益衰落。到清乾隆九年（1744），这些精明的井灶户们逐渐把目光向红豆坡、辉山井一带转移。在红豆坡骡子坎（今老井坡）成功打通第一口盐井后，居然接二连三地打出了许多口新井。这些盐井大多分布在多宝寺周围。据嘉庆《犍为县志》载："乾隆十四至五十一年，招灶民杨一贡等开井1120眼，煎锅1617口。"

因为五龙山地处当地产盐中心，那些来自井研王村一带永通厂的井灶大业主们就把红豆坡、辉山一带的盐场改名为五通厂。去掉了原来永通厂的那个祈求永远财运亨通的"永"字，加上了和佛教有关联的五龙山的"五"字。这个"五通"二字，在当年那些井灶大业主们的心中，我猜想，一定含有五行相通的意思。

于是，"五通"二字，在此首次出现。

而且，20世纪60年代初，在五通桥宝庆街（今工农街）发现一块清乾隆二十三年（1758）的石碑，碑上刻有"五通厂"字样。另嘉庆《犍为县志》载："五通桥，县东北八十里，通乐山，长六丈四尺，高一丈六尺，阔一丈五尺，乾隆五十八年修，今为盐荚聚会之所。"此桥即今天的两河口老桥，由桥名而演变为地名。所以，五通桥地名的出现，应该是在清乾隆五十八年至清嘉庆五年之间（1793—1800），距今已有两百多年的历史。

值得一提的是，抗战期间，一次就疏散了一千多沦陷区的流亡儿童到乐山。乐山收养了五百多名，其余五百多名就送到了五通桥的多宝寺，由当时迁至五通桥的国民政府中央盐务总局出钱出人，在寺内办起了"战时儿童保育院"。寺内僧众都积极地参与了对难童的照顾。在这些难童里有一位叫姚毓霖的，在那场惨绝人寰的南京大屠杀里侥幸逃生，其父母在抢救伤员时被日军飞机炸死，随姐姐相依为命，一路南逃，在汉口被刚成立的儿童保育院收留，后辗转重庆，最后被送到五通桥的多宝寺。姚氏后来考入孙立人在广州的陆军军官学校去了台湾，服完兵役考入医学院后一直在美国工作和生活，成就斐然。据多宝寺照修法师讲，姚毓霖后来来过一趟多宝寺，只可惜时过境迁，物是人非。

当时参加照顾难童的人里面还有一位京剧名伶，就是成都春熙路大舞台蒋家班的翘楚蒋叔岩。她是民国二十年（1931）春熙大舞台的头牌，红极一时。她的拿手好戏有"三打"：《打棍出箱》《打鼓骂曹》《打渔杀家》，都是须生扮相，风流倜傥。

当时的成都府，那是袍哥大爷、兵痞流氓的天下。自然就有人对当红的女伶垂涎三尺，欲占为己有。据说，有一位生性风流的刘师长想娶蒋叔岩为妾，却遭到蒋叔岩的断然拒绝。至于这位名伶为什么要拒绝嫁入权贵就不得而知了。此后，蒋叔岩为了躲避这个刘师长的骚扰，在朋友的帮助下逃离成都，来到了安静如画的五通桥，过起了隐士般恬静的生活。

在今天的《五通桥区志》有这样一段记载："民国二十八年（1939），四川著名的京剧演员蒋叔岩化名严曦来到五通桥，安排在盐务局慈幼院做保育员。民国三十年（1941），盐务总局为欢迎总办缪秋杰来桥滩视察，严曦登台唱了一折《打鼓骂曹》，震动桥滩。蒋叔岩其名，从此为桥滩群众所知。"

当时年仅二十多岁、长相俊美的蒋叔岩在多宝寺儿童保育院前后工作了约四年，成为一名在中国抗战时期难童救助志愿者。民国三十一年（1942），保育院解散，蒋叔岩被安排到盐区医院当会计，工作之余，登门找她学艺者甚多。民国三十二年（1943）盐务总局从五通桥迁走，在盐务分局帮办刘惠迪的支持下，在分局里设立了京剧组，蒋叔岩被聘为教员。1949年，蒋叔岩返回成都，担任前进文工团京剧团团长，后又任成都京剧团副团长，1980年退休。

当时五通桥多宝寺保育院的院长，是浙江余杭人章太炎的妹妹章文。章太炎是一位名满天下的民主革命家、思想家，是孙中山总统府枢密顾问，后对蒋介石的独裁和专横极为不满。他这个终身未嫁的妹妹章文，大学毕业之后就到了南京，与邵力子、楼桐荪和邓颖超都非常熟悉。

1938年初，武汉妇女界发起拯救难童的母亲行动，时任中共中央长江局妇委委员的邓颖超同志多次参加有关座谈。在抗日救亡团体的努力下，战时儿童保育筹备会于1月24日在汉口宣告成立。邓颖超借此推动国共合作，确保避免来自国共政治矛盾的诸多困难，希望能由宋美龄来主持保育会。宋美龄接受了邀请。

1939年，宋美龄专程从重庆一路颠簸来到了乐山五通桥的多宝寺，视察保育院工作，慰问难民儿童。那天，蒋叔岩为头戴草帽，身穿白色蓝团团花绫绸旗袍、长筒跳舞袜子，脚穿高跟鞋的宋美龄详细地介绍了多宝寺保育院的情况，引起了宋美龄对化名严曦的蒋叔岩的关注。于是，在宋美龄的保护和指示下，严曦又开始公开地唱起京戏了。这就有了后来《五通桥区志》所载民国三十年（1941）其为缪总办演唱《打鼓骂曹》那一段了。据传，她唱老生，嗓音清亮高亢，不论上板的、散的、大段儿的，或只有三两句，她都风流倜傥、俊秀温文。她的名气很快在桥滩一带传开，人们都知道"要听戏，找严曦"。至今，还有本地人在吹宋美龄来五通桥时的阵仗。

1988年，时值战时儿童保育会成立50周年之际，邓颖超致函宋美龄说："回首当年，国难方殷，夫人致力全民抗战，促成国内团结，争取国际援助，弘扬抗日民气，救助难童伤兵，厥功至伟。"

当年曾在五通桥中学以教书作掩护的地下共产党党员赵君陶，也领着"抗日救亡宣传队"，带着儿子李鹏、幼女李琼多次去多宝寺给难民儿童慰问教学。她时常鼓励孩子们，要坚强勇敢地生活下去，将来报效国家。后来担任了政府总理的李鹏，在1995年8月为五通桥中学题写了几个大字：通才摇篮。

1946年，多宝寺又来了一位俗名叫南怀瑾的通禅法师，他芒鞋竹杖游历名山大川，寻访高僧异人。立志要追随恩师袁焕仙学佛修道。那么袁焕仙何许人也？竟然可以让任教于国民党中央军校教官的少年英才南怀瑾倒地就拜。

这个袁焕仙是四川盐亭人，清末时应童子试，年仅十三岁就名列前茅。民国十五年（1926），北伐战争如火如荼，时驻防万县的杨森委任袁焕仙署理夔关监督、兼任军法司令部军法处长。据其子女提供的书信手迹表明，袁焕仙和梁启超、谢无量等名宿均有书信往来。后来袁焕仙见国运不济，便弃政从佛，皈依了报国寺的印光大师。在天下"未克定大乱"之前，在"威或假乎武功"之时，提出了"燃先圣之心灯，续众生之慧命"的志愿，并身体力行，培养人才。

民国三十五年（1946），袁焕仙当选为国大代表，赴南京参加"制宪"国民大会。许多国民党政要，如陈诚，还有陈立夫等人闻讯去往其精舍参叩，执弟子礼。

抗战期间，汪精卫投敌。有人问袁焕仙："中国会亡吗？"

袁焕仙略作沉吟答："绝不会。"

又问："为什么？"

袁焕仙答："我们祖德厚。"

民国三十一年（1942），南怀瑾就在灵隐寺跟着恩师袁焕仙走上了拜佛学禅的道路，法名通禅。当时正是"灵岩红叶，正满山也"。

后来，南怀瑾的学问出入于儒释道三家，被推崇为佛学界、国学界公认的"当代维摩诘"。他到乐山五通桥多宝寺离尘绝欲、埋首清修，终成一代功业。南怀瑾为什么要到五通桥的多宝寺呢？因为当时多宝寺的住持是南怀瑾的同门师兄通永和尚。据当年侍奉过通永和尚的照修法师说，通永老和尚学识渊博、待人敦厚、慈悲为怀。南怀瑾在五通桥留下了很多故事和多首脍炙人口的诗词作品，如"几回行过茫溪岸，无数星河影落川。不是一场春梦醒，烟波何处看归船"，诗人的心中充满家国哀愁。

离川前夕，南怀瑾深感聚散无常，题诗云："云水萍飘岂偶然，九年足迹遍四川。管他鬓到秋边白，落得人间月似烟。肠空转，事难全，又入阎浮欲界天。樽前酒醒荒唐梦，君向潼南我向滇。"

还有一首我印象最为深刻，是纪念其挚友张怀恕（五通桥浚源私塾女校长）的诗，更是情深意浓："四十年前西蜀，恩情辜负何多。干戈丛里，死生离恨，处处闻悲歌。行遍天涯我亦老，海山回首南柯。大地还生春草，人间电掣风摩，浮世泪婆娑。"

值得一提的是，当年仅二十六七岁的青年俊才南怀瑾追随袁焕仙出家后，却在乐山五通桥还了俗，重拾人间烟火。因为，南怀瑾在五通桥期间，既在多宝寺闭关参禅，又在竹根滩讲学传道，而更多的时间，却是在好友张怀恕的家里潜心读书。"去国九秋外，钱塘潮泛悬。荒村逢伏腊，倚枕听归船。戌鼓惊残梦，星河仍旧年。人间复岁晚，明日是春先。"就出自南怀瑾《乙酉岁晚于五通桥张怀恕宅》。真的是眉黛烟青，昨犹我画。

五通桥繁忙的盐码头和碧波浩渺的茫溪河畔，南怀瑾自由地漫步其间而不问国事。才子佳人，帘杏溪桃。一个棹雪而来，一个扫花以待。只因那年风，拂乱伞前衣。这首泪眼婆娑的诗，足显南公情深，斑斑泪血洒西风。也总是让我想起仓央嘉措，想起那个多情的活佛。只可惜茜纱窗下，我本无缘，黄土垅中，卿何薄命？

1986年，六十八岁的南怀瑾专门写信并派人来五通桥旧居寻访张怀恕，而张怀恕已经不在人世。得知噩耗的南怀瑾数日不讲一句话，忍悲含泪赋诗《得蜀中故人子女信口号》，托人带给了张怀恕的后人，以寄哀思。

1949年春，"庄周阅尽"的南怀瑾只身赴台，先后执教于台湾文化大学、辅仁大学。至今，五龙山多宝寺内还有当年南怀瑾清修打坐的闭关房遗址。2015年9月，蒙照修法师垂念，我担负了在原址修复闭关房的重任。并于半年后顺利完工。据说，闭关房所处位置恰好是五龙山的龙头位置。

花暖青牛卧，松高白鹤眠。2016年11月26日，台湾十方丛林首愚大和尚感念南公灌顶之德，赴多宝寺寻根，结下善缘。

五通桥文坛鸿儒硕学袁伦权先生研墨蘸笔，沉吟良久，为多宝寺题诗云："古寺名多宝，山灵聚五龙。磬声传渺邈，梵唱听从容。檐影飘晨课，松涛伴晚钟。南公挥别后，何日再重逢。"我把此诗刻成碑石，置于庙前。袁先生与我可谓忘年之交，每次谈及南公，都十分尊崇。

看着一群又一群的善男信女们满面虔诚地匍匐于菩萨的面前，轻言细语，充满敬畏，我就会忘记了自己的劳累和疲惫。

记得那天，有位白发苍苍的老人，战战兢兢地从衣服的里层摸出几张带着体温的纸币，对我说："我要给我的几个孙子孙女点一盏灯，让菩萨保佑他们学业有成、前途光明。还要给我的儿子和姑娘点一盏灯，让菩萨保佑他们平平安安。"唯独，没有留一盏灯给自己点。

我望着老人踽踽独行的背影，觉得老人的心，已经是一盏灯了。

"修竹云烟绝世尘，五龙山顶习沙门。只因宝磬醒凡念，愿作达摩栽树人。松隔幽冥三百尺，花开寒晓十千旬。木鱼声共牙香卷，冉冉炉前又一春。"游秋娣老师在多宝寺写下的诗，可谓明心见性、超世拔俗。

事实上，还有些人并不太懂得寺庙礼仪，完全是凭着自个儿的感觉在烧香磕头。

没什么，只要能来，就是善念，就有善根。

愿天常生好人，愿人常做好事。这份虔诚、敬畏，还有善念，如果能被他们带到生活里，这个社会该有多美好。

我们这个民族有着伟大的智慧，忙忙碌碌一年了，春节就是一个驿站，停一停，收拾一下，来年再走。

无论是种庄稼还是经商，无论是人生还是情感，走了很久很久的路了，就歇歇。

珍贵的人间

从微信上买到海子的书，纯属意外。

那天，我一个人摆弄手机的时候，无意之中发现，在微信里还可以购买图书的那一个瞬间，很像是小时候发现抽屉里居然还有一颗糖一样，兴奋了几分钟，再找，却没有了。即便没有了，这一颗糖，也是惊喜。

不到两三天的时间，书被送到了我的桌上。感谢今天高速发展的时代，我们实现了现代化的生活方式。社会发展的速度前所未有，很像坐在地铁里，等我们见到光的时候，已经换了时空。甚至让我觉得小时候看过的神话故事里的某些情节，也不过如此。有时候，这个速度也让人产生怀疑。我还是想，能不能慢一点，让我多等几天，就像以前等候一封信一样，让我多拥有一点点等待的滋味，该有多好！

而我翻开书的时候，却没有太多的喜悦。这之中似乎缺失了一点什么。

我想起来了，缺失的，是书店里人们那种悄无声息地翻阅书本时的温馨。那种感觉，非常珍贵。

只有在书店里，望着满眼的书和像汉字一样移动的人，那种特别的感觉，才会油然而生。

但，很快我被海子的诗迷住了。

准确说是被诗中的海子，深深地吸引了。

我说不出吸引我的究竟是什么，我只知道海子的痛楚大过了他的诗歌。每一个文字，都渗透出疼痛的感觉，好像要不停地服药才能制止。

他写出来的每一个字，都如同一位孕妇在野地里意外分娩。没有医护人员，没有床，没有可以止血的器械，没有亲人，甚至连丈夫都不在身边。她咬着路边的野草，刺骨锥心，大汗淋漓。

1987年的8月30日夜，诗人酩酊大醉。我必须要强调，他的醉态和李白不一样，他没有李白的飞扬潇洒，他只有一个男人流浪在生活里悲天跄地的软弱和孤独，他的软弱和孤独又被他的诗逼到了墙角。他像一头迷途的野兽，穷途末路，瑟瑟发抖。

我在他的诗歌垒起的艺术走廊里举目四望，找不到几根可以焚烧的稻草温暖自己并不豁达的心。

诗人形单影只地站在一片荒芜的草原上，像一只狼，一只被猎人击伤的母狼，痛苦地修改着他的诗歌。一次次，为了诗句的诞生，毫无底线地妥协。

1987年初稿，1988年初改，1988年底再改，1989年再改。我看见诗人的伤口，喷出一股殷红的血。这些不能用手指触摸的血，是诗人的幸福和痛苦。

海子，是一个诗人。世人都这样说。他在写一首首孤独而绝望的诗。他一言不发地穿过整座城市，让早起的人们，看见并记住。记住有一个叫海子的诗人，记住有一首诗是海子写的，写给他的世界，写给他的情人，写给他的亲人，写给这个冷漠而凌乱的世界。

我捧着诗人的诗，却读不出一点声音。

天空，一无所有，为何给我安慰？

凭这一句，我愿意为诗吐一口血，继而晕倒在诗人的诗歌里。

记得那一天，我冒着夜色走进一位画家的工作室。他指着一根凳子，说："坐吧"。

我没有说话，一个人坐在那根空旷的凳子上。

"我要送你一样东西。"画家说。

他把没有抽完的烟，踩在脚下，用脚尖碾了又碾，直到粉碎。香烟这个东西，就是含在嘴里是香烟、是身份，扔在地上，就成了垃圾。

画家如同魔术师一样坐到了钢琴的前面。他额前散落着几根很长很长的头发，很像一幅肖像画里最精彩的渲染。这也是一个艺术工作者不同于大众的一个识别标志。但和那些脑袋后束起一把长尾巴的男性艺术家相比，画家显得低调些。

我发现在画家的这间屋子里，居然还摆了一台黑白分明的钢琴。之所以不显眼，是因为上面摆了很多书和杂乱的画稿。这些画稿像极了疯长的野草，使得我完全忽视了钢琴的存在。

这些野草，有刚刚冒出地面的，有已经枯黄了的，有青黄相间的。它们都吮吸着画家身体里的营养，顽强而夸张地活着。画家，就是它们的土地，就是它们的生母。而支撑画家的，则是香烟和烈酒，还有音乐。

琴声，在宽阔冰凉的画室里蔓延开来，蔓延到他的每一张画稿上，每一株野草上，每一块调色板上，每一个画架上，像一只受到惊吓的鸟，不知疲倦地扑腾。又像一只蜘蛛，用丝线在暗夜的风中寻找一切有可能的支点。然后，织成一张网。这张网，透着清凉的光，等候着梦的到来。

而我，又觉得是在喝一杯冰冻过的红酒，猩红的液体，沿着酒杯的边沿，缓慢而伤感地流淌。

画家用那双如同深海大闸蟹般的手为我弹奏着一曲我不知道名字的乐曲，大致和夜晚很相似的音乐。他的动作像街边补鞋匠一样认真而机械。

我疲惫地坐在那里，在那近似于夜色的音乐里，想着海子，和海子的诗。

音乐结束前的几秒钟，我清楚地看见画家像跳舞一样，也像触电一样，张开双臂，忍住痛苦，将一座斑驳的城市拥入怀中，如同抱着自己失散多年的孩子。他把眼睛闭成一条石缝，睫毛就是缝隙里长出来的枯草。

最后，这个情景滚落在音乐的舌苔上，凝固成一座昂贵的雕塑。所有的野草，都岿然不动。所有的夜色，都停止呼吸。所有的毛孔，都泪流满面。

好一阵之后，画家才缓过神。他回过头来，说："我只想用这首音乐，让你的心，安宁一会儿，不要那样子累。这是我，送给你的最高级待遇！"

就像海子说："活在这珍贵的人间，人类和植物一样幸福，爱情和雨水一样幸福。"诗人和画家，不约而同。

我望着画家被烟熏黄的中指和食指，还有他被酒精染红的眼圈和蓬松的头发，用友好的微笑，表示了谢意。非常诚恳的谢意，可以轻易地穿越任何一道封闭的门槛，点亮那盏挂在空中的油灯。再让这些灯光，普照人心。

他不知道，我此时在想一个与他无关的诗人和诗人的诗句。我也不知道，画家对人友好的方式，居然是弹钢琴。

画家说："我有一笔生意想和你合作。"

画家从钢琴那里走到我的对面，面对他满屋子的作品取出一根生硬的香烟，递给我。他也点燃一根，继而喷着烟雾，像做贼一样（至少那一刻我认为他不是画家，更不是一个懂音乐的人，而是一个答错了题的学生）神秘，给我描绘赚到钱时的狂喜场面，以及他当年行走江湖时的传奇。走江湖的人，是要吃烟的，也要吃酒的。有了烟，有了酒，有了画笔，就已经有了江湖。这深深浅浅的江湖、弯弯曲曲的江湖，起起伏伏，如果还有了音乐，就堪称完美。

传奇的故事在江湖上几乎都一样。不一样的是，我希望画家做一辈子画家,用他的琴声款待远道而来的朋友。像海子一样,做一个软体动物,牢牢地匍匐在大地上,坐化真身,让灵魂长存。

多好!

画家枯瘦的手指被烟灰无意识地烫了一下,却没有阻挡住他浑浊的目光向前延伸,他的目光里溅满了酒精。我知道,叫不醒他了。一位画家决定经商,如同一个厨师开始研究兵法。人类就情愿这样千奇百怪地折腾自己的生命。为了钱财,放弃高贵的梦想,到底哪一个更划算呢?同样是为了梦想,毛姆笔下的股票经纪人查尔斯·斯特里克兰遁世辟谷,潜心绘画,终成大师。与之相比,眼前的画家是丢了西瓜拣芝麻。

我想起一首诗:"如果你是条船,漂泊就是你的命运,可别靠岸。"而很多人,却急匆匆地逃离了那条船。

坐了很久。我起身,告辞。

我又在回想海子那首晦涩的诗:"他们还在流汗……生命的痛苦,还在继续。窑洞里仍有女人的呻吟。月亮之中,传出一只孤独的野兽的叫唤,那是太阳的叫唤。但是没有声音,痛苦,就在于没有声音……"

雨开始下起来。我的车窗被淋湿了,视野变得模糊。我躲在车里,望着漆黑的夜晚。

这时候,我听见夜空中一声长笑,是海子的声音。笑得花枝乱颤、酣畅淋漓,笑得半入江风半入云。笑声里,根本没有我以为的软弱和孤独,更没有我认为的痛楚。

海子是一位诗人,是被很多人记住了的诗人。

面朝大海,春暖花开。

海子的背影,依旧如此迷人。

朝　山

又到国庆节。

我原本想带着父母去一趟西安宝鸡扶风的法门寺，瞻仰佛祖的指骨舍利，了却我心中多年的夙愿。而后又极为担心路途遥远、节假日里很容易发生拥堵的现象。再加上老年人坐十多个小时的车，也可能会有不适，只好打消了这个念头，改为赴峨眉朝山。

老人们一听，都非常乐意。一则父亲从未去过峨眉山，更不要说是金顶了。岳母和母亲也赞同我们的主意，这样子一合计，我和妻子就带着三位老人收拾好行李，一大早往峨眉山而去。

母亲说，好想看看峨眉山的野猴子。

我知道，母亲那种返老还童的心理，表面上说得很认真，实际上几乎不会往心里去。看得到猴子自然是高兴，看不到也不会有多大的失望。因为我知道，从雷洞坪往金顶的山坡道上有时候是会有野猴子出没，有时候也没有，它们的活动并没有规律。我哪敢给母亲说今天一定就有野猴子在那里呢。不给她提，免得她心欠，她反而还记不得要在哪里看野猴子，只晓得走路朝山。

今天，是国庆节的第一天，我们来得很早，所以蜿蜒的山路上游人还不是很多。母亲的腿脚有点不便，走得很慢，我们都陪着她，走得很慢。

海拔渐高，山风很冷，雾气萦纡。

在路过一块僧人的墓地时，我一个人停了下来。

是石碑上的文字吸引了我。

碑文的大意，是钦德法师给他自己的墓碑写了一段有趣的文字，镌刻在深褐色的碑石上，由于年代久远，有些碑字已不能辨认。我仔细地辨认着那些饱经沧桑的文字："这个胡僧，貌若神清，眼横鼻直，把定要津，坐断凡圣，踏破生死，虚空法界三千棒，一棒一条痕。"

能"坐断凡圣，踏破生死"者，绝非凡人。看来这个自诩为胡僧的法师不简单哪。只是而今，高僧仙羽，碑文犹在。能在这块碑文前稍稍驻足的人，我估计不多。

而能在碑文前会心一笑者，则更少。这个不知来自何处的胡僧，说不定，就在这静若太古的林子里，观望着路人。胡僧者，泛指西域、北方或外来的僧人。杜甫就说过："药囊亲道士，灰劫问胡僧。"

峨眉山的故事很多，只要稍加留心，就会在崇山峻岭中发现令人动心的传说。比起急匆匆的赶路者，我倒是觉得即便是旅游，也要试着放慢脚步，尤其是放慢心。要不然，急匆匆地走马观花，风景和你匆匆两忘，还不如窝在家里泡杯茶喝。

峨眉山是普贤菩萨的道场。普贤被世人尊称为佛之长子，是大乘佛教的四大菩萨之一。据《法华经》云，只要虔诚信奉，普贤菩萨将与诸大菩萨一起守护此人，使他身心安稳，不受一切烦恼魔障之侵。没有烦恼，是世人最大的向往。而如何斩断烦恼，就成了很多人不停追问的话题。

佛教，教育众生不要纠缠于自我和他人的分别，不要纠缠于生命和时间的分别，不要纠缠于获得和失去的分别。想要获得最终的解脱（烦恼），就一定要断除妄相和妄念，就一定要学习断恶修善。

我不知道，佛教的感召力有多大。而我清楚一点，凡是能在佛前跪下去的人，其心应安。即便是那些观望者，在梵音袅袅、庄严的经殿上，也会心有所悟。

跪下去的，拜的是佛吗？不是，是尘埃，是其心，是那个看不见又时刻都存在的自己。

跪下去的那一刻，也会让人僵硬而傲慢的身体，变得柔和。

跪下去那一刻，是自己在跟另外一个自己最深刻的对话。这样深如大海的追问和对话，如同一场声势浩大的仪式，把自己交给了一个高高在上的菩萨，活脱脱地改造并解放着自己的原来和原来的自己，让人间添了一种慈悲和信仰。

这信仰在我看来，就是一次与自己灵魂的对话和反思，有了这样虔诚的对话和反思，可以重塑一个崭新的自己。这个作用等同于一次心理疏导和救治，更像一场涉及灵魂的叩问。

佛堂，不过是给这些人提供了一个干净而庄严的场所，让朝拜者的心灵走向觉悟，给自己的灵魂以加持。

老子曾说，天地不仁，以万物为刍狗。但是，佛陀的目光却一直是慈悲的。弘一说，慈悲即是爱。

爱，就是慈悲。

在我看来，佛教的慈悲更像是过去老人们纳的鞋底、编织的蓑衣或者斗笠，朴素地裹挟着人间烟火，轻风细雨一般给人以方便和欢喜。其倡导的"施即有福，舍即有得"的普世论调，让人间少了冰凉，让人心多了温暖。

在接近金顶的路上，我们遇见一个身着僧衣的壮实男子，坚定地朝着菩萨的道场，叩着等身长头。额头上和衣服上沾满了地上的泥土，而他的从容和镇定，引来很多路人的好奇和围观。僧人柔和的目光，让我相信，他的虔诚来自内心。

我不知道他从哪里来,但我明白,他会去向何处。

当很多人面对佛教不知所措(信还是不信)的时候,僧人的举动给我们上了生动的一课。

20世纪伟大的科学家爱因斯坦放下烟斗,说,虽然自己诠释了很多有关世界的事情,但是,世界为什么是这个样子?他就无法说清楚了。他还讲了一句让众人摸不着头脑的话:"一切都是安排好的。"谁安排好的这一切?含着烟斗吞云吐雾的爱因斯坦目光闪烁,没有继续讲下去。

于是,有人就问他:"死亡,对您意味着什么?"

爱因斯坦的回答不是能不能继续研究相对论,而是伤感地说,再也听不到莫扎特的音乐了。

而莫扎特的音乐,很大一部分是宗教音乐!

他继续说:"没有宗教的科学是跛子。"这位享誉世界的科学家,其实更是一名虔诚的宗教徒。两者,并不矛盾。

我们对于这个世界的认知,需要从整体上着手,而不是某一个现象和观念。因此,当我们面对"存在"的时候,当我们试图做出一个什么判断的时候,我们要保持一种谦卑,一种对于不可知的整体的谦卑。曼德拉讲过一个故事,说:一天,老师在一块大白布上涂了一个小黑点,然后问同学们看到了什么。同学们异口同声地回答:一个小黑点!老师却说:不!这是一块大白布!黑色只是白布上微不足道的一个小点。曼德拉说,这个故事对他影响深远。

《金刚经》云,应无所住而生其心。我们要学会尝试着把自己从各种观念里解放出来。这种观念,包括物质的和意识的。因为这两种东西形成了我们观念的牢房,它左右着我们的喜怒哀乐,支配着我们的行为和情绪。

在一辆老旧的火车上，一位老人问一个年轻人："你有没有闻到什么味道？"年轻人回答："有，是火车头喷出来的呛人的浓烟。"老人说："我也闻到了，是山里野茉莉花的幽香。"

再举一个例子，老师在一张白纸上滴了一点墨水，把纸对折、压一压再打开，问同学们觉得像什么？同样一朵墨痕，有人说，像蝴蝶；有人说，像盾牌；有人说，像骷髅。

其实，这叫墨痕测验。同一朵墨痕，你的心里有美，它就像花；你的心里有鬼，它就是骷髅。

你的知识，如果，只是来自你的眼睛，那么你对世界的判断如同这萦纡的雾气，是经不起山风轻轻一吹的。因为，你已经被你明亮的眼睛给欺骗了。因此，莫作是念。

我对此，深信不疑。愿意以此，散你不平之气！

金光闪闪的普贤菩萨高高地端坐于金顶的云层之上。来朝山的人越来越多。我们一家人围着菩萨的莲花宝座，虔诚地绕着。

我希望我们的举动，能让三位老人获得心安。

五通桥

秋风起时，天高地阔。

我把穿了一个季节的衣服整齐地放在沙发上。这些被汗水无数次地浸泡过的短衣短袖，显得疲惫不堪。我舍不得扔掉，也不能扔掉，仍然想让它们继续陪着我过整个冬季。把这些短衣短袖贴身穿着，让这些夏天的味道跟着我，越过冬天。想想还算温暖。小的时候母亲老爱说一句话："新三年旧三年，缝缝补补又三年。"她说的是对的。我就是穿着妈妈的缝缝补补的衣服长大，然后出去读书的。父辈的耳提面命之恩，岂能轻易忘却。

五通桥这个城市由于四面临江，冷起来和北方完全不同，潮湿而刺骨。就连北方过来的人都说，五通桥比北方还冷。他们说这句话的时候，我实在无法想象冰天雪地的北方，居然没有五通桥寒冷。南北的冷，可能还真不一样。

五通桥，为什么叫五通桥呢？

说起这个话题，就好像是在说我为什么是我一样，说来话长。宋代以前，五通桥名东汩津，宋朝至清雍正年间名四望关，清乾隆后称为五通桥。而且这个五通桥名字的来历，也是众说纷纭。

据《华阳国志》载："始皇克定六国，辄徙其豪侠于蜀，资我丰土，家有盐铜之利，户专山川之材，居给人足，以富相尚。"即从秦惠王更元九年（前316）秦灭蜀之后，设置南安县（今乐山）之时，五通桥隶属南安县地，茫溪河两岸就已开始了中国历史上最早的凿井熬盐。相传早在公元前250年，蜀太守李冰在牛华"识咸脉，打井盐供民食"。经过汉晋几百年后，逐步形成了井架林立、灶房连片，大规模制盐的盛况。

到隋文帝开皇四年（584），朝廷设置平羌县（治所在现在的金山镇）时，五通桥境内已是乡场几多，水陆纵横。水上以涌斯江连牛华镇，茫溪河连金山，王村连马踏井；陆路则从牛华穿磨池达马踏井，形成了川西南最大的金三角制盐区。

至明清时期，五通桥一带的制盐业已经形成相当的规模。并在两河口附近修建了储盐仓库（至今尚存），把各地的盐，集中起来顺着茫溪河，经过竹根滩，沿着岷江运至宜宾、重庆和华中地区。古有汉五尺道通过五通桥境，明清时期有川边驿道通过区境，五通桥境乃古南方丝绸之路的要津。

两河口至四望关一带，也就逐步沿河形成了两条街道：一条是花盐街，另外一条是修建于清道光年间（1821—1850）的宝庆街。我一直很喜欢这两条街的名字，不仅仅是好听，还给人温暖和遐想。古人取名字的水平，我们可能是望尘莫及。沿河两岸，还逐步修建了大量的石阶码头，用于方便盐和生活生产物资的运输。这些码头，很多都被我们当地人称为盐码头。

而被载入史册的大码头就有灯杆坝码头、汤家坝码头、土地庙码头、牛喜濠码头、新垣子码头、龙沟码头、盐码头、二码头、三码头。最出名的是大石包的吴家码头，是五通桥大盐商吴道三出资修建的私人码头。码头全部采用石板铺就，豪华而气派，通过街道直至吴家大院。这个大院还入选了《四川民居大全》一书。码头，是五通桥文脉不可缺少的重要元素。

五通桥的盐分为两种：巴盐和花盐。巴盐是块状的盐，食用的时候需要捣碎，比较麻烦。而花盐是颗粒状，可直接食用。所以，市场上最受欢他的虔诚来自内心。

我不知道他从哪里来,但我明白,他会去向何处。

当很多人面对佛教不知所措(信还是不信)的时候,僧人的举动给我们上了生动的一课。

20世纪伟大的科学家爱因斯坦放下烟斗,说,虽然自己诠释了很多有关世界的事情,但是,世界为什么是这个样子?他就无法说清楚了。他还讲了一句让众人摸不着头脑的话:"一切都是安排好的。"谁安排好的这一切?含着烟斗吞云吐雾的爱因斯坦目光闪烁,没有继续讲下去。

于是,有人就问他:"死亡,对您意味着什么?"

爱因斯坦的回答不是能不能继续研究相对论,而是伤感地说,再也听不到莫扎特的音乐了。

而莫扎特的音乐,很大一部分是宗教音乐!

他继续说:"没有宗教的科学是跛子。"这位享誉世界的科学家,其实更是一名虔诚的宗教徒。两者,并不矛盾。

我们对于这个世界的认知,需要从整体上着手,而不是某一个现象和观念。因此,当我们面对"存在"的时候,当我们试图做出一个什么判断的时候,我们要保持一种谦卑,一种对于不可知的整体的谦卑。曼德拉讲过一个故事,说:一天,老师在一块大白布上涂了一个小黑点,然后问同学们看到了什么。同学们异口同声地回答:一个小黑点!老师却说:不!这是一块大白布!黑色只是白布上微不足道的一个小点。曼德拉说,这个故事对他影响深远。

《金刚经》云,应无所住而生其心。我们要学会尝试着把自己从各种观念里解放出来。这种观念,包括物质的和意识的。因为这两种东西形成了我们观念的牢房,它左右着我们的喜怒哀乐,支配着我们的行为和情绪。

在一辆老旧的火车上，一位老人问一个年轻人："你有没有闻到什么味道？"年轻人回答："有，是火车头喷出来的呛人的浓烟。"老人说："我也闻到了，是山里野茉莉花的幽香。"

再举一个例子，老师在一张白纸上滴了一点墨水，把纸对折、压一压再打开，问同学们觉得像什么？同样一朵墨痕，有人说，像蝴蝶；有人说，像盾牌；有人说，像骷髅。

其实，这叫墨痕测验。同一朵墨痕，你的心里有美，它就像花；你的心里有鬼，它就是骷髅。

你的知识，如果，只是来自你的眼睛，那么你对世界的判断如同这萦纡的雾气，是经不起山风轻轻一吹的。因为，你已经被你明亮的眼睛给欺骗了。因此，莫作是念。

我对此，深信不疑。愿意以此，散你不平之气！

金光闪闪的普贤菩萨高高地端坐于金顶的云层之上。来朝山的人越来越多。我们一家人围着菩萨的莲花宝座，虔诚地绕着。

我希望我们的举动，能让三位老人获得心安。

迎的盐是花盐,也叫雪花盐。花盐的产量日渐增大,以至于把两河口至黄桷井东边的街道取名为花盐街。

花盐的生产工艺不同于巴盐,巴盐需要经过架锅、砌卤边、刁捞撑水、煮干成盐。烧两天两夜生成的锅巴盐称为两天一火的巴盐,重约三百公斤;烧三天两夜的锅巴盐称为三天一火的巴盐,重约三百五十公斤。而花盐的生产工艺是砌卤边、开捞煮盐、下豆浆、下母子渣盐、淋花水,且淋花水要淋透,不能淋沱沱水或者铺盖水,待24小时水汽滴干后,即可抬盐入仓,为成品花盐。

清朝范声山在《花笑庼杂笔》中说:"乾隆年间,犍为县五通桥永通厂今为最盛,不下万井。"也就是说,方圆四百多平方公里的五通桥,从秦开始,先后开凿了一万多口盐井。

一口井,就有一架天车,一万多口井,就有一万多架天车,那是一种何等壮观的场景啊。我后来在李道熙先生(中国著名书画家,生于1920年7月,嘉州画派创始人之一。早年师从梁又铭,后得丰子恺、董寿平指授。20世纪80年代邓小平来川视察,在成都金牛宾馆接见了李道熙等画家。1992年李道熙应邀赴北京为天安门城楼作画。1996年1月25日被授予中央书画院院士称号)的写生作品里,看到了这种井架密布的局部场景。那种磅礴的气势,令人惊叹。如果能保存到现在,是一个什么概念?那就是一笔无法计算的财富。

那些用杉木和篾条、麻绳,经过特殊工艺手工捆扎而成的盐井天车,密密麻麻、顶天立地。把盐卤从幽深的地层提升出来,直到制成盐巴,通过便捷的岷江航道源源不断地运往全国各地,再把白花花的银子和各式各样的生活物资陆陆续续地运回五通桥,使得五通桥一度成为富庶之地。

各种气派的会馆和豪华的大宅院,便如雨后春笋一样沿着两河口、茫溪河、涌斯江修建起来。江西人修了万寿宫，湖北人修了禹王宫，广东人修了南华宫，山西人修了武圣宫，陕西人修了陕西会馆，本地人修了川主庙等等。还有三圣宫、三元宫、紫云宫、清源宫、吴楚宫等等。这些宅院一个个雕梁画栋、飞檐反宇、层楼叠榭，鳞次栉比，蔚为壮观。至今尚存的花盐街兴隆里（锁龙巷），尽管破败不堪，却还能窥见端倪。

那个时候的两河口老桥（清乾隆时为五通桥城市中心）至四望关一带，真可谓是车水马龙，一派繁荣。

剧院里的莺声燕语、箫管悠扬，通衢越巷；卖小吃的扯着绵长的嗓音，走街串巷；打铁铺的炉膛里外火星四溅，打铁之声铿锵有力；卖布的卖百货的商店里琳琅满目，人声鼎沸；茶馆里、酒馆里南来北往的人操着各种不同的口音，谈论着家国琐事。

彼时，五通桥实乃花柳繁华地，温柔富贵乡。

清康熙六十年（1721），五通桥境内设置五通铺、西坝铺，传递公文；

清乾隆二年（1737）五通桥牛华设盐场大使署；

清光绪三十年（1904）五通桥第一家银行大清银行开张，开始使用银圆、铜圆，并发行纸币；

清宣统二年（1910）五通桥始设电报房；

民国元年（1912）和通钱庄在花盐街隆重开业；

民国二十八年（1939）上海银行在四望关开设办事处，中央银行在五通桥盐务管理分局内设立"五通桥国税征收处"；

民国三十一年（1942）关金券在五通桥流通，一元折合法币二十元；中华剧艺社的田汉、陈白尘、白杨等先后来五通桥演出《孔雀胆》《牛郎织女》，引起极大的轰动；

民国三十五年（1946）中国艺术剧社和上海剧社合并，在五通桥成功演出《家》《北京人》《戏剧春秋》等。值得一提的，还有抗战期间随盐务总局一起迁来五通桥的京剧票友，其中王惠芳就是京剧表演大师梅兰芳先生的老师。这些京剧票友名角里生、旦、净、末、丑俱全，吹拉弹唱，样样不缺。

彼时，五通桥可谓是"市列珠玑，户盈罗绮，竞豪奢"。

另外，由于城市商业的繁荣，富裕起来的盐商们开始筹资修建私立学校，如犍为盐场区立初级小学、中学，私立震华中学，私立浚源小学等。还在河道上修建了很多桥梁便于百姓通行，比如金山寺茫溪河上梳金滩的全石拱长安桥，外形精美如一轮弯月，保存非常完整。还有金山寺的富贵桥，桥头的石碑至今尚存。另外，花盐街两河口上的石拱老桥，就是在乾隆五十八年（1793）所建。当时这座桥上筑有精美的廊房，主桥的两边分别用木柱架设木楼，桥上侧木楼于民国六年（1917）被洪水冲毁，下侧木楼和桥上木楼于1953年拆除。沿桥两边设店铺给来往盐商和朝庙者以方便。另外，当时的桥西修建有一座气势恢宏的五通庙，桥东建有基督教约瑟堂，这个约瑟堂至今还在。教堂的对面还有一座医院名叫安怀医药，虽不见当日风采，但四个繁体字仍旧可辨。桥头上立了一块石碑，碑上刻有"五通桥"字样。以桥为中心，这一带渐渐成为当时城市的中心。去五通桥，来五通桥，慢慢地，五通桥就成了地名。这也就成了今天五通桥名字由来的一个重要典故。

直至今天，我们还能在桥头看到这几个饱经风雨的漫漶字迹。本地人习惯性地称这座桥为老桥。一个"老"字，表达了很多层含义。

距老桥百米远有一座常年紧闭大门的老宅，砖木结构，雕梁画栋，门楣上刻有"谦尊而光"四个字。这四个字出自《易·谦》，意思是尊者因谦逊而显示其美德。五通桥那些富足的盐商对传统文化的坚守，令人敬仰。

由于过去陆路交通极为稀少，各种物资的运输只能依靠水路进行。那时候的岷江航道，实际上就如同今天的高速公路一样，连通着外面的世界。五通桥的盐、煤、木材、西坝窑瓷器、农副产品和日用品全靠船只运进运出。在没有机动船的年代，纤夫在那时就起着关键性的作用。他们弓着身子，背着粗糙而结实的缰绳，拉着巨大的货船，为了苦难的生活，步态蹒跚地往前迈。每个人的肩膀上都有一道淤黑的勒痕，他们的每一步，都浸透着血和汗，每一步，都是对命运的抗争和呐喊。

纤夫们除了拉纤之外，还要会喊一口沙哑而豪迈的船工号子以壮声威。号子有声无字："嗨，嗨哟哟，嗬嗨……"每遇逆水行船或要闯险滩恶水之时，就全都靠这些风餐露宿的纤夫们合力拉纤，大船才能缓慢前行。于是，一瞬之间，岷江河两岸号子声声，空谷回荡，自有一番悲壮之美。即使是在寒冬腊月、滴水成冰的季节，船只一旦搁了浅，这时，你就能看见岸边一个个纤夫排列整齐地背着缰绳，裸露的大腿和胳膊上青筋鼓起，发出惊天动地的怒吼。那呼啸的江风，裹着冰雪，阵阵狂舞，其景况是常人难以想象的，而纤夫们则处之泰然，习以为常。抗战时期，故宫的国宝从重庆途经宜宾运往乐山安谷，这些纤夫们发挥了举足轻重的作用。

还有一种号子是龙船号子，有比较自由的号子词，也有即兴的创作，比如追越号子："哟嗬哟嗬哟哟嗬，纤担一条龙喂，前头看后头，中间看两头……"

除了这两种号子外，五通桥还有盐工号子、滑竿号子、石工号子、打夯号子、榨油号子等。这些号子声调的高和低，伴随着劳动强度和方式的变化而不同，节奏感强。能指挥劳动，协调动作，鼓舞士气，消除疲乏。号子唱词内容十分广泛，通俗易懂，涉古述今，幽默诙谐，即编即唱。

那个时候的五通桥，江面上百舸争流，千帆竞发。

著名音乐家郑律成先生在20世纪50年代来到五通桥采风,他这样评说纤夫的号子:"我们真正的民歌艺术家,是那些在川江上拉纤的纤夫,是这些与命运抗争的人。"郑先生的评价拔高了我们对历史的看法。1987年7月23日,五通桥冠英人蔡德元在法国阿维尼翁艺术节上,用川江号子进行演出,获得广泛赞誉。

到了清咸丰三年(1853),打着信奉上帝幌子的洪秀全农民军攻占南京,控制了长江中下游地区,致使淮盐不能上运。湘鄂人民苦于淡食,盐厘断绝,清军更是粮饷无着。于是,咸丰十一年(1861),湖广总督张亮基奏请朝廷,说:"川盐质量好,且挨着楚地,应借川盐以济。"咸丰皇帝遂下诏,令犍(实指五通桥)、富(自贡一带)两盐场,增产川盐,以济湘楚。

一时间,犍乐盐厂灶户们纷纷组织资金,打新井,辟卤源,增锅口,以扩大生产。当年,四川全省就产盐8亿斤,大部分销往湘楚。

洪秀全领导的农民起义于1864年宣告失败,长江航线恢复运营。曾国藩试图恢复淮盐入楚,并阻止川盐继续销往这一地区。于是,淮盐开始和川盐争夺湘楚市场,双方各不相让,闹得沸沸扬扬。最后在楚军统帅左宗棠的帮助下,川盐得以称霸鄂西。"川盐济楚"前后历时23年之久。五通之盐,溉及四海。川盐,一度成为清王朝重要的财税来源之一。也正是因为"川盐济楚",使得五通桥成了名副其实的大清国井。

时光荏苒,时隔七十多年后,抗战爆发。我国沿海地区相继沦陷,沿海盐场或被日军侵占,或因临近前线造成盐道阻断。赣、皖、豫,以及其他一些靠近前线的地区,又一次出现了盐荒,百姓吃不上食盐。"川盐济楚"再次上演。国民政府甚至将总理全国盐务的财政部盐务总局搬迁到了五通桥,署理盐务。川盐在抗战时满足了军需和民食,缓解了因"海盐绝道"而造成的盐荒,粉碎了日军"盐遮断"的企图。

1943年11月18日至26日,在冯玉祥来五通桥发起的那场抗日献金运动中,五通桥的盐商成了出资最多者,平民大众也踊跃捐资,共募集资金达290万。当时冯玉祥是从荣县乘车来到五通桥的,住在川康盐务管理局五通桥分局的招待所。五通桥的各界人士纷纷赶到中山堂为冯玉祥举行欢迎仪式。正如冯玉祥在日记中写道:"这是真正的民血。"至今,在五通桥的很多野史和档案资料里,都还有很多冯玉祥给五通桥的人和事写的那些打油诗,真实地再现了当时的情景。

因此,当我们今天回顾那段艰苦卓绝的抗战岁月时,不能忘记那些为了国家浴血奋战的百万川军将士,也同样不能忘记那些难以统计的五通桥的盐商、盐工们。是他们通过辛勤的劳作,把大地深处的卤水制成了洁白的食盐,源源不断、默默无闻地奉献着五通桥力量。从民国三年(1914)到民国三十八年(1949)五通桥盐场共计产盐33645500担。川盐,既是天下人的盐,也是五通桥人为历史做出伟大贡献的有力见证。

"秦风尚武,楚俗崇巫,渊远而流长。"书通二酉的袁伦权先生撰写的这句话,让我无数次沉浸在遥远的时空里,不能自拔。

何谓五通?五行相通者,谓之五通也。天下事穷则变,变则通嘛。

"通"即"达",这是佛陀的解释。《金刚经》里面如是说:若菩萨通达无我法者,如来说名真是菩萨。而我时常在想,五通桥有哪五通呢?我觉得除了五行相通之说,应该还有另外一种说法:一可通天,二可通地,三可通未来,四可通历史,五可通人心。这就是我以为的五通者。

唯一难以连通的,可能是历史了。为什么如此说呢?因为,五通桥原来有很多古老的历史建筑,由于缺乏有力的保护,加上"文化大革命"时期的人为破坏和城市的飞速发展,致使今天的五通桥几乎看不到昔日的样子了。果戈理说:"建筑是世界的年鉴,当歌曲和传说都缄默的时候,只有它还在说话。"那么,拆除这些古老的建筑,意味着什么呢?

当年,王爷庙附近有一座叫绣楼的豪华老宅,和四座带天井的走马转角四合院,在被拆除时,有一位细心的工头,在每一根木头上做好了记号,转运到另外一个地方,居然原封不动地重建了。若干年后,那位参与拆除的老木匠还在感慨当年的事。

靠近王爷庙的袁家大院就没有这么幸运了。那些雕梁画栋,那些百尺西墙,那些珠帘暮卷,那些雕花门窗都难逃厄运。尤其是那座最后被拆除的大夫第垂花门,我当年用一架廉价的相机把它拍了下来,一直保存在我的电脑里。门楣上一块红雅石上精致地雕刻着四个字:中和蕴藉。那种根本没有向岁月低头的高贵和理想,巍然耸立。而很多侥幸没被拆除的老建筑和老宅院,如今已是摇摇欲坠,破败不堪,惨不忍睹。

五通桥盐业大亨贺宗田发达后,花了十八担银圆在成都捐了道台,又为儿子贺伯霞捐了个贵州铜仁府知府,时适逢"川盐济楚",他迅速积累了大量财富,成为一方翘楚。

贺氏于1875年开始在竹根滩修建极具江南园林风格的豪宅——贺宗第,历经七年之久,共修建前后左右套环二十四个天井,建筑面积达六千多平方米,堪称江南大观园的"太和全"。大门额署"四明世第",以显门第之高贵。左右刻有对联:"进思尽忠退思补过,入则笃行出则友贤。"贺氏为人处世的信条,以及不同于凡庶的门风家学,直至今天,都具有积极意义。会客厅取名"燕禧堂",意为宾至如归和宴饮嬉戏,明代李宾之诗云"爱有切磋益,匪徒燕嬉为",此厅与故宫的"燕喜堂"似有异曲同工之妙;休息室取名为"退省庐",应源自"吾日三省吾身"的儒家精神,也能由此看出贺宗田顺从天意的黄老思想;书房又名"宜多馆",旨在苦劝儿孙要多多读书；大堂前建有荷花池，也唤"瑶池"。后在池边望板上发现三块廊柱木雕，上有颜楷字"瑶池果熟适西母算启长生"，中国古代有钱人渴求不老的诉求常常以神话的方式得以表达。另外两块木雕分别刻："玉津喜有高门容驷马""端节会佳期玳瑁梁成住"。按常理，应该是有三副完整廊柱对联，可惜另外三句不知去向。乃思天道如此，人事亦然。某日深夜，大雨滂沱，我草补三副残缺的对联，聊作无益之事，以遣有涯之生云尔："玉津喜有高门容驷马，桥滩竟无世第共此道。""西湖水暖逢东海还年不老，瑶池果熟适西母算启长生。""端节会佳期玳瑁梁成住，龙日见良辰燕泥堂前喜。"池中曾有"沁亭"一座，如今其基座尚在。临涌斯江边修建有贺氏自用码头，并建豪华楼台，名唤"饮河楼"。相传楼上时常莺歌燕舞、觥筹交错。最为引人注目的，是贺氏在荷花池南修建了一座戏台，名为"不系舟"，一度成为桥滩人文荟萃之地。此处的"不系舟"应出自东坡先生的"心似已灰之木，身如不系之舟"。贺宗田用此诗做他家的戏台名，言有尽，而意无穷。

我想，每一个追寻贺氏足迹者，也如饮河之鼠，各充其量而已。史载，其后人贺国干于民国二十七年（1938）由戴碧湘、程子健推荐加入中国共产党，以贺宗第为场所长期在五通桥从事革命活动，策反国民党地方武装人员。并于该年11月30日在五通桥组织反日示威游行，还在四望关广场扯起巨幅标语："桥滩抗日后援会反对日本帝国主义侵略大会"，震动了国民党当局，影响深远。

2021年3月，当我再次踏入此地之时，却已是断壁残垣、满目疮痍、荒荆蔓棘，断无当日风采。

"巷哭桥滩尽泪痕"，恰如许多人的心境。

我似乎开始明白一个朴素的道理：世上最为脆弱的，是家园情怀；最为顽固的，还是家园情怀。城市飞速发展的势头，不能说不是好事。而这些有着历史痕迹的古老建筑，在我看来，并没有阻挡一座城市的发展，而是为一座城市的发展，提供了丰富的历史底蕴，还能让美好的城市，变得更加迷人。

我们可以很容易地忘记古镇走远的背影，但是，我们却永远斩不断对过去岁月苦苦的念想。这份念想，就是乡愁。

而现在，最多也只能在这样的季节里，裹紧外套，漫不经心地发一次呆。

有一次，我在宝庆街的一户打鱼子家买了一条淘汰的渔船，那位背驼得很厉害的老人咬着一副假牙含糊不清地告诉我说："老了，马上就打不动了。另外两条船，等我不干的时候，还是卖给你算了。"望着老人直不起的腰，我点了点头，把电话号码写给了老人。这个行业，后继无人。

今天的五通桥唯一可以查阅的比较完善和集中的资料，恐怕只有易志隆先生 2011 年出版的《千年盐城五通桥》了。先生以敏锐的视角，小心翼翼地剥离着那些粘在这座古城上的尘土和伤痕，竭力地想要还原什么，也想要挽留些什么。

先生的努力，让我动容。

让我可以沿着先生的视线无数次地眺望五通桥，与时光对视，与历史相望。

但是，草色遥看，近却无。这座曾经繁荣而温暖的小城，如今，实在拿不出多少让人欣慰的乡愁供世人端详，除了口口相传的故事和先生寂寞的文字，几乎消失殆尽。一个日本人关野贞曾在中国做过田野考察，他说："中国古建筑正以极惊人的速度毁坏。"而五通桥古建筑的弦歌，业已处在绝继之秋。

"常恨此身非我有，何时抛却营营事？"先生拂袖而去，忧心忡忡。

其"满眼沧桑已无泪花"之背影，让世人仰天长叹。先生焚膏继晷，为这座古老的小城留下了一本详尽的史诗般的鸿篇巨制。如今，悄无声息地躺在书柜最深处，一如梧桐般寂寞，一如沙洲里的孤鸟。"慧生于觉，觉生于悟，生生还是无生。见了便做，做了便放下，了了有何不了。"今天的我和我们，很可能处在一个看得见历史（文字），却望不见乡愁的尴尬境地。

当然，如果可以组织专业人士评估五通桥古迹文化的价值，并对现状进行勘查，采取抢救性的最低限度干预和不改变现状的古建修缮工作，防止古建进一步衰败退化，提高社会对古建价值的认识，让古老的建筑文化和历史文化得到应有的合理的保护和利用，再加上五通桥独特的丰富的水资源，一旦盘活，那么，五通桥的古镇复活，还有最后一丝机会。这个机会，将使得五通桥迎来一个千载难遇的华丽转身。

而这一丝机会，也很有可能，稍纵即逝。

我无力地合上先生这本《千年盐城五通桥》。为什么我的眼里常含泪水？因为，我对这土地爱得深沉。生于斯长于斯，吾爱吾庐。请原谅，我以我的这种方式，深深地爱着我生长的地方。我的脑海里，永远无法忘记，那群南飞的大雁。

我觉得，只有和历史连通起来，一座城市，才能有灵魂，才能有气质。因缘际会，为庆祝中国共产党成立100周年，2021年4月8日动工到6月12日竣工，以荷花池为中心的贺宗第约800平方米旧居作为中共嘉属工作委员会和中共乐山中心县委成立大会旧址，由我负责主持修复了。此次抢救性修复，开五通桥古建筑修复之先河。

五通桥的历史，可以说是伴水而生的中国井盐史，是可以留住乡愁的人文史。中共十八大以来，习近平总书记在多个场合谈到中国的传统文化，他深情地强调，要增强文化自觉和文化自信。对待古建筑、老宅子、老街区要有珍爱之心、尊崇之心。

我再一次深刻地体会到孤独的真实，这种真实，近乎虚幻。后来，有幸与易志隆先生见过一次。先生待人谦和，做事条理清晰，斯文如斯。

不知道是哪一天，听见一个刚刚认识的朋友这样对我说："你这个岁数了，还这样折腾，何苦呢！"

是啊，我这个岁数，这是一句非常尖锐的话，像一支冰冷的竹签轻轻地剥开我的肌肤，让我的岁月全部裸露在别人的视线中，无遮无掩。其疼痛的滋味，别人是没有办法体会到的。

我这个岁数了，仍然没有明白生活究竟该如何打理，比如说，如何开始，如何前行，如何结束？我需要用哪一种状态维持我轻如鸿毛的尊严，还有我重如泰山的理想？

实际上我一直处于混沌之中。尽管，我会在比较正式的场合与人分享自己貌似昂扬的生命心得，以及滔滔不绝的奋进（或者堕落）格言，看着那些被我鼓舞的、被我迷惑的、被我指引的、被我激励的年轻人，在我这样一个过来人的谈笑间茅塞顿开时，我无地自容、面红耳赤。

因为，我已老。像一座荒城一样的老。

一个行将老去的人，面对这个生机盎然的世界，是没有话语权的。"一事无成身渐老，一钱不值何消说。"所以，沉默，选择沉默，像古城一样沉默，才符合季节的轮回。

后记：本书付梓在即，闻当地政府已启动古镇保护摸底工作。

手机·同窗

很多时候，当我一个人行走在车水马龙的大街上，面对行色匆匆的，或者漫无目的的，或者惊慌失措的，或者朝气蓬勃的，或者神色凝重的男男女女，总是觉得，我离他（她）们很远。我非常担心我的这个近似于错觉的感觉，会给自己带来迷茫，将自己带进深渊。我努力修正自己的航向，让我可以再度燃烧起火热的梦想，再度追逐滚烫的渴望。

我的对面，此刻，走过来一对热恋中的年轻人，在人群中显得非常抢眼。

男孩的右手幸福地牵着女孩的左手，眼睛纹丝不动地锁定在他左手的手机上，灵巧的拇指飞快地跳动着如同心脏一样，也像一只轻盈的雄性蝴蝶盘旋在雌性蝴蝶的上空，他们旁若无人地走着。

那个女孩的右手，握着一个精致的手机，目不转睛地盯着屏幕，纤细的拇指像蜻蜓点水一样，他们就这样走着，走在城市干净的街道，走在城市拥挤的人流之中。

整座城市瞬间安静下来，鸦雀无声。

我目视着这对恋人。我发觉，他们就是这座城市的时代标签，应该凝固起来，就像玛丽莲·梦露一样捂着被风吹乱的裙子，矗立在美国芝加哥广场的中央那样矗立在这座城市的中央，被世人以各种心态观瞻。

他们此刻的姿势和行为,已经是一种情感方向标,一种近似于图腾的时代符号,足以诠释爱情和人类进化的密码。所以,他们是幸福的。他们除了享受爱情的甜美之外,同时享受了手机带来的精神快感。在爱情的旋涡里,因为有了手机,就弥补了过去岁月里无法兑现的空白,让人类的情感触角,得以完美而优雅地发育,如同章鱼的肢体一样,柔软而夸张。

我猜想,手机,已经正式接管人类了。

手机里的阅读和搜索,非常像给你喝一杯勾兑好的菠萝饮料。各种色素和添加剂,各种稳定剂和菠萝香精,绝对刺激你的味蕾,让你兴奋和上瘾。而纸书的阅读,就是在吃一块真正的天然菠萝,切开之后,递给你,可能还带着酸酸的涩涩的味道,却于身体有益。但是,人类更喜欢刺激和兴奋,所以,很容易忽略天然的菠萝。

有一位在三尺讲台耗尽半生马上就要退休的依然可以称之为美女的老师,近日对好友说,如果她的女儿短期内不结婚、不生子,她就去一所知名的私立学校任教,以自己在公立学校毕生的教学经验去赚取人生的最后一桶金。然后,用这些钱去旅游,去山花烂漫,去享受人生。

她讲那段话的时候,满脸幸福和骄傲,满眼憧憬。仿佛那一桶金光闪闪的梦想,就在眼前,唾手可得。周围的人有鼓励的,也有沉默的。

她的女儿短期内能不结婚能不生子,等候自己的母亲完成她的夙愿吗?我停顿在别人的讲述中,不知所以。

追逐了一辈子的梦想,老了,还没有放手的打算,我很敬佩这位母亲。尽管这不大符合逻辑,不大符合自然的规律,而太多的人,依旧奋勇向前。老骥伏枥,志在千里,让好多人把晚年活成了少年,像是一头牯牛被火烧了屁股一样壮怀激烈。德国人叔本华说得好:"我们可以做我们想做的,但是,我们不一定能要我们想要的。"想想,这句话是什么意思。

我在高中同学群里长期潜着水，不敢发言。就算偶尔冒一个泡泡，搭讪者也寥寥无几。到最后，竟然到了无人搭讪的境地。似乎那种等候已久的同学情分，被微信这个平台酸涩地扔在地上，踩了一身的泥水。同学里哪些人成功了哪些人依旧贫寒着，哪些人钱包鼓得老高了哪些人地位高高在上，哪些人还在为一日三餐奔忙，微信群，会把全部的冷和热晒得一目了然。

其实，我们只需要记住一样东西足矣：我们曾经是同窗，别的什么都不是。

记得一位教授如是说，生命的形态像自然界的花草，各有各的形姿，各有各的韵味。但是，成功与失败的概念，是把自然的生命形态以及相关的生活方式做了高下和优劣的区分。这种区分，使许多人压抑了自己真正的喜悦方式，把所有的精力用在了追逐社会认可的所谓成功和失败之上。到了一定时候，无论你是成功还是失败，都会开始陷入深深的忧虑。教授继续说，因为生命的形态有着无限的生动和色彩，并非只有成功与失败这一对概念可以包含。

教授的话，余音绕梁。我们是选择做一个精致的利己主义者，还是做一个有益于社会的利他主义者，全在自己的一念之间。

那些年没有谈成的爱情，那些年没有完成的心愿，那些年没有走完的路，那些年没有结局的悲喜，我们今生都无法再续。

任何人的钱和地位都是一场虚拟的幻觉。为什么说它是虚拟的呢？你看，花儿开了，不是也要凋零吗？冬天来了，春天跟着就来了吗？佛陀在《金刚经》里如是说，如来说世界非世界，是名世界。我可以把这句话引申为，成功非成功，只是名叫成功而已；失败非失败，只是名叫失败而已。红楼梦的第一回就有这样一句话："浮生着甚苦奔忙，盛席华筵终散场。"所以，不要把自己裹在某些幻觉里，立尽斜阳。

那些成功者在获得财富之后，依然要面对空虚和无聊，要面对疾病和死亡。就算可以买到好的医疗条件，还是不可能解除和治愈人的烦恼和痛苦。人生所要面对的一切生与死、得与失、聚与散，都是无常的。所以，我们所谓的骄傲和为骄傲所做的一切扮相都是可笑的。只有弄明白这个道理之后，让心回到原来的地方，满怀欢喜地生活，才好。

有一件事情，至今我没有想明白。

我的高中学校位于牛华古镇，那时候的牛华古镇，像一艘停放在水中的乌篷船，载着我和我的同学们青涩的年华，走得飞快。以至于现在想起来都需要花很长很长的时间，去拾掇里面夹杂的朦胧情节。云华街电影院旁边那座已经被拆除的曾经是男女生宿舍的吴楚宫四合院老建筑里，交织着的汗味和荷尔蒙的味道至今如同当时天井里飘摇的花花绿绿的衣服裤子一样，飘摇在我的记忆里。青春的故事，很多情节像地下工作者一样神秘而卑微，却扣人心弦，耐人寻味。以借钢笔或者肥皂的名义，或者以骑自行车搭女同学为借口，那种瞬间的身体正当碰撞都是一种美好。

然而，我至今还非常清晰地记得有一首日本民歌叫《樱花》。如今还能轻轻地唱出来它的曲谱："樱花啊，樱花啊，咪发嗦嗦啦嗦咪、热多咪热多啦。"对，就是这首优美的日本民歌，提前终止了我的高中读书生涯。

1989年的一天，我被身材不高的班主任轻言细语地叫到高二教室的转角处。那个阳光永远照不到的楼梯口，背对着风，背对着所有的同学，对我说："你回家去吧。"

老师停顿了一下，像被人欺负了一样继续说："我，没有能力再教你读书了。"老师没有表情的面孔在我视线里起起落落，我在风中低下了头。

我在恍惚之中明白了，这是一种惩罚，而且是一个学校对一个学生最为严厉和粗暴的惩罚。

我到现在一直没有想明白，为什么那个时候我没有一句辩解和抗争，就非常顺从地配合我的老师，低着头像真的干了惊天动地的坏事情一样，默默地背起书包和卷起行李，像战场上溃败的士兵一样，一步挨着一步地，离开了我的高中校园。

那一天，没有阳光，没有落叶，甚至没有一个同学为我送行。我只是听见了掩藏在树林里的教室传出来的朗读声。我不争气的泪水夺眶而出，流过我的嘴角。我甚至觉得自己在那个时候，就是一个傻子，一个被众人嗤笑的傻子。我渐渐发现，当一个傻子也不是坏事情，至少没有聪明人那样的复杂和麻烦。

仅仅是，在我快要从校门消失的时候，我惊喜地瞥见了两个女同学在远远地望着我的背影，不知道她们是在伤感，还是在沉默，还是不经意地看见了我。（其实我一直误以为她们是在为我送行或者伤感，如果是，我会多么的骄傲）我以这种情形，安慰了自己很多年。哪怕是后来，我试探性地求证过此事的真伪，结果发现，并非如我所愿，只是我一厢情愿地自作多情，但我依然没有失望。

后来，我的已经退休、身材不高的班主任在一个偶然的场合遇见了我。他拉着我的手，极其诚恳地说："我这辈子做的最坏的决定，就是，劝你退学。"老师的手，柔软得像一条没有骨头的鱼。

老师长长地叹了一口气，继续说："但是，我后来让几个同学去了几趟你的家里，想请你回来继续读书。"老师停顿在伤感之中，"可是，你一直不在啊。"

我不在，我去了哪里？我使劲地回想，然而毫无意义。

我望着已是两鬓斑白的老师，想起了一地凌乱的樱花。

往事如风，我百感交集地说："老师，我没有半点抱怨你的意思。真的，我能看见你这么硬肘地生活，我非常高兴。"这是我的真心话。这确实是我的真心话。

那时候，同寝室的城里同学雷老三有一把漂亮的吉他。每天晚上，他都在宿舍的床上有模有样地摆弄来摆弄去，极其有力地刺激了我希望学习吉他的欲望。尽管我非常有可能永远也买不起这样一把吉他。

雷老三只要不弹奏的时候，也会慷慨地教我弹，并把一本乐谱借给了我。乐谱上的第一首曲子就是《樱花》。那些日子，吉他和那首日本的"樱花"，就成了我学习生涯里最值得神往的时光。

这是我第一次认真地亲近音乐，也是我第一次非常荣耀地坐在宿舍的床沿上抱着吉他像个文艺青年一样抖动肩膀和一条小腿，嘴里发出断断续续的音符和着吉他空旷的声音，让我们的男生宿舍蒙上了青春的色彩。

结果，事情出得非常突然，我把一根弦弹断了。为此，我不得不向学校请假回了趟家里，告诉父亲我的生活费不够了，这个月学校要求大家增加伙食费用。我至今都记得，我在自己编造的谎言里瑟瑟发抖。

我的善良的父亲，那个成天在田里干活累得腰都直不起的农民，想都没有想就跋着那双已经磨得没有后跟的烂拖鞋跑出去了，很长时间。大约是吃晚饭的样子，才慢腾腾地走回来。手里捏着几张皱巴巴的人民币，像做了错事一样，对我说："拿去吧，只借到这么点钱。"

我眼睛一热，拿过钱，飞一样地返回了学校。

当我把这个好消息大声地告诉了雷老三，而雷老三却不容置疑地说："不要钱，只要那根弦。"

我望着那把断了琴弦的吉他，用手捂着脸，坐在床沿上发呆。

于是，我只好又以胡编乱造的谎言去找老师请假。骑着家里省吃俭用买给我的那辆飞鸽牌加重自行车，摇摇晃晃地去了一趟乐山城里。终于，在一个至今都想不起的地方，买到了那根要命的吉他弦。我如释重负。

后来的事情就简单了，雷老三根本不要那根弦。

他皱着眉头说："这根弦，不是同一个品牌，会严重影响音质。"

我的天呀。那时候，我只感觉一下子掉进了一个深不见底的水塘，水塘里满是淤泥和杂草，我无法挣扎。我们激烈地争吵，一直到发生惨烈的打斗。我想象中的那些武功根本用不上，打架的姿势十分可笑。那一天，我被营养过剩、强壮如牛的雷老三打得头破血流，根本无法去上课。

我躲藏在宿舍的角落里，望着那本被撕碎的樱花乐谱和吉他琴弦，悄悄地擦拭着战败的伤痕。又想起父亲借钱的场景，禁不住悲从中来。

这件事情，原本可以就此结束。我们的恩怨，原本可以就此了结。然而，我的同学高老五的出现，让事态失控了。

我非常清楚地记得那一天，高老五汗流浃背地跑进宿舍，窗外的灶鸡鸡干嘶呐喊，他看见我的满脸伤痕，只简单地问了三个字："谁干的？"

我如实相告。

我后来听说，义愤填膺的高老五，立刻招呼了几个弟兄伙闯进学校的教室，把正在做英语作业的雷老三扎扎实实地揍了一顿，致使他不得不回去休养了近一个礼拜。

这场因我而起的校园斗殴事件，影响极坏。

我的身材不高的班主任实在无法向学校领导交代，也无法面对其他的同学。我觉得，他是被我这样一个"十恶不赦"的学生逼到了墙角，颜面尽失。

我没有埋怨我的老师对我的惩罚，也没有埋怨那段时光，这是我这些年来最真实的念头。因为我知道,这是一个人的命。

相反,若干年之后,雷老三和我,还有高老五都成了朋友。我们各自在命运的长河里流淌着。偶尔提起此事,竟还声情并茂、感慨万千。

就如一首歌里唱的那样——"朋友的情谊啊,比天还高比地还辽阔,那些岁月我们一定会记得",每次听到我都禁不住会陷入沉默。

当然,离开校园之后的人生历程,会让曾经年少的同学,陷入一场绵绵无期的煎熬和洗礼。几十载归来,我们还会是少年吗?

时光是不会老的,老的只是我们的容颜,我们的肌肤,我们的背影,我们的黑发。而我,不可能在两鬓始白的时候,活得像个少年。

我办不到了。

余花落处,满地烟和雨。

我离江湖,渐行渐远。一如眼前这座日渐荒芜的古镇,已然身影模糊、烟雨两朦胧。

我只能悄悄地站在五通桥时光的背影里,目睹那些前仆后继的人们"有的高升,有的隐退,有的前进"。我不会为他们叫好,也不会打击他们的热情,更不会嘲讽他们一路飞奔的万丈豪情。因为我觉得,这些,都是我的过去。

秋风起了,冬天即来。

我把头埋在自己的手掌里,使劲地搓了一下,希望自己的脸色好看一些,精神好一些。

便忘了,天涯芳信。

如是我闻

2019年6月初,天气日渐炎热,高温令人不安。

近日坊间盛传猪瘟肆虐。有人开始按计划捕杀疫区病猪,深挖大坑后,焚烧掩埋。对待疫情,好像别无选择。

市场上卖猪肉的人越发的少了,吃猪肉的人越发的少了。仿佛一夜之间,猪瘟扰乱了我们的饮食习惯,让素来以猪肉为主要肉食的人群,茫然失措。一些人为此担忧,也有一些人对猪瘟的肆虐感到愤怒和无奈。

我却没有这样的感觉,反而兴高采烈地选择素食。青辣椒煎成微黄色,拌之以酱油,俗称虎皮海椒,吃起来倒辣不辣的,实在是过瘾。太辣,则遭不住;不辣,没整头。其中的辣度,还真是不好把握。有点像摸老虎的屁股一样,既危险又刺激,所以叫虎皮海椒。这颜色像虎皮一样的海椒,从味蕾到胃,都令人激动。最多再加菜油煎苦瓜片、凉拌黄瓜和番茄煎蛋。然后来两碗再生稻米饭,大快朵颐。

原来,没有猪肉的日子,还是可以过得很滋润。

这个再生稻在市场上是不容易买到的,属于稀有品种。顾其名,思其义,就是再一次生长起来的水稻。

我们五通桥当地人口多,属于浅丘地形,能耕种的水田少,分到各家各户的地自然就少。咋个能解决吃饱饭的问题呢?农民们惊喜地发现,每年收割了水稻之后，只要雨水充沛，那些没有被踩塌的谷桩，竟然都会迅速地抽出稻穗，扬花结籽。要不了多久，满田又都是金黄色的谷物，随风摇摆，特别喜人。这是大地给勤劳的人们最慷慨的礼物，也是最意外的惊喜。

于是，一些勤劳的人就开始悉心照料这些收割后再长出来的水稻，好让它们能产得更多。再生稻无疑是大自然对农民的奖励，其口感也比之前的水稻更温和更有大米的糙香和柔韧。具体的区别在哪里呢？如果，你吃普通的大米饭需要辅之以美味的菜肴，而食用再生稻大米饭，不用一个菜下饭，纯粹的白饭，都能吃个大饱，而且还吃得满心欢喜。

那个诱人的米香哟，能长久地弥漫在口腔里，足以唤醒人身体上的每一个饥饿的细胞，让它们飞速地膨胀。

由于其产量实在是少，所以，市场上几乎没有人出售这种大米。而从小生长在农村的我，每年都会在再生稻收割的日子，去乡里乡亲那里，买一些，存起来。

能再生的粮食，并不多！能再生的大米，一定值得珍藏。

书柜里放了一块好茶饼，是多宝寺照修法师所赠。产于2000年8月的这块云南普洱熟茶，是我最舍不得泡的茶叶。书与茶放在一起，常常令我内心无比喜悦。取书的时候，就会看见茶；取茶的时候，也会看见书。同时，还会念及照修法师的慈悲。后来，我将这块取用过少许的茶送给了好友。

喜爱红茶的我，嘴里早已容不下青茶的娇嫩和浅淡。而对于红茶的那份温和与绵柔，自是格外恩宠。

喝茶，可以有一种庄重的仪式，让茶与生活优雅地相互礼让。比如今天随处可见的工夫茶，这种喝茶的方式，自然是拔高了喝茶的规格，有一种仪式感。

而还有一种喝茶的方式，可以不需要任何做作（装），只需要拿起碗，伸进茶缸，舀一碗，一仰头，咕咕咕地倒进喉咙。然后，抹一把嘴巴，那个痛快，无以言表。

众生喝茶的相状，并没有实质上的区别。我仍然以为，只要能解渴，就是喝茶的最高仪式。

这就好像那些喜好收藏茶叶者，实际上他们收藏的是一份心情。如同古董收藏一样，是人赋予了物件以魂魄和故事，让收藏者误以为收藏着天下最稀有的时光和秘密。那个误以为怀揣着秘密的人，一生都会如茶一样独自发酵，却无人与之对茗。这样的孤独和寂寞，既美好也伤感。这也是我从不对古董动心的一个原因。哪一件古董，能有脚下这片土地悠久，能有天空这片白云遥远？

有吗？没有吧。

我认识一位酷爱收藏古玩的医生，号称有一屋子的古董宝贝，可谓是散尽家产，只为冰冷的瓷器和铜铁木老件。每次聊起他的那一屋子宝贝，医生就口若悬河、滔滔不绝。当然了，这些古董被医生收留之后，也确实是可以安稳地栖居几十年，不再为渺茫的前程失魂落魄。沾了暮气的这些个古董，宛若一座荒城，以沧桑的朴素占领了医生全部的爱与恨。不动声色地生了根发了芽，让我辨不出医生是古董，还是古董是医生。

而我固执地以为，每一件所谓的古董，都应该回到它们当初的地方去，才是对古董最高的尊重和礼遇。中国考古学之父李济先生曾提倡"古物国有，任何人不得私藏"，我认为是正确的，应该得到推广。

2019年6月4日，五通桥史上最后一位抗战老兵胡正光先生悄然离世。我看着朋友发来的微信，长久地沉默。

朋友庆幸自己能为老先生送终。他说，弥留之际，老人一直无法落气。有人把老先生当年在黄埔军校时身着戎装的照片递到老人眼前，老先生才终于安然地合上了双眼，驾鹤西去。

若干年前，我与朋友曾经一道拜访过胡正光老先生。先生书法功底十分了得，却是少见的谦逊和平易近人。面对各类媒体的采访拍摄总是不断地讲："不要夸大，不要卖弄！"这与毕生追求"自由之思想，独立之精神"的陈寅恪先生当年说"我从不珍视我写的论文"如出一辙。而事实上，陈氏的论文在文化领域的贡献堪比丘山、举世所重。

胡老其字，清气入毫端，笔墨生香。字老，没了火气，却添了让人想落泪的大美。那股浓墨与宣纸之间荡漾的苍茫古风，直指人心，笔锋粗粝而天真，把中国文人的气度，表现得入木三分；把中国传统文化的大美，抒发得温文尔雅。

不夸大，不卖弄，是老人德隆望尊之品格，是人性里最干净的墨痕。我们是不是太缺少这样干净的品格，是不是总喜欢卖弄和夸大？

我端望着微信里俯拍的视频，泪眼婆娑。

先生弓着身子，如同赤子匍匐在大地上。背对着苍茫的天空，挥舞着笔端，仿佛是耕者立在田间种植，又如同是在大地上踽踽行走。

笔，就是先生迈开的脚步。他的急切和从容，是在与这个世界隆重地告别。他挥毫疾书的每一个字，都是留给这个世界的最迫切、最从容的遗嘱和种下的花朵。此刻，我心里涌起弘一法师的一句口占：我到为种植，我行花未开。

他的字，追随着他的光阴，带着战场上的硝烟，从未停止。我长久地凝视着先生的作品，直至，残阳落尽。

先生走了，从五通桥花盐街那条弯弯曲曲的巷子走出来，衣袂飘飘。

我觉得纪念胡老先生最好的方式，不是一群人摊开其作品，赞美、叹息、落泪。而是，付之一炬。

让先生的作品为先生陪葬，才够格。

跳跃的火光中，我依稀能看见先生慈眉善目，从容而淡定。

从此，五通桥少了一位真书法大家；从此，中国少了一位抗战老兵。

我枯坐在书房。

墙壁上挂着一幅篆字：如是我闻！

金山寺古镇

四十多年后的一个下午,我独自一人从金山寺古镇的老街上走过。年过四十岁的人,所有的事情大半都已经经历过,不大会有什么十分值得喜悦的事情。

阳光分外强烈,空气里的扬尘在我的视线里飞舞。路边形形色色的狗聚集在一起,有垮拉着皮毛的沙皮狗皱着丑陋的嘴巴,有像从坟堆里冒出来的杜宾犬,让人生畏,有和本地土狗杂交的假狼狗趴在路边的树荫下伸着猩红的舌头无精打采,有长着几乎遮住眉眼的长毛波兰低地牧羊犬。狗的种类越来越多地出现在我们的周围,本地忠诚的土狗数量在明显下降。

这种时候,我就在想,其实我们生活在一个尘土飞扬的世界。这些微小的尘土,让人略感不安。因为,它们会随着呼吸进入我们的身体,影响我们的情绪。它们在阳光的照射下扭动着身躯,兴奋地变幻着各种姿势。

事实上是因为堵了车,我才不得不停放好汽车,步行去见一位好友。路边靠河的菜地里有几只美丽的母鸡围着一只英俊的公鸡,转来转去。最里面那只长满漂亮羽毛的母鸡伸长美丽的脖子:咯、咯、咯哒、咯哒地叫着。似乎是为了响应母鸡的鸣叫,威武雄壮的公鸡昂起金光闪闪的脖子,拍着宽大的翅膀:咯咯、咯,最后的那个咯,底气十足,拖得很长,响彻云霄。母鸡们幸福地仰视着它。

我从平桥——原来叫太平桥，修建于乾隆年间（1736—1795）——巨大的黄葛树旁靠河边通道慢慢地往川主庙方向走去。桥头的茶馆仍然和四十多年前一样，一群茶客围着简陋的木头方桌喝着苦丁茶，高声武气地谈论着国家大事或者家长里短。

打牌的居多，围观的也不少。这种牌的样式和打法全国独有，叫贰柒拾，也叫桥牌或字牌。其历史可追溯到200多年前。当时为清乾隆年间，五通桥盐业发达，盐场揽头为便于同搬运工结算费用，实行的是每抬一包盐巴或者一筐煤炭就发一张写有编号的竹牌子，搬运工们就凭这个竹牌子和揽头结算工钱。为防止假冒，每一个盐场揽头还专门请人在牌子上用两种不同的颜色写下别具一格的大写数字，从壹到拾，以区分不同的码头。这种特殊的字体就是现在字牌的雏形。盐业兴旺的五通桥，劳动力非常集中。休闲的时候，这些盐工们就拿这些颜色不同、字体特殊，且可兑换工钱的竹牌子聚在一起斗数寻乐，玩起了输赢。渐渐地，就发展成了一种娱乐牌具。打牌时攻防兼顾、进退有度、声东击西。其玩法的奥妙玄机如同易理，让人还能从牌中悟出人生大道。当然，作为一种茶坊赌具，也让许多人爱恨难平。

茶馆，是金山寺古镇的江湖，至少是我眼中的江湖。

那里隐藏着许多足以笑傲江湖的茶客，他们年轻时走南闯北，练就了一身的本事。如今老了，只有蜷缩在这个桥头的老茶铺，乘着茶劲，鼓起泡子眼，脸红筋胀地拿男女之事相互取乐。那边刘地主拍着一个戴斗笠的人喊："赵莽儿，你的婆娘昨天在河边上和聋子光叉叉地洗澡哦。"

戴斗笠的赵莽儿像被火钳烫了一下："我日你仙人板板，那是你妈的嘛！莫格莫什的，龟儿战灵子苞谷。扯些惊风，不吃法贴不晓得霸道。"

类似如此的大玩笑和荤龙门阵此起彼伏，逗得旁边的人会心地坏笑，他们自个儿也乐。乐不了一会儿，就有人趴在茶迹斑斑的桌子上，打起了呼噜。

三十多年前，我也是其中的一员。每逢赶场，就会和几个年龄相仿的青沟子娃儿吊而麻帅地走进茶馆，朝着老板高呼一声："来一碗茶三，老板儿。"

那种假装老练的画面，似乎一下子就在我的眼前复活了。

这时候，含着叶子烟的半驼背老头儿就会笑得一脸稀烂："来啰，来啰。"

呛人的叶子烟从他黢黑的嘴巴里喷出老远，蓬松的烟灰，四处飞溅。

听人说，抽叶子烟能止咳化痰，还能提神。再苦再累的人只要吧嗒吧嗒地抽上几口，就全身通泰了。1949年后，烟枪们又把这种叶子烟叫黑武器，意思是杀伤力很大、威力无比，就是很过瘾的意思。能抽黑武器的人才算得上真正的烟枪，才有资格谈烟论"道"。一个抽着黑武器的人时常会对一个烧纸烟的人说："来嘛，整一杆耍？"

那个烧纸烟的人准会卑微地说："整不动，整不动。你整，我不敢冒皮皮，也不敢提虚劲。"赶紧给自己下矮桩。

于是，热气腾腾的茶碗准会在桌面上发出清脆的响声。一碗酽茶就稳稳当当地摆在了我们的面前。那时候，茶水很酽，我们很年轻。

而且那时候，坐在喝茶的这个地方，还可以看见北来的茫溪河与东流而至的金敖河交汇之处（川主庙前的回水沱沱）来来往往的大船。这些大船装满了各种货物。有些船整齐地停靠在岸边，升起做饭的炊烟。有的准备出发。船沿上两个撑船的汉子各自挥舞着一根笔直的篙竿，从船头把篙竿像剑一样插入河底，再把篙竿的另一端顶在肩膀上，迈着稳健的步伐走向船尾。然后，又重复开始，大船就开始慢慢移动了。

还有几条捕鱼的小船，穿插在大船之间。船头上整齐地立着几只水老鸨（鸹鹴，鸨，方言读wā）伸展着长长的翅膀。捕鱼的人斜靠在船尾，对着波光粼粼的河面抽着黑武器，一股子烟雾从他的嘴里流淌出来，又被阳光稀释。

四十多年后的金山寺古镇，街道并没有变宽（"街"，在我们当地的读音是gai。和"该"同音）。只是把原来踩得凹凸不平的青石板路面撬起来，拉到别的地方扔了，再铺上了水泥路面；把原来木结构的老房子拆了，修了开着玻璃窗户的红砖瓦房；把长满青苔的青石老码头拆了，用钢筋混凝土修了沿河的长廊；把修建于清代乾隆年间（1736—1795）的太平桥拆了，修了一座全国统一样式的水泥商砼桥。

古镇，在岁月的长河里悄悄地改变着自己的样子。也像一条鱼，被剥去了鳞片，又拿笔给画上。画上的鱼鳞，远远望去还是和真的一样。有一次闲聊，一个朋友说："我不明白，为什么老祖宗留给我们的都是艺术品，我们留给子孙的，又是什么呢？"

唯一没有被改变的，是河边的几棵黄葛树，依旧参天而立。树冠比以前更大，遒劲的主干比任何时候都充满力道，让人敬仰。也只有这种树，越老越有气质，越老越有精神，越老越有风骨。站在它的面前，似乎只有树老了，古镇却在时光里忘记了时光，忘记了岁月。

我拐过老桥头，往正兴街（今迎春街）上走去。正兴街往聚庆街（今生产街）之间有一座三孔石拱桥相连。此桥修建于乾隆四十五年（1780），当时叫无量桥，现在被当地人称为老桥。1953年改建为三孔石拱桥。"无量"二字，乃佛教之用语，指的是佛教普度无量众生而应具有的精神。用于此桥名，和金山寺这个地名一定有着某种深刻的联系。据史载，从宋代起，在金山寺地面上就有马鞍寺、明心寺、宝寿寺、罗汉寺、回龙寺、金山寺等六座寺庙。金山寺当地民风淳朴，从善如流者众，且无大奸大恶者，这些可能与佛教盛行有关系。

"小溪通古寺，一岁偶登临。竹径苍苔厚，松窗绿树深。"这是清代三甲进士余光祖写的《题金山兰若》诗。"兰若"即阿兰若，泛指寺庙。金山兰若，就是金山寺的意思。余光祖是土生土长的金山寺人，清康熙五十二年（1713）高中进士后，一直在外做官，后官至淮安知府。虽说宦游在异乡，但是对故乡怀有深厚的感情。由此诗也足以看出金山寺庙之多。

而金山之所以得名，据称，是因为附近山头光秃，秋草枯黄似黄金，故而名金山。

眼前那些有点明显歪斜的老房子，像一位走累了的老人，拄着黑不溜秋的烧火棍，气喘吁吁，有气无力地望着身边来来往往的路人。墙体靠窗的位置，还有一句字迹漫漶、耳熟能详的标语：农业学大寨！

1964年，金山寺的顺河公社太阳5队在全区率先开展了"农业学大寨"，改田改土，修建大寨田。据说仅用三把十字镐就改土4亩。所以，"农业学大寨"这句话，在我们当地可谓随处可见，家喻户晓。

我在丁字路口放慢了脚步。眼前那个无人问津的副食店就是当年摆满图书的地方，门面还是这个门面，只是副食已经取代了图书。那个时候的人刚刚填饱肚皮，却爱看图书。今天的人早已填饱了肚皮，却忘记了读书。麦家先生说："读书，就是回家。"不愿意读书，那么就可以理解为很多人都不愿意回家了。那个家，是心灵和情感，是我们一直在追问的内心世界。

我一眼就认出来那个当年出租图书的精明男人。此时，他正斜靠在一把陈旧的木头椅子上，呆滞地望着我，或者是我站着的方向。和街道一样，他显得很老了！

他左边那只本来就小的眼睛如今好像完全瞎了，仿佛是一块柑橘皮扔在他蜡黄的脸上，有一种痛苦状。

我知道，他不会认出我。他也不会想到，对面街面上站着的，是三十多年前，几乎天天都会去他书店租书的人。很多时候是没有钱租书了，这个人也会假装选书的样子，在这个地方磨蹭很长的时间。而他，从未驱赶过类似于像我这样假装选书的人，他知道，我们兜里其实没有钱。

就像当时街道对面那个狭长的饭馆一样，里面时常都坐满了操馆子的人。而饭馆外面墙角的地上，却长时间地坐着几个衣衫褴褛的舔盘子的叫花子。他们只要发现哪一张桌子上食客有站起来的迹象，就会迅速地占据一个有利的位置，以便用最快的速度冲过去，风卷残云一般把别人吃剩的饭菜席卷一空，把盘子里的食物舔得干干净净。他们都是蓬头垢面，生存的唯一动力就只剩下食物了。这深深地震撼着我幼小的心灵。"人类历史其实是一部关于某个饥饿的生物四处寻找食物的记录。"而我那时候，最希望的就是，操馆子的食客们能多剩一点食物在盘子里。如同这个精明的男人，假装没有看见我借故翻阅他的图书一样。

图书出租，一直是当年这条街上的一道美丽的风景。我认为这道风景，是我少年时光里最安逸的记忆。

金山寺古镇有一段自己的历史。这段历史，如同这个出租图书的小店一样，知道的人可能不多。

其实，人类全部的历史终究是会还给岁月，归于沉寂的。我今天又把它们耙出来，只是想，让它们晒晒太阳。

隋开皇四年（584），因为要平定獠人，朝廷把平羌县治设在了今天的金山寺古镇，时间长达七年之久。就是说，金山寺古镇当年就是一个县衙所在地。提起平羌二字，我想到一首诗："峨眉山月半轮秋，影入平羌江水流。"当年李白的诗中提到的平羌，我不知道是不是就是这个平羌。有人说是嘉州小三峡（青衣江）的平羌，有人说是他们那里的平羌，都在争着和诗人有点瓜葛。而李白也没有在诗的结尾留一个注解,因为他只是一个诗人,没有史学家或者为官者的心思缜密,他从不提防别人,也没有提防过自己。

獠人是指汉唐时期生活在云贵高原的一个少数民族,我们叫他们蛮子。他们身材矮小粗壮,生性好战。据现存最早的古代地理总志《元和郡县图志》记载:"平羌县,夷獠侵没,移于今理。"

从西晋永嘉五年即公元311年后,五通桥就有大批的獠人入侵。他们甚至对四川人的体格产生了深远的影响,致使今天的四川土著人身高普遍较矮,脖子粗胳膊短,生性粗狂。而且,獠人多以洞穴为居。直到今天,五通桥地区包括金山寺古镇四周还有很多被称为"蛮子洞"的洞穴,就曾经是这些獠人的栖居之所。这些洞穴,也是我们年少时经常造访之地。那里面很开阔,四壁光滑,冬暖夏凉,能遮风避雨。有石门,有石床,还有生火造饭的地方,有一种家的感觉。当然,也有一些蛮子洞属于汉代开凿的崖墓。

《太平寰宇记》云:"本汉南安县地,属犍为郡,隋置大牢镇,寻改为县。"隋文帝开皇十一年(591)平羌县治迁出区境,随即改置大牢镇。开皇十三年(593)金山寺古镇又升为大牢县,时间长达一百四十九年。

《堪地广记》云:"应灵县本大牢,隋开皇十三年置,属资州。武德元年来属。六年,州自公井徙治于此。永徽二年,徙治旭川。景龙二年,省云(荣)州及罗水、云川、胡连三县入焉。天宝元年更名。有应灵山、应灵水"。就是说,到了唐朝天宝元年(742)此地又改名为应灵县,时间长达五百二十年。那块安放在金山寺川主庙里高约三米、宽约一米五的应灵碑石,在"破四旧"的时候,被愤怒的人们打碎,抬起来扔进了茫溪河里。一段活生生的历史,就此沉入了水底。当然,人们说不破不立。"盖毁旧宇宙而得新宇宙",这似乎是一道符咒贴在了岁月的脸上,让人目睹一段又一段鲜活的历史在眼前死去,转世。

1990年,在金山小学附近发现了原县衙门桅杆的八角形基石两块,桅杆夹板石两片。故有民间传闻,今天的金山小学就是当年的古县城衙门所在地。

唯一留存下来的是川主庙戏台,仍旧像当年输送卤水的枧杆子一样,矗立在金山人的视线里,庄严而悲凉。川主庙也叫川子庙,即四川会馆,一般供奉着李冰父子。因战国时李冰修都江堰治水有功,使成都平原变成了天府之国。就是这个蜀守李冰"察地脉知有卤泉",遂在今五通桥红岩子"平盐溉"采卤制盐,使红岩子成了中国井盐肇始之地。后来民间传说,李冰次子李二郎奉命驻灌口斩蛟有功,被祀为二郎神。在四川,宋代以后即有供奉李冰父子的二郎神庙。因此,四川会馆也多祀李冰父子。金山寺的川主庙也不例外。过去很长一段时间里,川主庙的戏台上热闹非凡,川剧折子戏的演出成了我们当地人唯一的精神食粮。那些字正腔圆的精彩表演,引人入胜。一喜一悲一抖袖,一颦一笑一回眸,那些历史的声音,顿时汹涌澎湃,余音绕梁,三日不绝,扎扎实实地给我们当地人留下了不可磨灭的文化记忆。

川主庙已经被拆除很多年,但戏台的外形保存较好,线条一如中国水墨画一样,与周围的山体和河流非常和谐地融合在一起,致敬着岁月。抗战时期蛰居宜宾李庄五年之久的林徽因曾经告诉梁思成什么叫建筑:"艺术和工程技术为一体的一门学问,就叫建筑。"(也就是说,建筑这个东西仅有工程技术是不够的,必须要有艺术修为,才能造出好建筑)这样优美的古建筑,如今像一本教科书一样,告诉我们,只有敬畏自然的建筑,才能和艺术融为一体,才会有一种叩问灵魂的美赢得人心,让人着迷。

与金山寺川主庙遥遥相望的西南山顶，于南宋嘉定三年（1210）修建了一座多宝塔，塔的旁边建有观音寺。该塔为十三层中空白砖塔，塔内有旋转的楼梯上顶。我们当地人又称白塔子。时隔七百多年后的1958年，逢"大跃进"时期轰轰烈烈大炼钢铁，当时的五通桥市成立了"中共五通桥市委钢铁办公室"，还兴办了"金辉铁厂""五通桥钢铁厂"，用这些铁去造飞机大炮，痛打美帝鬼子。由于建炉的砖不够，人们就将金山寺的白塔和牛华溪三块碑的白塔给拆了，将拆下来的砖用于修建炼钢的炉子。两座历史古塔就此灰飞烟灭，令人扼腕。

　　奇怪的是，金山寺的白塔被拆后，人们惊奇地发现有一块金砖压在下面。更奇怪的是在拆三块碑白塔时，发现塔顶的压顶竟然是一口熬盐的铁锅，锅里放着三块金砖，金砖下压着一张绢布，绢布上书有文字："怀才三百载，酣睡未离乡。跃进号角响，吹君到桥钢。"玄了，三百年前，就有人掐算到了这两座塔的命运。

　　南宋诗人陆游从嘉州（今乐山）赶赴荣州（今荣县）上任，曾经路过应灵县（金山寺古镇），逗留数日。他在此地还写下了一首诗《桃园忆故人应灵道中》："栏干几曲高斋路，正在重云深处。丹碧未乾人去，高栋空留句。离离芳草长亭暮，无奈征车不住。惟有断鸿烟渚，知我频回顾。"

　　如今，诗人已去，长亭不再。遥想当初，放翁先生独自望着茫溪河源源不断的流水，举杯消愁。"一弹指顷浮生过，堕甑元知当破。去去醉吟高卧，独唱何须和。残年还我从来我，万里江湖烟舸。脱尽利名缰锁，世界元来大。""白发当归隐，青山可结庐。"龟堂病叟也只有万里望吴越，空悲切。

　　我不知道这个"自计前身定蜀人"的南宋诗坛领袖是否也在金山寺

古镇那棵黄葛树下喝过苦丁茶、听过老乡们的龙门阵、抽过我们当地的叶子烟？此时此刻，我禁不住又想起了应灵的古道、西风和瘦马，还有应灵的山和应灵的水，诗人却已在天涯的场景。"烟渚断鸿，长亭芳草"，这是一幅烟雨朦胧的山水画，永久地定格在我的脑海里，等我执笔，题上落款。

今天是赶场的日子，街道两旁有许多人在忙忙碌碌。

有人在街边收拾着没有卖完的百货和水果；有人在把三轮车推到摊位面前开始装地上的垃圾；几个背着书包的小孩子，蹲坐在尘土飞扬的地上窃窃私语；一位头发凌乱裸露着肚皮的大个子嘴边涎着口水，木然地笑着，望着街道；一间小小的化妆品店门口浓妆艳抹的老板娘正对着不锈钢门框涂着口红，旁边坐着一个胖乎乎的女人，揭起衣服露出雪白的乳房把奶头往怀里孩子的嘴里塞；还有一只被掰掉了爪子的笋子虫使劲地扇动着翅膀，试图在水泥电杆上着落。

私拉乱接的各种电线和网络线把街道的天空和屋檐变成了一张巨大的蜘蛛网，各种宣传标语充斥着人们的视线。鳞次栉比的新旧建筑，沿河而立。

古镇在岁月的长河里，忧伤地生长和前行，像一个失忆的白发老人，行走在苍茫的大地。茫溪河的水，从前世流到今天，一直没有干涸，还将一直流淌。

我忽然发觉，自己有一种走在时空隧道的幻觉。

这种幻觉就是，我看不见别人，别人也看不见我。我还是走在自己的古镇，他们依然生活在自己的金山寺老街上。

我们隔着时光，隔着岁月，独自前行。

第一次瓦泽乡之行

从折多山回来，我想给自己写一封长信。告诉远方的自己，这一趟意料之外的旅行，让有些东西得以重新认识。也可以借此妥善地保存一段生命的足迹，等我年逾古稀，满头白发的时候，可以翻开来看一看。因为有人说，人一生值得幸福的，不是你走过了多少路，而是你记住了多少事！

两年前，从大公司拿着丰厚年薪的老范辞职，选择了自己最爱的客栈经营和旅游，一头钻进跑马溜溜的康定，从此没有了联系。偶尔从微信中看到天马行空、一片灿烂的他，再看看每日如陀螺一样旋转的自己，心被满城的雾霾遮掩得密不透风。我们从未在彼此的微信中留下只言片语。因为匆忙的生活来不及顾及更多的东西，每个人都相对独立地按自己的方式在继续。

过完年，忽然接到老范邀请的电话。我和朋友当日便收拾好行李，第二天中午动身，驱车前往康定，前往那片梦中的高原。

蜿蜒曲折的川藏公路，全部是沿着巨大的、令人生畏的高山和峡谷修筑。在巍峨的山峰面前，人们只有选择盘旋和环绕。知道吗，除了神灵，没有谁可以例外。我是这样想的。

那天，车至二郎山隧道。伫立在风雪中等候我们很久的老范，快步走上来迎接我们。我们两个人在二郎山漫天的大雪中，紧紧地握着对方的手。比以前更为结实的老范,红彤彤的脸庞略微有了一些高原红。四周全是结了冰凌的树木和植被,连空气也有一股凝固的味道,世界一片苍茫。

"闲话少说了,我们马上赶路。不然,今晚就翻不过折多山啦。"在老范爽朗的笑声中,居然多了几分细致的东西。我想起了,如今的老范是一位职业导游。路和路途,成了他生活的全部。

只是让我和同伴压根没有想到的是,穿过二郎山隧道,眼前居然豁然开朗,万丈霞光普照大地,刚才风雪漫天的苍茫景象不见踪迹。我们为自然界的庞大力量惊叹不已。

一座大山,造就了两个完全不同的气候场景。我反正是很久都没有回过神来。除了巍峨的高山,这个世上还有谁可以有如此神奇的力量?

还有谁?

在汽车飞快的行驶中,天逐渐黑了。

疲惫的群山以不可攀越的姿态绵延在我的视线中,裸露的山体扭动着如水一样柔美的曲线。山体之美,带着一股无法抗拒的侵略姿势冲撞着人的视野,不断地更改着我对高原的认知和揣测。

知道吗,我被深深地吸引了。

巍峨的高山和深不见底的峡谷,连同那些连夜赶路的车辆和步行者,还有一闪而过零星的藏式民居,以及忽然闯入视线的康定城,似乎都在告诉我,告诉如我这样陌生的闯入者,昨日的茶马古道,已然被灯火阑珊的城市和现代文明篡改得不见蛛丝马迹。唯一无法篡改的,是被群山紧裹的康定城。此刻,如同婴儿一样蜷缩在襁褓之中,安静,神秘。而我的心中,满是好奇。

"前面不远就是折多山了,你们两个要跟紧我,互相有个照应喔。"老范在康定城的街头停了车,跑过来。闲聊了两句。然后,点燃一支香烟,猛吸了几口,又一头钻进他的座驾。点火启动。我们紧跟其后。

汽车在折多山的盘山公路上飞速行进,如同飞机在蓝天盘旋。漫天的星星,也在冗长的盘旋中变化着角度和阵容。空气越来越冷,越来越稀薄。

终于,汽车开进一个有半人高围墙的院子。我估计是到了目的地。

借着车灯和如水的月光,我能清楚地看出这是一座典型的藏式民居。左边是三层高的阁楼,右边是一排两层的新建石混坯房。一位衣着氆氇满脸笑容的藏族大姐,在月光中等候着我们的到来。我听见老范在和她交谈着什么。

"哦哟,欢迎你们,欢迎你们呀。"

藏族大姐做着一个邀请我们进屋的姿势。这个姿势显得是多么的眼熟,多么的陌生,又多么的稀罕。

尽管一路鞍马劳顿、头昏脑涨,但温暖而干净的屋子,顿时让人感觉无比的轻松。这是一户藏族人家,屋内装饰为藏族风情格调,熟悉而陌生。

待我们一一入座,身着氆氇和毛呢的藏族大姐热情地给我们每一个人面前摆放各类点心。对,还有刚刚煮好的酥油茶。

"扎西德勒,扎西德勒。"藏族大姐不断地向我们说着这句我一下子就听懂了的话。

"扎西德勒。"我也学着她的样子,开心地对她说。

"我叫格桑卓玛,格、桑、卓、玛。"大姐介绍着自己。认真地说这是自己的藏族名字。"我是多吉的大姐。"

"哦,那么你就叫多吉?"我主动向刚刚随我们进屋的藏族汉子问道。

"嗯，我……叫哦多……甲。"他的汉语实在让人听得很吃力。不过，汉子满脸真诚而急切的表情让人很容易平静下来。他热情地给我们递过来各种吃的东西。

"不是多、甲，是多、吉。"汉子用手指蘸着水，在木地板上认真地写出自己的名字。

"这个，是我的大姐，她叫格桑卓玛。这个是我的老婆，叫德吉央宗。那个，是我的女儿，叫格桑梅朵。"随着多吉的逐一介绍，我很快就理清这一屋子里人与人的关系了。

倒是他的漂亮女儿格桑梅朵让我觉得很好奇，小姑娘文文静静的，也不爱说话，细细的辫子绑着五颜六色的丝线和细细的小花，像只小鹿一样围着家里人蹦蹦跳跳、窜来窜去。她和这个世界似乎隔着很远很远的距离，但又似乎这个世界原本就是为她而准备的。

"跳完藏戏，我这个……才回来。"多吉似乎有说不完的话想告诉我们。

我倒是被他的讲述吸引了。甚至，沿着多吉的那张满是风霜的藏族汉子特有的脸，迫不及待地想象着他们的故事，他们的过去、现在，还有他们的未来。

"尝尝这个吧！"格桑卓玛大姐弓着身子递给我一盆风干的牛排。仔细一看，竟然是生的牛肉。我有点傻眼。就连刚刚喝下去的酥油茶都还没有来得及适应，这个生的牛肉咋个办呢？不吃吧，我有点担心会辜负大姐的热情。吃吧，我还得酝酿一下自己的情绪。

"吃吧，没什么，很美味的。"老范笑吟吟地说。拿起牛角刀，熟稔地割下一片肉，蘸着辣椒酱开始吃起来。他吃得很惬意，也很无所谓，似乎他已经是藏族人。我知道，老范已经习惯了这里的生活。

好嘛，我也拿起牛角刀，学着他的样子割下一小片来。那一刻，我试图劝说自己忘记是在吃一块生肉，而把它想象成是在嚼一块烤熟的牛排。

但是老天啊，结果并非如此。

任何想象都无法替代真实的感受。尤其是生肉那种挣扎而不甘心不妥协的劲道，在我的唇齿和喉舌之间刺激我的味觉和胃，让我差点作呕。

我不动声色、快速地咽下这块被藏地寒风风干的牛肉，故作镇定地端起酥油茶，狠狠地喝了一大口。咸咸的酥油茶，浓浓的奶香味道，根本无法清除生肉留下的不适，让原本有点高原反应的我，倍感不适。

"走嘛，去、去我家的楼上，看看。"多吉主动邀请我们上他家的阁楼参观。

沿着窄窄而陡峭的独木楼梯爬上去，我看见这里有一间佛堂，里面还有一个人正在磕着长头，动作熟练而快速。当她起身的时候，我发现原来是多吉的老婆德吉央宗。

见我们进来，就停止了磕头。她低着头，谦恭地站在多吉的身边。

"这个是做佛事的铃铛，这个是锣……这个是过年时喇嘛们来念经时用过的东西。"多吉热情地给我们讲述着他家的事情。

我注意到这位藏族汉子面对神像时，那种深入灵魂的敬畏和谦恭。这一刻我在想，他们供养的岂止是一尊佛像。

我两脚发软，悄悄地退出了佛堂。

细心的老范随即跟着出来，问我怎么了。我说，我可能遭高原反应了，有点难受，想躺一下。

多吉见此情景赶紧从楼上下来，帮我整理好客堂里的被子和床上垫的褥子，照顾我躺下，并亲手为我压好被子，免得我受了冻。迷迷糊糊的我，那一刻，很想马上任性地离开，很想马上回家。可是，如此遥远的路途，又岂是说走就能走的呢?强烈的高原反应,让我第一次显得狼狈不堪和虚弱。

我看见月光从窗户那里像水一样泻进来。我在月光里渐渐进入梦乡。

天亮的时候,我们都很快从被窝里钻了出来。格桑卓玛笑吟吟地走进来,招呼我们去用热水洗脸。还恭敬地站在一旁,递给我们香皂和毛巾,顺便拉一些家常。她告诉我们,他们家墙壁上的小孔真实的用途是用来射击来犯之敌的,不过现在每户都没有枪了。过去那种一言不合就会出现的大火拼,早已不复存在。

我问格桑卓玛:"大姐啊,你喜欢我怎样叫你呢?是喊大姐好呢,还是喊卓玛好呢?"格桑卓玛爽朗地笑起来,她的笑声非常好听,很像被高原阳光晒化了的溪水。

"喊我大姐吧,你们汉地,不都喊大姐吗?"卓玛显得有一点腼腆了。

我说:"我干脆就喊你卓玛大姐吧。我们好有缘分哦,是不是卓玛大姐?"

"这个,是菩萨的意思呀。"卓玛大姐口中又念叨着我听不懂的经文。

"我得和你合个影,我得记住我们的这段缘分,卓玛大姐。"

卓玛大姐一下子变得像个孩子一样兴奋,拉着我的手,一起下楼。在高原旺盛的阳光照射下,我们拍下了我在康定的第一张合影照片。照片里,我脖子上围着一条漂亮的哈达,和大姐手挽着手,站在他们家的门前,笑得一片灿烂。

院子进门的角落里,挂着五颜六色的经幡,在早晨凌厉的寒风中飞舞。我看见多吉在那儿燃烧一堆松枝。浓浓的烟雾在多吉的诵经声中袅袅升起。

我看得出神。

"多吉,你这是在煨桑吗?"我走过去,问他。

"对的,也叫敬山神。"多吉耐心地给我解释。

"我们这个地方,每户人家都要敬山神的。他们家修的那个(燃松枝的地方)都很漂亮。我的以后也要修呢。"

我这才发现,别人家的煨桑的地方都修得很气派。而多吉煨桑的地方仅仅是几块石头堆砌的。

是啊,敬山神。

他们每一个人的心中除了自己,还有神灵,还有高高在上的神灵,所以,这片土地才会如此的干净和圣洁。这样纯净的地方,不要说一直住在这里,就是看一眼,也是一种福分。

我好想,升起风马,和他们一样,用一生的时间,去守望雪域高原的神灵。

即使不能,我也要学会慈悲。

瓦泽乡之行二

最近一些日子，开始想念瓦泽乡的多吉一家人，想念仁慈的大姐格桑卓玛和他们家乖巧而安静、头上扎满野花的漂亮小女儿梅朵，想念他们家带着咸味却浓香扑鼻的酥油茶和他们自己酿造的青稞酒，想念让我望而生畏的风干生牛肉和多吉亲手揉制的好吃的糌粑，还有，他们家那两匹健壮而温顺的棕色矮马。

阳光不知是否依旧，空气不知是否一样寒冷？

我畏惧那里的冷而稀薄的空气，但我向往那里的开阔和洁净、神秘和美好。

从我们五通桥这里去瓦泽乡，全程大约四百公里。要翻越神圣的折多山。以前翻越的所有大山，都没有神秘的体验。而折多山不一样，哪怕仅一次翻越，就能让人彻底地领会到一种来自天地的暗示。仿佛有一种古老的力量，在左右着时空和天地，也左右着人的视觉和情感，让人感慨高山的伟岸和不可降服。

即便是我们以为自己已经翻越了折多山，哪怕就是站在了山巅，也不可以用"征服"二字来自慰。因为，世上没有一座山可以彻底被人征服。

山，可能永远是山，而那些所谓的征服者，现在在哪里呢？

面对大自然这个造物者，我像一只长满羽毛的小鸟，在阳光充沛的地方,自由地寻找食物和栖居之所。而折多山下的瓦泽乡,那个可以眺望圣山的地方,那个可以溜溜跑马的草原,那个有一条弯弯曲曲常年流淌的小河的小村落,却成了我心中一个纯净的桃花源。

我给老范发了一个微信,告诉了他我五一节的行程。

许久,老范回复了我:恭候您的大驾。

这个老范,大驾,那是不敢当的,想在多吉的院子里和你重逢再叙兄弟之情,才是真的。

天马行空的老范经营民宿多年,如同闯入高原的一只狼,在藏地陌生的环境里,凭着汉人的智慧和勤劳,还有酒量,赢得了藏胞的尊敬。这一点,我是看出来了,也自叹不如。

多吉和我年纪差不多,是个质朴得让人不能多看他一眼的藏族汉子。我至今还能想起那一年与他相处的短暂时光。尤其是他们一家对佛教的信仰,完全融入了他们的生活。从那时候起,我明白了一个道理,他们的信仰在骨髓里、在血液里,而我们的信仰,也许,只在口中。

在那群被高原的阳光和凌厉的山风熏得黝黑的藏族同胞中间,老范像个婴儿一样,浮现在我的视野里,让我想念,也让人放心不下。算了算,还有不到十天就可以出发前往瓦泽乡,除了做一些必要的准备之外,我静静地等候着己亥年劳动节的到来。

我们大约是凌晨六点从五通桥出发。除了我有过去瓦泽乡的经历之外,同行的人都只能是听我描述那个地方的风土人情,而显得急不可耐。

这一趟旅行的第一站,当然是泸定桥,因为要途经这个地方。我们中间没有一个人会拒绝去参观这座铁索桥,尽管我一再告诉大家,这座铁索桥和我们五通桥那座已被拆除的群英桥(也是一座铁索桥,我们当地人称之为吊桥。这座修建于1968年的悬索吊桥,承载着五通桥人难以泯灭的美好记忆）差不多一个样，都丝毫不能降低大家的向往之情。其实，我明白，大家向往的倒不是一座铁索桥，而是被中国革命史诗般的奇迹所深深折服。这里面蕴含着多少深厚的民族情结，却是语言无法细说的。

十三根在炭火中淬炼而成的手腕粗的铁链，和泸定的天气一样冰凉，岁月峥嵘的痕迹，触目惊心，却又让人出奇的平静。

长久地抚摸着铁链，我满脑子都是红军将士舍生忘死的悲与壮。他们慷慨赴死，毫不畏惧，"无非一念救苍生"。这个世界上任何人如果敢把生死置之度外，还有什么事情办不成？何况，他们还是一群食不果腹、衣不蔽体的战士。

我没有跟着大家去欣赏泸定的风景，而是一个人，沿着大渡河西岸边的石阶慢慢往观音阁方向走去。这个地方，在1935年5月29日上午，是中国工农红军第一方面军二师四团飞夺泸定桥时候的炮兵阵地。这个阵地，极其有力地支援了二十二位勇士强攻泸定桥。

我沉浸在当时战场的硝烟里，久久不能自拔。

"犹记当时烽火里，九死一生如昨。"这是毛泽东的词句，我默默地念着，反复地念，想象着词人写此词的心情，想象着平民百姓"箪食壶浆以迎王师"的场景。

我想在这个地方，安静地俯瞰下面的桥，还有桥上康熙皇帝御笔亲书的宸翰之宝：泸定桥。当年，尼泊尔向北京朝贡时满载金银财宝的车队也是从这里缓缓通过，逶迤而去。

就在这个地方，可以清晰地看见狼烟滚滚的整个历史。

我在观音阁里的佛像面前，匍匐下去。那个伺立在佛像旁边的居士看见我礼佛的动作，立刻双手合十说："师兄，阿弥陀佛。"她的目光，温和而虔诚，还有惊喜。

我们一行人没有在卧在崇山峻岭之间的康定城过多地逗留，而是直接奔折多山而去。

因为，我已经告诉过大家，翻过神奇的折多山，美丽的高原风景将成为我们此趟旅行最大的收获。传奇的藏地和神秘的经幡也会给每一位初次进入瓦泽乡的人，留下无比美好的感受。这种感受，至少可以用刻骨铭心来形容，一点不过分。

我们从海拔只有三百多米的内地，在短短几个小时之内爬到了海拔四千多米的折多山，无论是视觉还是内心，都必将经历极为壮观的洗礼。

在翻越折多山的时候，我们没有遇到期待已久的折多山云海，却出其不意地碰到了生平第一次极端冰雹天气。指头大小的冰雹，在狂风的肆虐之下，瞬间就把我们四周的道路和山体铺上了一层厚厚的冰。道路上的冰层，使得行车变得十分困难，却让我们变得兴奋。

而不断出现在大家视线中的玛尼堆、经幡、神像、被山泉水冲着转动的经筒、被冰雪包裹的山峰，以及悠然觅食的牦牛群，又让许多人顾不上冰雹天气的寒冷纷纷停车打开车门，在被狂风吹得若有若无的惊呼声里，手舞足蹈，全然不顾被风雪吹乱的头发和衣裙。大自然的壮美，掀开了埋藏在人们内心的某种渴望，使得这种渴望，变得肆无忌惮。

折多山是此次行程里的一个重要环节，如同一场宏大的交响音乐晚会里面高亢的一个节点。我相信许多人都能在这个节点上释放某些东西，也会收获某些东西。折多山，是一座巅峰，是很多人生命旅程里的一个点，有坎坷有收获，有寒冷有温暖。我从许多人被风雪吹乱的惊呼声里，已经听到了。

五月的太阳照耀着远处连绵起伏的群山，山体上偶尔会有巨大的白色经文，在离天最近的高原上特别惹人注目，也特别让人安心。经文的意思几乎都是一样的,是观音菩萨的六字真言:唵(ōng)嘛(ma)呢(nī)叭(bēi)咪(mēi)吽(hōng)。此真言,含有诸佛菩萨无尽的加持和慈悲。

不久之后,我们来到了一个峡谷,叫玛尼河谷。

从这里,可以通往一个叫塔公寺的地方。塔公,在藏语里的意思是菩萨喜欢的地方。相传文成公主入藏的时候,途经此地,随程供奉的释迦牟尼佛像忽然开口说话,表示愿留此地。众人当即按佛像原貌大小复制了一尊,留在了这个地方。从此,塔公寺就有了小大昭寺的美誉。

玛尼河谷是一个很深的峡谷地带,两边的山体上堆满了大小不一的石头。在每一块石头上,甚至是河床里的石头上,都出人意料地刻满了色彩鲜艳的经文和佛像。

据说,某一年,有位活佛指着这里说,此乃圣地。

于是,一群又一群身着氆氇的藏族人就自发地齐聚此地,经年累月之后,刻出了这漫山遍野的经文和佛像。其状,感天动地。

我看见无数的游人把车停下,兴奋地举起手机和相机,长久地仰望着峡谷里铺天盖地的佛像和经文,钦佩不已。也有人长跪不起。

是的,我钦佩藏民族在严寒的高原地带,不管经历多大的风霜雨雪和艰难困苦,就算是缺衣少食,就算是风餐露宿,他们都保留着自己民族最神圣的东西,给自己留下了一片不可侵犯的精神领地。这种看得见的信仰和看不见的灵魂,被永久地保存在了天地之间,保存在了人们的心中。

很远,我就望见了老范熟悉的身影。他站在瓦泽乡川藏公路那棵巨大的杨树旁边,手里夹着一根香烟,不断地向我们来的方向张望着。

略微有些发福的老范高兴地领着我们一行,住进了他宽敞干净的民宿酒店:阳光阁。

我最开心的是,又看见了满脸笑容的德吉央宗,还有她勤劳的丈夫多吉。他们都还记得我呢，记得那一年我住在他们家的情形。尤其是多吉，握着我的手久久不愿松开，说："明、明天早、早上，我要、要给你们打、酥油茶。"他的汉语说得还是很吃力。我一个劲儿地对他说："谢谢！谢谢！看见你们，我太高兴了！"

儿子悄悄地告诉明月和他妈妈，从未见我如此开心。这份来自高原的感动，会是一份礼物。我相信会给儿子他们留下一段值得珍藏的回忆，让他们明白，生命历程里的轻与重。

是的，我觉得自己几乎已经把这一家人当成了自己的亲人，只不过他们生活在遥远的藏地，我生活在汉地。仅此而已。

现在恰逢旅游旺季，多吉夫妇二人每天都要去观景台的山脚下，给游客们牵马爬山，挣一点现钱。那里还有很多和他们一样的乡亲，都赶着自家的马，聚集在山脚下忙碌各自的生意。老范的民宿酒店就是向多吉家租赁的。因为这一带的民宿酒店，几乎都是当地藏族人把自家的房子租给了外面来的汉人经营，他们依旧过着原来的生活：放牧、打猎、跳藏戏、拜佛念经、纵马驰骋。

瓦泽乡是一个美丽而热闹的地方。只有一条平坦的公路从这里蜿蜒穿过，连接着四川和西藏。公路两旁长满了巨大的杨树，在这个季节已经开始发出嫩芽，透过充沛的阳光，散发出无与伦比的魅力。每年都有大量的游人和摄影爱好者专程来到这里摄影，或者是，路过这里，前往西藏。

在多吉家的对面山上有一个观景台，可以在那里遥望神圣的贡嘎雪山。也就是多吉说的云层之上的"那座圣山"。当然，不是每一个人都有机缘看见圣山。多吉说，没有佛缘的人，是永远也看不到的。

我们是下午去的山顶。很陡的山路上零碎的石头很多，更多的是那些生长在石缝里和在我看来缺乏营养的土壤里的各种野草和野花。其中开得最痴情的要数高山杜鹃了,我都忍不住伸手去轻轻抚摸花瓣。她们让美丽的高原变得寂寞而热烈。到了山顶之后,我才算体会到了高原的雄壮和开阔。遍地耀眼的经幡,在阳光下被风吹得猎猎作响,天空一片湛蓝。

贡嘎雪山出人意料地出现在了白云之上,它的出现,超越了我全部的想象,也给予了我全部的幻想。幻想它的高度,幻想它的伟岸,幻想它广阔无边的福祉。

晶莹发亮的山体,犹如神话传说里描述的一个样,从云端露出来,而不是从远处的高山背后露出来,吉祥而神秘。

那一刻,我终于明白,山,在天上。

云,在山下。

而我们,是仰望圣山的一群游客!

初 七

初七来我们家快一个星期了，它已经和我们相处得非常融洽。黏人的本性被它表现得淋漓尽致。初七比起其他小动物来说，似乎更知道分寸。它晓得什么时候以什么方式引起我的注意，更晓得什么时候在我们的面前表演作为一只猫特有的高贵气质，我被初七的聪明伶俐折服。

初七是一只来自英国的宠物猫，灰色的皮毛，讲究的饮食和生活习惯让我似乎觉得和初七之间需要换一种方式进行沟通。而后来，我发现我的认识是错误的，初七就是一只与我们本地猫毫无分别的猫。它们几乎有着相同的气息和惯用的伎俩，可是这并不影响我对初七的偏爱。

每天回到家里，初七准能以一种慵懒的姿势从沙发里瞟过来一个模棱两可的眼神。这个模棱两可的眼神，我觉得，足以征服整个世界，也足够让人心情舒畅。

然后，初七就开始它最拿手的跟前撵后，绕着我的脚后跟跑过来跑过去。从客厅到卧室，从卧室到客厅。然后是以猫最优美的姿势从电视柜上窜至青花鱼缸的边沿，用醒目的动作暗示我鱼缸里有一条让它自从来到我们家就一直心心念念的鱼。而且，它与鱼之间该如何相处，我一时之间，还猜不透。初七也没有给我明确的态度。直到我坐下来开始看书为止，初七是不会有半分钟停顿的。

看书累了。我喜欢去沙发上半躺着,看一会儿电视节目。往往此时,初七总会愉快地靠近我,小心翼翼地踩着我的肚子,小鸟依人一样伏在我的怀里。并用那双能看透前世的深邃目光,试探性地向我的脸靠近。继而用它柔和的爪子,轻轻地拍打我的下巴。只要我没有误解它,或者它觉得这样的游戏很开心的话,它会把头埋在我的胸口,继而发出均匀的"咕咕、咕咕"的声音。这声音,很像春天的雷声从非常非常遥远的地方缓慢地滚过来,把云层全部碾得粉碎。然后,借着风,飘入我的耳膜。

我发现,世界上没有一种声音,如此纯粹,如此动人。

只有这时候,初七会任凭我握着它绵软的爪子,或者抚摸它的耳朵和毛茸茸的身子,一副极为享受的样子。

它学会了安静地享受这温馨时光。

比起它刚刚来家里那会儿的警惕、惊悚、不安、焦躁,初七已经适应了新家的友好氛围。

初七的名字,是因为这只可爱的小猫来我们家的那一天恰好是己亥年正月初七。所以,我们大家都异口同声地说,你就叫初七吧。

初七愣愣地望着我们。没有拒绝也没有喜悦,像一个腼腆的小姑娘一样,怯怯地打量着它的新家和同样陌生却亲切的面孔。它的样子,也仿佛是在回忆它原来的名字,和原来的家,还有原来的一切。

如此一来,初七就有了一个新名字,开始了一段全新的生命历程。

人与人之间的相互来往与沟通,是需要通过语言和肢体信号来完成的。而与一只猫的沟通,似乎更多的是人的一个念头或者源自内心的某一种需求,即可以获得回应。这是一种神奇的体验。这种体验近似于读一本书,你不能仅从字里行间去揣测作者的意图,还要了解作者写这段文字时候的社会环境和人生际遇。要不然,你只能永远是围观者、旁观者。旁观者，只能看到非凡的热闹，却无从知晓为什么热闹。

由此，我想起有一位朋友说，她们的某一个微信群里全部是修心的款女款男。成天吃饱喝足之后，就开始寻找一处或者很多处有禅意、有诗情画意的场地，极尽所能地摆拍各种欲修炼成仙或者正在成仙的唯美照片，不停地上传至微信群。以此证明，生活就是一场修行，生活一直在参禅。而且，是一直在修炼中。

据说，一切的修行，都要通过一种行为去达成。但是，不能把这种行为作为一个目的去展示。因为有人说，修心的最高法则是不执着，心平静。佛陀则说，如筏喻者，法尚应舍，何况非法？故，修行并不需要一种场景和特定的状态，更不需要人为地摆拍各种虚妄的镜头。

修心，似乎成了时下最昂贵的代名词。因为，我们的确有很多内心的问题得不到彻底的解决。我们背负着日渐沉重的心，面对日渐丰裕的物质生活，耿耿于怀。贫者日为衣食所累，富者又怀不足之心。于是，很多民宿和禅意风格的酒店，开始以"修心"为名，开办高昂的研修课堂。领着一群又一群身着棉麻中式古风服还渴望参禅问道的男男女女摆弄生活艺术。好像就是在修行一样，好像就是在参禅一样，好像就是已经大彻大悟，脱离了苦海一样。如同《红楼梦》第二十二回宝玉说："谁又参禅，不过是一时的玩话儿罢了。"

尽管，很多在研修的俊男靓女们在修炼完之后几乎都迫不及待地胡吃海喝、出口张狂、目空一切，仍然不会影响她们对这个世界模棱两可的终极追求。

这种追求，在我看来，却抵不过一只猫的一个眼神和"咕咕咕咕"的声音。

你修或者不修，猫都依然如故。

我喜欢初七那种从容与安静,那种与生俱来的柔和与不争。真实得一尘不染,真实得扣人心弦。

如果,有人觉得生活累了,或者不顺心了,或者不知所措了,不需要去寻找禅意的场景或者有诗情画意的背景来修身养性来摆拍镜头,完全可以试着养一只猫。

我会告诉你,与一只猫相处,比去研修摆拍容易很多。你能在一只猫的身上,完成另外的感悟。

因为,修心者,无心可修。"不应住色生心……应无所住而生其心。"世尊说过一句偈言:"若以色见我,以音声求我,是人行邪道,不能见如来!"所以,一切的所谓修行,不过是南柯一梦。只有远离颠倒梦想,心无挂碍,才能无有惊恐。

而此时,此刻,我们的初七,还只是一只仅有两个月大的猫。

时间，去哪儿了？

自从来到五通桥这个小城镇，掐指一算，已经有十九个年头了。漫长而仓促的十九年，真的是如古人所说，弹指一挥间。一挥之间，就是十九年。

时间，去哪儿了？

这是一个简单的话题，也是一个尴尬的话题。无论你是王公贵族还是平民，无论你是公务员还是流浪汉，都在时间的手心里动弹不得。事实上，我们都很像当年欲和如来佛祖比试本领的孙悟空一样，一个筋斗就翻了十万八千里，好有本事的样子，结果最后回头一看，依旧是还在原地，还是在如来的手心里。

时间是一堵高大的风火墙，而我是一个顺着墙根移动的小黑点。如果，有一天，这段高墙坍塌之时，我就可以和时间合二为一了。合二为一的日子，也许就像一场持续不断的夜雨，伸手不见五指，只有风雨之声。当然，真是那样也不可怕，我能够重新点燃我家那盏搁在灶台上的、仅有的煤油灯。我喜欢点燃油灯的那一刹那。因为，那一刹那，人的心，会如眼前的灯一样，充满光明和喜悦。而且，这样的光明，总是让人着迷，让人兴奋。

于是，有位佛界泰斗说："愿借昨月昨日还清今月今日，愿借来月来日补作今月今日"。

这一个"借"字,却道出几多无奈和苍凉啊。

要知道,借来的岁月,借来的东西,是要偿还的。这是一个简单而不容置疑的法则。

此时,我想起了朱自清,想起了这位文坛才子面对寂寞的岁月和时光写道:

"我不知道他们给了我多少日子,但我的手确乎是渐渐空虚了……去的尽管去了,来的尽管来着;去来的中间,又怎样地匆匆呢?……你聪明的,告诉我,我们的日子为什么一去不复返呢?"

我在想,这位文坛才子也许自始至终都没能找到答案。他怀揣着对人间的疑惑,一去不再回头。腾蛇乘雾,终为土灰!最是人间留不住,朱颜辞镜花辞树。

所以我猜想,时间的速度,也许应该是静止的,它其实根本就没有一点点速度。一切的速度,都是人类的幻觉和假设,是我们自己迷惑着自己。

是我们在运动,我们在改变;世界在运动,世界在改变。但是,我们也许忘了,其实时间,岿然不动。

时间,去哪儿了?

时间,哪也没有去!

是我们自己围着时间在奔跑而已。这样的奔跑,徒然而疲劳。逝者如斯夫,望着奔腾不息的江河、斗转星移的光阴,所有的人和所有的事,都仿佛被一双巨手瞬间合围、密不透风。

因此,我们只能坐井观天,只能纵容生死。我的眼前再次浮现出那个经典至极的场景:古道、西风、残阳,一个骑着青牛的老人为人间写下唯一的,也是最后一篇经文之后,一言不发、弃笔而去。

他黑黢黢的背影,也许,就是时间的缩影吧!

记不得是哪一年,我和妻子去一家超市买了一些生活物品。刚刚打开车门,一条毛茸茸的小狗一下子就窜到我们车里去了。

小家伙憨态可掬,似乎很早就认识我们一样,赶都赶不走。我们四处询问是谁的小狗跑丢了。等了很长时间一直都没有人过来认领。看见妻子实在舍不得的样子,又不忍心把小家伙赶下车。我决定,把这可爱的小家伙带回家。

这是我们在这个小城镇的家第一次养狗,我不知道这小家伙能不能和我们友好相处。

一回到家里,妻子就领着小狗到处熟悉地形。还找出旧的棉衣和旧毛毯做了一个舒适的狗窝,并告诉它厕所在哪里、睡觉在哪里、吃饭在哪里。小狗兴奋地围着我们,顽皮而机灵。

第二天早上起来,我原以为一定是满地狗屎一片狼藉,哪知道开门看,小狗激动地跑过来,咬着我的裤脚往大门方向拖。我一下子明白了它的意思,赶紧给它把门打开。小狗以最快的速度从三楼奔跑下去,冲进小区花园一棵大树下的草丛里,解决了它的问题。这家伙看来是憋了一晚上,跑回来的时候,显得非常的轻松、兴奋(以后就每天如此)。

慢慢地,它和我完全没有了生分的感觉,似乎我们在一起已经生活好多年一样。

它径直跑到妻子的床边,摇晃着尾巴,还把前爪搭在床沿上,似乎是想唤醒装睡的女主人。妻子高兴地给小狗取了一个名字:小苹果。小苹果就一直陪伴着我们,陪伴那段至今想起来都倍感愉快的岁月。

爱干净、又善解人意的小苹果哄得妻子满心欢喜,什么好吃的都给它留着，走哪里都带着它。小苹果无论和我们去哪里都懂事地紧跟着我们，从不惹是生非，更不会去招惹别人。有时候，我们在茶苑坐着喝茶，小苹果就乖乖地趴在桌旁，半天都一动不动，闭目养神。那个样子，让人怀疑它和时间都是一体的。

时光，就那样在它的若无其事里，频频回首。

我至今记不起是哪一天的早上，小苹果和我一起下楼，因为天在下雨，我返回来拿雨伞。等我走到楼下，小苹果居然不见了。

吓得我冷汗直冒，四处奔跑着，还大声呼喊它的名字。仍然没有小苹果的身影。惹得楼上楼下好多人推开窗户或趴在阳台上观望我着急的窘态。

小苹果，从此失踪了。

妻子泪涟涟地过了几天。红着眼圈狠狠地说："再也不养小狗了，免得伤心！"

小苹果去了哪里？

走了。也不给我们说一声、道个别。这个像谜一样的小东西，给我们带来了太多的满足和谜团。或许，它又跟着一位与它有缘的人走了，只是走得仓促而决绝，走得天高而云淡。

你没有如期归来，这就是离别的意义。北岛这样说。我信了。就像我理解了好友草万先生一样。他那天坐在他光线不太强烈的客厅里，忧伤地说："我的猫猫走了。老死的。"他和夫人一起把死去的猫猫送到宠物服务处火化后，用一个精美的盒子装起，置于寝室，朝夕相守。我陷入草万先生的讲述中，无言以对。

十多年的城镇生活，始终没能改变我什么。我知道，自己仅仅是借居在这个小城镇里，与很多穿戴整齐的人擦肩而过，彼此两忘。城镇与我，终有一天，会各奔东西，我自始至终都这样想。

有一年，政府出台了一个善待代课教师的政策，说凡是代过课的人，都可以凭借工作过的学校开具证明补购养老保险。很多和我一样有过代课经历又失去这份职业的人纷纷赶到学校，办理相关手续。我也不例外。最后人家告诉我："补买社保可以，但是，需要改变户口（必须把农民户口转为城镇居民户口）。"

我把学校现任女校长热情地帮我开好的代课证明悄悄扔进垃圾桶。独自一人，离开了学校。

我不想改变自己的身份，农民就应该永远是农民，我不想无端地改变自己。这种带着条件的改变，我无法接受。

朝花夕拾，梦浅情深。繁华错落有序，而我竟然就不能转过身去，一边赏花，一边品茶。

终于有一天，我给妻子说，我想养一只猫了。

妻子笑笑，说："我属鼠呀，你能养猫吗？"

我说："那就不养吧。"

记得一次，去朋友家吃饭，同桌吃饭的有我们本地的种植蔬菜大户，是两口子。这两夫妇显得朴实而矜持。

酒过几巡之后，我好奇地问他们一个搁在自己心中很久的疑问："你们的菜，也会用农药吗？"

夫妇俩想都没有想就回答了我们每一个人都十分关注的事情："没有不被种植户打药的菜。"顿时，满座皆惊。

她说："而且，菜市场里凡是长相非常好看的菜，一定是用药和激素最多的菜。这种菜，品相好，卖相就好。没有丁点虫蛀，价格也就卖得高。"

为什么呀？我心里空虚，有一种失重的恐慌。很想有一堵墙可以靠一下。因为，为了菜的卖相好，种菜的人会挖空心思地使用各种农药和激素。于是，这些菜自然就长得越发的白嫩和漂亮。没有农药保护的菜，会有虫子们咬过的痕迹，而且外观可能也要稍微差一点。

问题是，我们的各个超市和农贸市场也大都没有如实执行国家的规定，严格地检测蔬菜的农药含量，这就致使大批农药含量很高的菜，堂而皇之地走进了市场。然后，被端上了餐桌。

我又问了："那么在所有用药的菜里面，哪一种菜，是使用农药频率最多的呢？"

朴实的女人此时被众人关注。她忽然像一个主持会议的人一样，喝了一大口白酒。晃动着粗壮的胳膊，说："小葱。"

她勤劳的右手笨拙地凝固在空中。手腕上带着一根金光闪闪的手镯，耳垂上也戴着拇指甲壳大小的金耳环。

"就是，我们常常说的小葱拌豆腐的那个葱。"

女人的声音，尖锐得像一把生锈的剃须刀片，连空气都被划出了一道血痕。让人觉得生疼。

小葱拌豆腐的谚语，我们都耳熟能详。而今天的豆腐，还是豆腐，可是，小葱却不再是当年的小葱了！

几乎很多种菜的大户们都会给自己家留出一块自留地，种菜来供自己吃。把用过农药的菜卖到市场上去给城里的有钱人吃。因为，有钱人都喜欢长相好的蔬菜。一是好看，二是有面子。面子这个东西，坑了好多人啊。

我希望，这仅仅是个案。

此刻，我想起一个人，我要讲讲他的故事。1893年出生于四川巴中的留美硕士,并一生致力于平民教育和农村改造复兴的晏阳初先生。他在1920年归国后,通过和底层社会大众的广泛接触,认为贫、愚、弱、私四大隐患,是困扰中国社会的痛点。

他当时就主张在农村实行政治、教育、经济、自卫、卫生和礼俗建设,从而达到强国救国的目的。晏阳初先生在一百多年前的远见卓识,使我感慨万分。

当然,我相信这个世界会变好。我相信,农药只能吞噬人的生命,却无法摧毁我们坚强的内心;我祈求,附着在蔬菜表面的农药遇水即化;我也相信,国家肯定会加大蔬菜入市检测和农药的监管,把危险挡在市场的门外,给我们这个没有被战争摧毁的族群繁衍的生机。

我也希望,从什么时候开始,我们能恢复传统农耕,让食物自然生长。让一切生命,自然生长。

这时候,我的手机里收到妻子发来的一条短信:是一只全身灰色、圆头圆脑的猫,睁着通透的眼睛注视着我,打量着这个纷繁的世界。

猫眼里的世界,又会是一个怎样的世界?我疲惫地想。

妻说,这只猫的名字叫初七。

于是,我想起那个曾经在我们这个地方短暂逗留过的诗人陆放翁,他写了这样一首诗:裹盐迎得小狸奴,尽护山房万卷书。

我没有万卷书可护,却开始无端地喜欢猫,喜欢初七。

生命

无意之中看到雷达先生这样评价一本书：白鹿原是一个整体的世界，自足的世界，饱满丰富的世界，更是一个关照我们民族灵魂的世界，说它是我们民族灵魂的一面镜子，并不过分。

就在这一瞬间，就在雷达先生写下这段话之后的某一个下午，我决定，买下这本叫《白鹿原》的书。我要认真读一读陈忠实先生的小说，看一看，这面镜子里到底有没有灵魂。

如果有，它在哪里？

没有，它又在哪里？

我没有想到的是，读完这本书之后，自己却抽不出时间去文轩书店再买陈先生的其他书来看。就挑了陈先生的几本书，委托公司设计部的工作人员给我网购。而恰好是这次网购，让我倍感欣慰。

其中，有一本《告别白鸽》，卖家说没有了，最后一本都是绝版，要加点钱，才能卖给我。我欣然答应。

书寄过来，我打开一看，是湖南文艺出版社1998年1月第1版第1次印刷的简易平装旧书。值得一提的是，这本书的内页上盖着一枚鲜红的印章：第二六四医院政治图书室。

我也挺知足、挺欣慰的。原来这本书，一直在那个图书室等着我呢。

这一等，就是二十多年。

陈先生的小说和他的名字一样，忠实于自己的内心和这个纷繁的世界。不管是浓墨重彩，还是轻描淡写，都隐埋着许多只能意会的声音。这些声音，与文字纠缠在一起，撂在荒野里像一块石头一样，压在我的心中，让人感觉呼吸困难，却心满意足。你能说，这样的书不是好书吗？

白鹿原上，三代人的生的欢乐和死的悲凉，都相继进入了最后的归宿。而令人难以释怀的是近代以来，剧烈的社会革命历程把他们那群人心理秩序彻底焚毁之后，又重新安排的悲与凉重创了我原本并不坚硬的内心，让我无以释怀。

白鹿原上的故事，已然荒芜。无论是谁置身于这样的地方，都会默不作声，仰面望天，低头沉思。这一仰一俯，就是一面镜子，就能窥视灵魂，就能看见人性，就能听见心跳，还能还原支离破碎的长梦。

所以，我开始崇拜这样的作家。

如同崇拜那些渐渐离开土地的农民一样。我只能远望着他们的背影，慢慢地接近地平线，慢慢地交出自己的全部。与天空一样，空无；与大地一样，沉默。

如此沉默的天地里，我想起了小时候放牛的情景。

由于每年涨洪水的缘故，我家沿河的两岸，有大面积的荒地，供野草们任意生长，这样子就恰好有充足的草料供牛啃食。这些相对平坦的草皮斜坡地就成了我们这些放牛娃撒欢的乐园。

那时候，只有我们家的牛性情最温和，从不发脾气，更不会用牛角伤人。还任由我们骑在它的背上，慢悠悠地沿着河堤啃草。坐在牛背上那种结实的生命感觉，会透过牛背和牛背上那些柔和的牛毛，伴着一股充满泥土气息的草腥味儿，合着牛身上的浑浊味道，直往人的鼻孔里钻。让人即便在很多年之后，都能闻到这股味道。

草坡上到处是一堆一堆的牛粪。粪堆里时常会看到黑得发亮的推屎爬（一种昆虫）在忙碌着，推过来又推过去，一堆牛屎被它们生生地弄得七零八落。最后，消失了。

河岸边的树梢上和竹林里那些好看的鸟儿飞来飞去，有姿态优美的画眉鸟，有叫声悠扬的李贵阳（杜鹃鸟）。

而令人生厌的是那些成群结队循着牛的味道漫天飞舞的牛蚊子，个头有小指甲一样的大小。它们不分青红皂白地抱着牛腿和牛身上任何一个地方扎进去，贪婪地吸血。还要叮咬人，疼得要命。我们的牛，除了拼命摇动尾巴抖动后腿驱赶它们之外，很多时候也只能听之任之。而我们这群放牛娃会在恰当的时候，扬起巴掌将那些可恶的牛蚊子拍成肉饼，然后拈在指头上，扔出去老远。可是，仍旧吓不住那些前仆后继的牛蚊子。

有一年，我亲眼看见我们家的母牛在河边草坪里生下一头小牛犊。

那是一个非常惊奇的下午。我们家的母牛停止了啃草，抬着头望着远处的夕阳，一动不动。

我们这群娃娃都不晓得牛要干什么。母牛的喉咙里发出几声"嗷嗷嗷"的叫声之后，浑身发抖。那声音像一块抹布一样，把快要落山的夕阳擦得铮亮。大地一派祥和。

然后，在母牛屁股的地方出现了一团黑黢黢的东西。费了好长的时间，那个如同杂乱树根一样的东西（有四肢和躯干）艰难地掉在了草坪上，黏糊糊的。那团黏糊糊的东西，几乎没有等上十分钟吧，就挣扎着试图站起来。那时候，我觉得这个幼小的生命多么需要有人伸出手去帮帮它呀！可是，我那时候已经傻了。没有人知道，该如何去帮它们！

直到今天，我都非常惊讶，小牛犊顽强的生命力，可谓大自然的一个奇迹。

起先，是牛犊细细的前腿站起来，紧跟着后腿也站起来了。哪知道前面的细腿可能无法承受自己身体的重量又匍匐了下去。然后，再挣扎着，又站起来。我揪着的心在那时候一直是焦急的。看着它这样来来回回、起起伏伏了好多次之后，这头刚刚来到这个世界的小牛犊居然就奇迹般地站了起来，开始围着妈妈的身体，颤巍巍地转着圈圈寻找乳头。那个姿势，像极了舞蹈。那是最感人的生命之舞，天下最美的舞蹈。

而母牛在这个过程里，自始至终都没有挪动自己的身体一步，就那样痴痴地如同石头一样纹丝不动。等待着自己的孩子生出来，站起来，靠近自己。

后来听老人说，每一头小牛出生之后，它们都要跪拜四方天地。然后，才可以站立起来，自由行走。如果不跪拜四方天地，它们就永远站不起来。

老人把小牛犊试图站起来的几个起起落落动作，解释成为跪拜，我能理解，也能接受。小牛犊跪拜的不只是四方天地，还有生出它的牛妈妈。

那一夜，我失眠了。

以至于以后，常常会想起那头可怜的小牛犊和它的牛妈妈，以及那个充满奇迹的下午。

书柜上的书似乎越来越多，我准备把所有的书都盖上我的印章，让它们烙上我的体温和指纹，烙上时光的痕迹，做一个念想吧。

尽管如此，并无实际意义，人还是难以放下某些执着的念头。杨绛先生在《我们仨》的结尾如是说：人间没有永远。

而我，却期待有永远。

我拿起笔在《白鹿原》结尾的地方，写上了一行字：这是一部沉重的小说，重的让人不能呼吸！因为，陈忠实先生在借此书向这个世界隆重告别，完成一场浩大的生命仪式。

文字与图腾

寒冬腊月的一个夜晚。我驱车去乐山城（古称嘉定）里拜会了一个朋友，然后习惯性地来到位于市文化馆的文轩二十四小时不打烊书店。

书店暖和的灯光，成了我视线里最温柔的风景。推开隔着冷空气的塑料透明门帘，有一种久违的纸质气息扑面而至。这种气息似乎和某一个眼神有关，也和某一段时光相连，让人平静而舒适。

我的目光贪婪而任性地抚摸着那些书本和文字，并长时间地停留在某些短小而顽固的文字上。前思，后想。

想作者写下这些文字时候的心情和表情，想作者枯坐于书案时窗外是否也和今晚一样寒风凛冽，并且仍有人在这样的夜晚来买自己的作品。

想这些生硬而柔软的文字是如何把人的思想和时间的思想巧妙地变成可供交流的语言，这些语言又如何以文字的方式还给这个世界，让这个世界变得真实和美好。

文字，其实是有生命的符号，它们和所有有生命迹象的物种一样，存在于我们的生活里。因为，一个一个文字，能让我们轻易地看到世界的美和丑，看到远和近，看到富裕和贫穷，看到树木的色彩和山坡的青草，看到婴儿的柔弱和母亲的白发。还能让我们听到音乐和对话，听到水流和风声,听到令人血脉贲张的诗歌,听到能让人瞬间就会变得虔诚的经文。

还能让我们闻到花朵的气味和女人的香水味,闻到刺鼻的酒精和浓郁的油墨从纸面上袅袅升起,如同舞者旋转的裙摆。文字以精灵般充满神奇的自由让这个世界渐渐清晰,渐渐温暖和可爱。

无论年代多么遥远,只要和文字有关的东西,都能让人充满惊喜和期待。比如三星堆的神秘符号,比如甲骨文的千姿百态,比如半坡彩陶上的文明密码,比如那些深埋于棺椁的竹简,等等。文字的魅力如同青春期咆哮的荷尔蒙,如同相爱的两个人之间生死与共的遥望,石破天惊一般,与天地同在。让我们在瞬间,就可以看见原来,听见原来。能越过时间保存下来的语言,只有文字了。因为,所有的声音早已消失得无影无踪。

文字几乎和呼吸一样,时刻伴随着所有的人,出现在书信和邮件之中,出现在课堂的黑板之上,出现在宣纸的墨迹之中,也出现在商场和政坛,清扬婉兮、优哉游哉。

在宋神宗元丰二年(1079)旧年除夕的寒风中,因乌台诗案被捕关入大牢四个多月的苏东坡释放出狱了。他用鼻子嗅着满街的新鲜空气,喜极而泣。疯长的胡须和凌乱的长发,被呼啸而至的寒风吹起来,裹着地上的落叶四处飞舞,让人看不清诗人的面孔。他缓慢地,在风中挪动脚步,仓皇之中,找到了往回走去的路。

我望着诗人的背影,热泪盈眶。

好不容易回到住处的苏东坡,又铺纸挥毫,写下了出狱之后的第一首诗:

平生文字为吾累,此去声名不厌低。

塞上纵归他日马,城东不斗少年鸡。

诗如泉涌的东坡先生依旧积习难改,又把文字当成了平生最痛快的语言。写完这首诗,他掷笔大笑:我真是不可救药也!

不可救药的东坡之所以被捕入狱,也是拜文字所赐。元丰二年,有人把他的诗句文集逐字逐句地收罗摘抄,断章取义,罗织成罪名。说苏东坡诋毁新政,造谣诽谤皇上,这是大罪。

苏东坡被抓捕后就关押在乌台御史监狱,史称"乌台诗案"。于是,诗人从此落难。诗人,是因为文字落难。东坡曾说他一生之至乐在执笔为文之时,心中错综复杂之情思,他笔皆可畅达之。我自谓人生之乐,未有过于此者也。

在诗人流放的途中,遇到一场瓢泼大雨。浑身湿透的苏东坡在雨过天晴之时,挥笔写道:

莫听穿林打叶声,何妨吟啸且徐行。

竹杖芒鞋轻胜马,谁怕?一蓑烟雨任平生。

料峭春风吹酒醒,微冷,山头斜照却相迎。

一蓑烟雨任平生,苏东坡的诗,为醉酒之后的诗人烘干了衣服,那场人间最凄冷的雨,也伤了诗人的心。远望落山的夕阳,诗人在崇山峻岭间缓缓前行。

如果没有这样的文字描述,我们如何还原九百多年前诗人的往事?所以,当讲述者没有声音之后,文字功不可没。没有文字,这个世界将永久地陷入黑暗,沉入寂静。如果没有苏东坡,我们的历史,一定会失去颜色,我们的内心,一定会少一片绿洲。

我们所有的人会很容易忘了呼吸和空气的存在,就如同很容易忘记书和文字一样。我以为,可能是书本身有寂寞的属性,没有人愿意和寂寞长时间地待在一起。所以,阅读和空气一样,需要的人很多,在意的人,却很少。

此时的书店除了我之外，只有几个守着书店熬夜的工作人员像扔在水面的树叶一样，漂浮在书店的各个角落搂着巴掌大的手机熬过漫漫长夜。这的确是一个艰苦的工作，让一群年轻的男女守着一大堆书，如同守着一大堆寂寞的梧桐叶，再加上寒夜里静止的灯光，窗外车来车往，箫管备举，这如何让人心安？

挑选书是一件费时的事情。首先要有熟悉的作者和极好的缘分，才能恰如其分地来到这本书的面前。或许是被她的装帧吸引，或许是被她的文字感动，或许是因为一种莫名其妙的喜欢，就随手从书架上拿了起来，再也舍不得放回去。

这样来来回回的舍不得，就有好几本书，被我搂在怀里了。

书店的小妹笑盈盈地走过来，接过我的书，给我查着书号。还热情地询问我有没有办卡。她说："如果办理了会员卡，就会按照卡的约定打折。"我告诉了她我的手机号码让她给查一查的时候，才意识到，这个时代已经进入卡时代了。有卡就有入伙的意思，入了伙就不是外人了，就能给你便宜占。商业社会的经营谋略，无孔不入，卖书，也不能例外。

当年的结绳记事，记的是远古先人们绵绵不绝的心事。这些心事，如同洁白的茉莉花一样，盛开在岁月的长河里，美丽而迷人。而仓颉造出的字，却让"天雨粟，鬼夜哭"。于是，众生欢喜。有了文字，人类的文明就有了温度，就有了可供沟通的载体。

汉字的精彩演变，为人间呈现出了一幅幅惊心动魄的美。每一个汉字，既是一个优美的象形符号，也是一场美轮美奂的视觉舞蹈，在历史悠长的舞台上轻歌曼舞。因此，我觉得，我们崇拜神灵、崇拜财富、崇拜皇权，也应该抽出一点空间，膜拜一下文字。

据说在西安的白水县有一个仓颉庙，那里供奉着仓颉的神像。当地有专门当值的和尚、道人，手持竹竿，挑着箩兜，走街串巷收捡有字的纸，然后带回去投炉焚化。当地很多地方的墙壁上还写着："文字乃圣人创造，人人皆当敬惜。文人渎污字纸，文曲星降罪，则进学无门，考试不第。常人渎污字纸，则瞽目变愚。捡拾者，功德无量，增福添寿。"

在今天五通桥的牛华镇老公园，清同治年间（1862—1874），曾经建有一座供奉制字先师仓颉的惜字宫。可惜的是，在民国十八年（1929）被拆除了。《颜氏家训》里说，文字是古代圣贤之心迹，所以，一切文字都不可以秽用，凡是废弃的字纸都应该焚化以示敬意。

我时常想起一位书法家，其笔名草万。先生醉心于书法，可谓无可救药，九头牯牛都拉不回来。很多次看见先生在其作品落款处如此写道：草万沐手，敬书。"平原气在胸，毛颖足吞虏"，其内心对文字的热爱和景仰，对书法艺术的眷爱足见一斑。写字，对先生而言，已经成了一种神圣的仪式。他不是用笔在写，而是在用他的整个生命，向文字匍匐下去。

五通桥的杨玉冰先生选用历经沧桑的天然树根，通过丰富而准确的想象，竟然找到了汉字与树根之间的互动关系。以中国传统书法的表达方式，创造出了一个个立体的汉字，且每一个汉字都没有雷同，每一个汉字都裹挟着厚土的眷念，带着生命的气息。"导之则泉注，顿之则山安"，根书文字准确而传神地表达了汉字朴素的精神诉求，令人叫绝。

根书文字的出现，对中国书法文字的影响可以说深刻而遥远。我想起卫夫人启发王羲之去观察"万岁枯藤"，让年幼的王羲之借助藤蔓的力量，把身体吊上去，从大自然的生命里去领悟文字的运笔，使得这个将来成为伟大书法家的孩子深刻地感悟到顽强和坚韧之中所蕴藏的汉字力量，并深知此力量其实来自天地之间。继而，把天地之力汇于胸中，流于指尖，走于笔端。这个"万岁枯藤"居然与一千多年后杨玉冰先生的根书文字,遥遥相望,根首相连,异曲同工。这是五通桥这块神秘的土地上诞生的崭新艺术。

根是什么?根是初心,根是源头,根是老子的非常之道。根书文字依靠视觉之巧妙,借助根的生命气息,让每一个汉字英挺而藏锋。汉字是人类文明长河里唯一传承超过五千年的文字,唯一的可以在自然界找到原型的文字。所以,凭一个字,就能望见高古之风;凭一截树根,同样能让万夫莫开。而正是这些原创的即兴之美,从缥缈的世俗礼教里解放出来,不可复制,空前绝后。其根书文字之美,在酣畅淋漓,在动静自如,在触目惊心,在虚实奔放,在鬼斧神工,而太虚庄敬。袁伦权先生曰:"根为物本,历经冬夏。书契记事,古曰心画。"

杨玉冰先生用树根立体的真实之"荒",逼走了矫情造作的俗媚之"美",把困守在纸面的书风,带向了一个全新的创作高度和可能。让中国的汉字从平面的视觉艺术,走向了立体的审美方向,从尚法到尚意。这就是中国根书文字,给予我们这个时代的礼物。我常常伫立在根书文字的面前,流连忘返。那种感觉如同面对千年的魂魄。

我似乎觉得,文字所蕴含的图腾信息,可能,远大于某些神秘的东西。所以我认为,没有文字的不世之功,我们人类是很难找到自己的脐带在哪里的。于我们民族而言,也不可能晓得要越过长城,一路向北,去寻找我们更老的老家。而带领我们把目光投向历史的那个起点的人,是一个叫王懿荣的国子监祭酒,从一剂药方里发现了龙骨,揭开了甲骨文研究的序幕。然后是罗振玉的进一步研究和发掘,再是王国维先生对甲骨文的革命性的研究成果问世,到董作宾先生对甲骨的大规模寻找和发掘,继而是李济先生和梁思永先生把中国考古和对甲骨文的研究带到了一个崭新的方向,让我们有幸目睹中国的历史因为文字的出现而往前推移。

我忽然想起一段经文:"在在处处,若有此经,一切世间天、人、阿修罗,所应供养。当知此处,即为是塔,皆应恭敬,作礼围绕,以诸华香而散其处"。

经文,即是文字。文字即是佛塔。敬惜字纸,善莫大焉。

瞭望青岛

此前，我从未见过大海。

却时常念叨海子的那句诗："面朝大海，春暖花开。"于是，我开始想象着大海的气势磅礴，想象着大海的碧波柔情，也想象着诗人的明朗与温暖。

航班很准时，在一股较为强烈的气流中，飞机摇摇摆摆地降落在青岛机场。呼啸而来的风里，夹杂着一股大海的腥味。使得气温变得很低，但阳光充足。而这，是挡不住那些迫切想要看海的脚步的。比如我，比如很多如我一样的人。

我们搭乘机场公交来到了青岛旅游的第一站栈桥（火车站附近）。远远望去，火车站这一带全是欧陆风情的建筑，真的是让我完全没有一点思想准备。从内心深处来讲，我反倒是固执地认为，青砖碧瓦可能更符合中国人的审美意识。眼前这样的建筑，是不是太夸张了啊？为什么青岛是这样的面貌？

而这，就是青岛？

是的，这就是青岛。

这里就是胶济铁路的起点青岛站。这个古老的站台，是大海通往内陆的起点，也是内陆到达大海的终点。也是我开启青岛之行的第一站。

这里几乎每一栋类似于这样的古老建筑面前都有一个小小的牌子，上面工整地记录着这栋建筑的名称和历史。比如其中一个：

优秀历史建筑

德式建筑

广西路9号

建于1903年

德式建筑。德战（占）时期为私人宅第。建筑面积约800平方米。

青岛市人民政府

2003

这些陈旧而安静的牌子，仅寥寥数语，就把历史展现无遗。其实，也就是让每一个陌生人认识青岛的引导者和讲述者。如果没有它们，可能很多人（包括我）无法认知眼前这些德式风格的老建筑。甚至会认为，这些建筑是一场幻觉，在以往无数次的梦境中时隐时现。这些建筑是一群陌生人，在车水马龙的街道上和我们擦肩而过又迅速地相互遗忘。

清光绪二十三年（1897）11月，德国人以山东发生"巨野教案"为借口，派舰队闯入胶州湾。11月14日，德国海军陆战队720人在青岛强行登陆，守将章高元避战自撤，于是清政府屈辱求和。1898年3月6日，清政府被迫与德国签订了《胶澳租借条约》（又名《胶澳租界条约》），租期是99年，并允许德国在山东修筑铁路和开采沿线矿产。720个德国兵，就搞定了一个大清帝国，让衣冠楚楚的大清国官员们双腿发抖。这样的王朝不灭亡，恐怕是天理不容。1792年，英国人马戛尔尼率使团第一次造访中国，谒见八十高龄的乾隆皇帝，回去对他的国家说："清政府好比一艘破烂不堪的头等战舰，要击败它并不困难。"马戛尔尼的话，鼓舞并刺激了西方世界。

这群德国人来到青岛之后非常上心，计划将这里修建成他们在东方的慕尼黑。所以，才有了今天青岛庞大的欧陆风情古建筑群。这些建筑群里渗透着侵略者的野心和梦想，也浸染着一个国家的羞辱和不安。同时，也是近代历史必须要直面的一个话题。

栈桥的海，用惊涛拍岸来迎接我的到来。汹涌澎湃的大海从遥远的海面一浪高过一浪冲向海岸和沙滩，冲向城市和人群，在一片惊呼声中，卷起千堆雪。

我觉得，这是陆地和大海之间永不疲倦的拥抱和亲吻，也是一场亘古不变、惊心动魄、血脉贲张的呐喊。这场呐喊，天长地久！能听懂这场呐喊的人，在哪里呢？我低着头，沿着海岸默默地走着。海风，吹乱了我的头发和衣服。

如果没有岸，大海就没有边；

如果没有大海，岸就会失去意义。

我脱掉鞋子挽起裤腿，赤脚走进海水。每一个来到海边的人，都希望用自己的身体去感受一次大海，特别是来自内陆的人。

柔软的沙滩，会让人放慢脚步。清凉的海水围绕着我，我捧起海水尝了一口，真的是咸啊，好像我做盐煎蛋时失手多放了盐巴一样。我才算想明白了，为什么青岛人吃海鲜喜欢吃白味，不像我们四川人口味特重喜欢麻辣，可能是与这海水有关吧。

弯弯曲曲的海岸线，永无尽头。一些退役的军舰和潜艇，平静地停靠在码头上，供南来北往的人参观和拍照。尽管它们在本地人的眼中早已是稀疏平常不过。而对于内地的人来说，这样的场面，很像是一个久远的梦或者传说，被活生生地摆在了面前。其中有一艘退役的军舰叫鞍山号，1936年始建于苏联的C-324厂，1940年下水服役。舰长112.5米，宽10.2米，满载排水量2581吨，最大航速34节。1941年加入苏联太平洋舰队，被命名为"果敢"号。此舰随即参加了第二次世界大战，曾经击落两架德国飞机。1954年，作为中国向苏联订购的第一批驱逐舰，"果敢"号和"神速"号抵达青岛。后"果敢"号以东北重工业城市鞍山市命名为"鞍山"号，舷号101。这艘战舰多次接受周恩来、刘少奇、邓小平、彭德怀等视察和检阅，并接待过9个国家的元首和军队代表，执行过许多重大任务。1992年4月，"鞍山"号退役，进入海军博物馆。

站在这样一艘从历史硝烟中驶来的战舰上，我心潮起伏。

青岛人世世代代就在这永无尽头的海岸线上生活着，忙碌着。

据本地人讲，青岛的城市和中国许多城市一样正在发生着巨大的变迁，原来的城市中心已经不再是中心。但是，原来的城市却给青岛人完整地保留了太多珍贵的记忆，这些记忆中隐藏的旧痛，如同江苏路上教堂顶部的钟声，清脆地回荡在每一个人的血液之中，警醒着这个民族。

比如最像英格兰布莱顿的中山路，这里原来在德占时期是叫弗里德里希路，是由德国议会当年挖空心思为青岛设计的主要街道，堪称样板工程。在这条街上，至今较为完整地保留着当年的咖啡馆、旅店、印刷社、报社、银行等公共设施。

其中位于青岛市市南区湖北路17号的德国水兵俱乐部，于1899年设计，1902年5月2日投入使用。总建筑面积达4607平方米，分为上下三层，建筑结构以木结构为主，砖结构为辅，入口为石砌台阶。整个建筑保持了德国文艺复兴时期的建筑风格，是青岛的第一个音乐厅、第一个礼堂、第一个文化综合体。

比如修建于1904年的胶澳总督府，占地面积达7500平方米，至今风采依旧，现在是青岛市政府办公场所。湖北路上同年修建的警察署塔楼，都极为完美地保存着，并且仍然作为警察局使用着。

再比如，沂水路上始建于1899年的德国海军旧址，其别墅式的精美设计无一处不让人惊叹……还有法院、监狱、天后宫、水族馆让人眼花缭乱，却轻易不会让人生起一丝浮躁之心。因为，历史就在那里。就在你的身边，还在呼吸，还在望着我们。

最值得流连忘返的，要数始建于1931年的八大关别门独院的海滨别墅群，这里号称"万国建筑博物馆"。那些文艺复兴式样的老门和马厩，那些坚挺的哥特式山花墙上凹凸的飘窗，那些罗马柱上的太极图、太阳花，连同海浪的声音一起，成为午后阳光里一杯浓浓的咖啡和泛着墨香的书，也成了恋人们手牵着手，深深浅浅的背影。我就站在这样的背影里，阅读着青岛。

青岛的美，是可以穿越时空的。是拂去了暧昧与难堪，可容悲喜的优雅与高贵。除了看大海，我还去了康有为和老舍的故居，也去了鲁迅公园。青岛之美，在于博大，在于对历史的敬畏和爱护。

青岛，是一片咸咸的海，是一块脆生生的历史，是一杯冒着泡沫的啤酒，更是一盏永不熄灭的灯，风雨兼程、义无反顾地守望着过去、现在与未来。

这座城市里还有很多非常有品位的书店。尽管同样是卖书，青岛人却把卖书打造成了艺术的殿堂。特别是有着旋转木楼梯的"青岛书房"，就是一座有着百年历史的老楼（它是第一代德国移民罗伯特·卡普勒在1901年为其母安娜·玛利亚所建，又称安娜别墅），举步入内，其本身洋溢着的被时光充分滋养和生长的高雅与尊贵，瞬间就能填满每一个人的内心，让时光不能荏苒，让你变得分外安静和柔和。就连上下楼梯，都要分外小心。生怕脚步踩得重了，惊扰了时光。

这里还设置了一个旧式邮筒，经营者恰如其分地为每一位来这里的人准备好了精美的明信片。让大家填写好文字和收件地址，然后贴上邮票，盖上邮戳，寄给远方的那个人。

我此刻，注视每本书的目光，都如同在注视一本经书。

我此刻，看到的每一段文字，都如同是在吟诵一段经文。

除了虔诚，我不知道还有什么？我的青岛。

青岛是一座博物馆，也是一座图书馆，更是一位温情的讲述者。

回头望去，我的青岛之行，实际上成了一段最值得保存的生活仪式。

我还想说一句话，除了大海，这个世界，所剩无几。

瞭望青岛之二

这次再去青岛，的确是为了一个很早就埋藏在心中的愿望。那就是让从未出过远门的父母坐一次火车，坐一次飞机，再去看一次大海，听一次海浪的声音。

一路上，母亲显得很兴奋。对于她来说，就像是做梦一样。看得出来，为了这次出行，母亲做了充分的准备。

到了机场入口。我背着行李领着他们，向宽敞明亮的机场大厅走去。

母亲说："是不是就要看到飞机了呀？"

我说："是的啊，马上就可以看到了！"

母亲的眼里充满期待。

我们顺利地通过了安检，老人们都非常配合安检人员，表现出难得的"素质"。找到了登机口，在候机大厅坐了下来。"妈，去转转吧。"我让父亲负责看管行李，就领着母亲和岳母沿着气派而时尚的候机大厅溜达起来。

"看，飞机。"母亲开心得像个孩子，指着玻璃窗外停机坪上来来往往的飞机向我叫嚷。

我安静而愉快地望着她们，鼓励她们继续溜达。让那些飞机们一架不落的被她们看个够，饱个眼福。

妈说:"以前看那些飞机从我们那里的天上飞过,那么小一点点,怎么就变得这么大了呢?太有意思了!唉,钢娃儿哦,你挣钱那么艰难的,又花这么多钱喊我们出来耍……"

我没有回答母亲的话。

我一副轻松的样子望着鬓发斑白的老妈,看着南来北往熙熙攘攘的旅客,心里想,我们也是旅客。对于人的一生而言,每一个人,都是旅客。只是,我们在这一路上,能记住些什么,能感动些什么,又能留下些什么。

让我不放心的事情,是我没有让三位老人家登机前吃晕机药,万一有不适应的话,我还真没有准备。以至于在飞机起飞时,我都始终从座位上站起来观察着他们的神情。好在三位老人一直处于兴奋状态,并且长时间地望向窗外。只有遇到颠簸时,稍微有点紧张,尽管我之前就对他们讲了,当飞机遇到较强气流的时候,就会像公路上的汽车遇到坑洼时候一样颠簸。

到了青岛,已经是下午三点。我们乘机场大巴来到酒店附近,我决定先不去酒店入住,先到栈桥火车站,那儿离大海很近,大约只需要五分钟就能去海边。我把这个想法给三位老人商量,得到一致的同意。

就这样,我们一行四人,每一个人,都背着一个行李包(我的最大)出现在了青岛栈桥的海边。

沙滩上人不多,海鸥很多。软绵绵的海沙,蔚蓝色的大海,海水从一望无际的远方,一浪接着一浪地向我们涌来。也不知道这些海浪是不是也和我们一样,走了很远很远的路,才在青岛栈桥这个地方,在这个满是阳光的下午,和我们相遇了!然后,它们又去了哪里?又会和谁相遇?

大海让老人们前所未有地高兴着。我陪着他们,并抓拍着许多老人与大海的照片。快一生了，才相逢。老人与海，可能从未如此深情相望。

那一瞬间，我被大海感动，也被时间感动。尤其是，我母亲弯腰捧起海水的那一刻，她的眼角，一定有泪花在闪烁。这是大海呀，是母亲可能从小就做过的一个梦。

青岛是一个有往事的城市。你能从每一块石头和屋顶上，轻易地看到历史从容的背影。在中国近代史上，有两场战争是在中国的土地上打着外国的战争：第一场是在东北的日俄战争，第二场就是1914年发生在青岛的日英德战争。青岛是第一次世界大战中亚洲的唯一战场。也就是说，青岛就建设在一块战场上，这里曾经硝烟弥漫。

因此，除了大海和沙滩，除了海鸥和船舶，我领着老人们沿着青岛的老建筑群认认真真地走了一圈。每到一个地方，老人们总会惊奇地张望这些古老的欧陆风情老建筑，长久地凝视，不停地驻足。

当看到那座始建于1903年的邮电大楼时，我的父亲，那个南方乡村里的老木匠激动地对我们说："这座房子的年龄和我的老母亲一样大了，我的老母亲也是1903年出生的。"那一年是农历癸卯年。

父亲说这个话的时候，就仿佛我的奶奶还在人世一样。那种说话的语调，是我第一次听到。原来，我的父亲一直记着他妈妈的生日。

父亲是个木匠。这些德式老建筑的很多物件都是实木做成的，所以，其中的某些工艺在他的眼中就显得非常亲切。这一点，我是能够看得出来的。毕竟，我也跟着父亲干了几年的木工活，对于木头的熟悉和眷念，是不需要语言的。谁有疙瘩谁有曲直，只需要打眼一望，或者伸手一摸，就能心知肚明。父亲明白中国传统老建筑的基本形式就是木构，而东西方建筑的文化审美差异和修建技巧的异曲同工，着实让我的父亲感到了震惊。我猜想，如果还有时间或者让他早二十年看到这些建筑，我的父亲一定会重新设计他的木工套路。

记得有天中午,我们四个人去酒店对面一家卖排骨汤的小店吃午饭。我推开那扇关得很严的玻璃门,就出来一个衣着非常前卫、染着一头黄发的老帅哥(至少也有六十岁),热情地把我们迎进门。一口纯正的青岛普通话,字正腔圆地为我们介绍他的拿手菜:排骨汤。

他说:"我一看你们就知道是外地人,你们啊,除了海鲜之外,什么都别吃,就吃我的排骨汤吧。"

他的那种自信,很快感染了我们。特别是我的父母,一直乐呵呵地盯着他,对他的普通话听得似懂非懂。但我们每一个人却都觉得,不吃他家的排骨汤,都对不起这趟青岛之行。然而,当他看见我和三位老人都从旅行包里拿出自己带的辣椒酱,沾着他清炖的排骨就开吃时,又说:"四川人喜欢辣椒,这个我很早就听说了。今天算是眼见为实。"

反正,我离开时,回头告诉老帅哥:"排骨汤,味道非常好!"

他开心地笑了。笑得像个青年。

染了一头黄色头发的老帅哥一个人,慢条斯理地打理一个小小的排骨汤店,不紧不慢地过着青岛人如海鸥一样悠然的日子,在我看来,如同一本搁在安娜公主楼上(是青岛第一代移民罗伯特·卡普勒建于1901年的豪宅。父亲说,我爷爷就是在那一年出生的)久久没人过问的书一样,清心寡欲,却天长地久。小店里荡漾出来的灯光,温暖而亲切。这就是青岛的人。

我喜欢这样的城市,更向往这样有大海的地方。

我可以一个人,安静地望着大海,也可以从大海的角度,远远地望着这座城市。

在青岛,安静地望着大海的人,还有蒲松龄、康有为、梁启超、老舍、沈从文、闻一多……。他们已经成了青岛的一个个文化符号，镶嵌在闪烁着银光的海面上，流光溢彩。

只不过，今天望着大海的人群里，还有许许多多远道而来的旅客。

后记：离开青岛那天，山东航空乘务组一名工作人员来到我的座位，说，我是今天这个航班上唯一全程都在看书的旅客，请我在留言簿上为她们留言。我写了一段话，其中结尾有这样一句："……青岛是一个迷人的城市，其坚若磐石，柔若大海。"山航乘务组送了一份礼物予我。

故　园

忽然之间，很想回一趟老家。

其实回去也没有什么非常重要的事情，仅仅是心中有一点点念头而已。再就是昨天接连下了一整天的雨，还刮了很大的风，到处都是落叶。

我不知道老家的瓦房在漏雨没有，有没有田坎被水冲垮了，有没有树枝被风雨折断了，屋后的竹林有没有倒塌下来。还有两位老人怎么就好长时间没有来过电话了呢？

尽管他们很少把电话直接打给我，但是，我很乐意听到家里人谁说今天老爸老妈又来电话了。说什么张三李四王麻子又和好了，什么表叔家的老母猪又下了几个崽崽，隔壁三哥家里今天来了客伙，我们家的母鸡已经下了十几个蛋了，其中有三个是双黄蛋等等，都是些鸡毛蒜皮的小事情。可我每次听着这些鸡毛蒜皮的小事，心里都非常亮堂、暖洋洋的。

因为已经过了吃午饭的时间，就没有给父母打电话。径直开着车，往老家方向奔去。

记不得是哪一年了，我去成都的荷花池进货，那次特地带上了我妈。我们母子二人当时是乘坐五通桥本地直达成都荷花池的夜班卧铺客车。这趟车上几乎都是我们当地做生意的人，也都是买的往返车票。

去的时候都很舒服地躺着。回来的时候，那个景象就比较糟糕了。到处都堆满了货，人就那样半蹲半坐的样子，空气混浊、昏天黑地。尽管如此，我妈依然高兴得很。

在人来人往的成都，我妈跟着我满市场跑，还一点都不觉得累。最后一看时间还早，我就带着我妈去了火车北站，专门走了一趟人行天桥。那满大街的人啊车啊喧闹得不得了，看的老人家目瞪口呆，"哪来弄么多人哦？"我妈反复咕哝着这句话。

最让她难忘的事情，是领着她平生第一次站在立交桥上看到了南来北往的火车。这件事，过了好多年，她都还在念叨呢。

记得那天，我妈望着南来北往的货运火车说："哎呀，钢娃儿，那个火车咋个就这么腌臜呢？一点不像电视上看到的那样洋盘干净。唉！"妈妈高兴地叹息了一声。

我妈反正第一次看见了真正的火车，是比较失望的。这个失望是说眼前这个真实的绿皮火车比不上她预期的火车那个样。然而，这并不能抑制她第一次看见火车时的满心欢喜。

那天下午，我和我妈，一老一少，就那样伏在火车北站左侧立交桥（这座桥有个名字可是我已经忘记了）的栏杆上，看了很长很长时间的火车和铁轨。

那些呼啸而来的火车，从我们脚下像蛇一样奔驰而去。

那些轰鸣声、汽笛声，还有闪烁的信号灯，加上落在远处楼房上的夕阳，成了我心中一幅美丽的画，一直挂在我的记忆里，历久弥新。

从未出过远门的老妈，如今已经老了。

我能从父母越来越谦卑的眼神里，看到无限的挂念和慈爱。老家有父母，比什么都值得牵肠挂肚。

以前读过东坡先生的一首词叫《定风波》："试问岭南应不好，却道，此心安处是吾乡。"很喜欢这两句。尤其是,此心安处是吾乡。

坐在门前的地坝里,老爸说他的这群鸭子长得油光水滑的,要不了多久就可以下蛋了。屋檐下堆着还没有晒干的苞谷,这些就是这群鸭子和鸡仔们的口粮。当然,门前池塘里的鱼儿也要吃这个。自留地里还专门给我们秀(种)了很多蔬菜。

这时候,我发现池塘边的一棵银杏树枝已经快要搭在电线上了。这咋个得行呢?我让老爸找来了很久没有用的锯子和弯刀,老爸又扛来了梯子,我爬了上去,费了九牛二虎之力,把这个隐患给消灭了。

秋季的阳光,暖融融地照射着大地。各种熟透的叶子以最美的颜色将秋天的美好轻轻地包裹起来,也把各种惊喜呈现在所有人的视线里。

母亲亲昵地伸手拂去我身上的树叶。

她抑制不住心中的喜悦之情,喋喋不休地向父亲说:"昨天晚上我就说嘛,他们昨天不回来呢,今天也一定要回来的。看嘛,这不,硬是就回来了……"

母亲继续骄傲地说:"都两个月了,一直没有心欠过,不晓得咋就忽然觉得他们要回了呢。"

母亲颇有些得意地向父亲炫耀着自己梦里准确的预兆。

父亲依然是以以前那样对母亲的口气说:"你就是胡说八道,一天到晚唠唠叨叨,难听得很。"父亲说这话的时候,竭力掩饰着内心的喜悦。

都几十年了,我早已习惯了他们之间的纷争。其实说到底,这样貌似的矛盾,到头来实际上是谁也离不开谁。

我傻傻地打量母亲花白的头发,母亲的白发白得亮,却很骄傲。让我不忍多看。

我耐心地听着她絮絮叨叨地讲着家长里短、柴米油盐。

然后，陪着他们走进灶屋。

我一屁股坐在灶台门口，用火钳夹熟稔地往灶烘里添柴。我很喜欢灶门圈里浓烈的烟火味道，特别是杂草和木柴燃烧时那股味道，沁人心脾。这味道，一直是和从前一样的，一点都没有改变。我发现，对这股味道的眷念，竟然是永无休止了。

灶台上还是摆着那个黑得发亮的盐罐子。父亲说，这个东西至少得有上百年了，他打小就知道家里灶台上装盐巴一直用的是这个东西。舍不得扔，也一直没有东西可以替代。

两位老人住不惯城里，坚持要回来住。也好，既可以看守老屋，也还能让门前的自留地不至于荒芜。更为重要的是，自从父亲回到老家后，小病小痛也就慢慢好转，药也不用吃了。我想，可能人老了，只有老家，才是治病最好的地方。

父亲身体一直不大好，但父亲的坚韧和吃苦精神，早已超出了我的想象。父亲很瘦，在我的记忆中就没有胖过。然而他所迸发出来的那种永不服输的力量，却无数次感动了我。

记得小时候，精通木工活的父亲，总要给乡里乡亲做些农具家什。于是，我常与他一道扛着干活的工具，走东家串西家。以我现在估计，一来是为了挣点细软补贴家用，二来是方便乡亲们添置一些农用工具。更多的时候，父亲根本就不收别人的工钱，仿佛仅仅是为了混一顿饭吃，或者是因为，父亲毕竟是个小队长的缘故。因为我们那个地方，木匠手艺能赶上我父亲的的确不多，甚至根本就没有。

他做的犁头，那个好用，是有口皆碑的。犁头好不好用，操田的人只要摸到犁头把手就心知肚明。好用的犁头一天可以操半亩田，不好用的犁头累死牯牛都只能干一分地。于是，方圆十几里地的人，都会扛着一截弯木头闻讯而来。他们总能对我父亲一番讨好，或者留下一捆烟叶，就能说动我父亲忙乎好久。我最喜欢在父亲刨下来的刨花堆堆里打滚。木头是硬的，刨花却是柔软的，尤其是那股木头溢出来的香味，让人舒服，还是烧锅的上好材料。

然后那些人隔上一段时间，就喜滋滋地来我们家把他的宝贝扛走，迫不及待地牵起水牛来到水田里哗哗地操田。继而贪婪地呼吸着新翻开泥土所带来的芬芳，这种芬芳可以让他们看到秋收时节满地金黄的粮食。

父亲做的踩水车美观而且实用，只要架在田埂上，踩动踏板，那白花花的水就一股脑地往上蹿。看得人们笑逐颜开。

这在当年，农村生产设备极其欠缺的年代，的确鼓舞人心。

还有，父亲做的那个伸缩自如的瓦模，用现在的眼光看，也应该算是上好的工艺收藏品。因为父亲给我讲过，做这个瓦模涉及几何与力学。当时附近几十里除了他没有人可以做得出来。只可惜在那个饥荒的年代，谁都没有在意，只有如今想起来觉得很是惋惜。因为，没有人会刻意地保存好这样的劳动工具。以至于到了现在，几乎没有人再认识和想得起这样的农具了。我们忘了这些农具，如同忘了一只蚂蚁一样。

那时候我也常常给父亲帮衬着做些木工活路。印象最深的要数改木料了。父亲站在用抓钉固定好的木头的那一边，我站在木头的另一边，互相摆好姿势，就开始沿着事先弹好的墨线拉锯。我使劲地拉过来，父亲拉过去，我又使劲地拉过来。就在这使劲拉锯的过程里，我能清晰地感受到，父亲仍旧在给我这边使力。锯末飞舞，我们每次都会汗流浃背。年幼体弱的我，哪里可以长久地拉动这些原本属于成年人的活。不过，事实上我根本就没有用多少力气，全靠瘦弱的父亲一个人默默地代劳了。而且一直会持续到这段木料结束。我从内心里感激父亲的同时，也挺伤感。

后来，由于我们家生活过于窘迫，父亲和我在一个叫石龙场的地方开了一间棺材店。

那时候的棺材，大多数是采用柳沙木做成的，价格便宜，木质较为疏松，很容易造型。但稍微有钱的人家，是不会选用这样的棺木的，他们会选择木质较硬的云沙木或者青冈树。据说上好的棺木要用金丝楠木做，那才叫一个好，很多人都没有见过。

从开店的那一天起，几乎每一天，都会有一些上了年纪的人来店里。这样的场面络绎不绝。我记得最清楚的，是有一位衣着很讲究的老人。每一次来，总是要把我们做活时候的细节看得非常仔细，看我们有没有使用铁钉，底板采用的是几块木料，棺木的长度、高度、厚度，老人家都要不停地盘问和比量。一双长满了老人斑纹的手，总喜欢颤巍巍地抚摸这些新做成的棺材，如同一位琴师，痴情地抚摸琴盘一样。那种神态，那种不可用语言表达的渴望，是旁人不能懂的。

我看见老人每一次离开，都显得格外满足。这种满足不是对衣食住行的奢求，不是对儿孙满堂的憧憬，不是对浩瀚人生的感激。而是，对死亡的觉知。这种觉知，没有悲观，没有绝望，没有恐惧，只有一种解放，一种对生命最辽阔的解放。

夕阳中，我不禁无数次地感慨万分。

突然有一天，一群人匆匆而来。

为首的人就指着墙角最里面那副上好的棺材说要抬走。我立刻明白，那位常来看棺材的老人已经走了！这副棺材，是他生前看得最多、抚摸时间最长的上好木棺。

这是老人最后的家。而我想说，棺材，是人生最后一朵玫瑰。盖棺以定论，尘埃终落定。

再后来，由于213国道扩建，我们的店被迫关闭。从此，我就开始了颠沛流离的打工生活。父亲把全部的木工工具收拾好，要么送人，要么当成柴火烧了。他说，干了一辈子的匠人，该收手了。

父亲是乐观的。再天大的事情，只要喝上二两老白干，便若无其事了。父亲常常说，天垮不下来。那时候，生产队的事情很多，家里的农活也繁重，隔三岔五的张家与李家吵嘴了，王家又与刘家为了一点田间地头的分界线打架，闹得不可开交了，就纷纷找上门来请父亲评理。往往这时候，家里立刻就成了会场。一折腾就是一天。这一天，可就苦了妈和我们了。烧火做饭端茶送水，还得赔着笑脸。等大家伙散了，父亲也疲惫了。而地里的活却又被耽搁。在我的记忆中，别人家的庄稼总是比我们家的长势好。

如今，父亲老了。

我们父子俩一起说话闲聊的时间也越来越少。父亲的话自然也少了许多。只有每一次孙子回家，老人家才话多一些，这一老一少居然就成了朋友，时常一起下河捉鱼逮虾，上山找鸟窝。我也乐意让孩子代替我们给老人许多的天伦之乐。

田间地头，我是多么愿意看到，永远有一幕老人与孩子的嬉戏图。

我常常望着老家周围日益茂盛的树林和山坳发呆。那些逐年减少的耕地和村民，那些原本人声鼎沸的劳作场景，那些迷人的鸟鸣和犬吠，那些水牛啃草时摇晃的尾巴和围着水牛飞舞的牛蚊子，那些猪仔们撞开猪圈时撒欢的奔跑和满地的猪粪，忽然之间，就没有了。

就仿佛是一场坝坝电影刚刚结束。灯光熄灭之后，人们只能摸索着往回走，要走很长很长的路，才能适应漆黑的夜晚。

而此刻，我要往哪里走，才能找到那些远去的岁月呢？

记得有一年的清明节，那天的雨格外的大，气温明显地下降了许多。

那天回老家主要是两件事：一件事是祭祖，另外一件事则是和父母一起过自己的生日。

比起前些年过生日时高朋满座、人声鼎沸的场景，推掉了所有的人情世故之后，我感觉仿佛是脱掉了一件件厚重的棉袄。然后自己清清静静地回到家，坐下来，和父母兄弟一起安静地吃饭，安静地过上一天。这样的时光，也许对自己很重要，也许对父母更重要。

潮湿的空气中弥漫着一股浓郁的花草味道，这股清新的滋味是生命蓬勃生长的气息，让人愉悦和感动。小侄女田田如同一只刚长出羽毛的幼鸟，一路上都在车里扑腾着，不停地做着各种令人捧腹的表演。估计车窗一打开，她就能展翅高飞。

幼稚的她也许还不知道，这个灿烂的季节正张开双臂等候着她的出现，等候着她银铃一样的笑声和蝴蝶一样的身影！

那天，母亲早已借摘菜为由，一个人等候在离家不远的山埂上了，看见我们，便赶紧抹掉手上的泥土和菜叶，笑吟吟地向我们走来。那年做过手术的母亲明显瘦了，白发更多了。但是，老人却显得更精神了。仅是这一点，好歹让自己的内心觉得安稳点。

一阵忙碌之后，一家人围坐在饭桌上。我把带回的葡萄酒给每个人斟上，就在大家欲举杯祝贺我生日之际，我抢先说："今天是我的生日，更是我老妈的大喜之日。我要给妈先送一个红包，再敬二老一杯酒。然后，我再接受大家的祝福吧！"

说完，我把事先准备好的红包亲手交给了母亲。我清楚地看见那个瞬间，母亲是由衷的高兴和幸福。

说句实话，为人儿子，此时，是幸福的！我们所谓的生日，其实是属于母亲的,而不是属于我们的。

父母在这一天有了自己的孩子,值得庆祝。而我们的出生之日,是不应该夸大,不应该张扬,不应该觉得有什么了不起的。更不应该以有人忘记了自己的生日而难过。因为,没有父母,我们何来有生之日。有吗?

那天,又恰逢是清明节期间。按照惯例,要给家里的每一位祖宗焚香祭拜。之后,我带着另外一刀纸钱和香烛,来到路边。为那位逝去多年的老人捧上一份思念之情。如果老人泉下有知的话,定能含笑九泉了。至少,在他浪迹天涯的人生路上,还有一家人年复一年地在祭奠着他,还有一个人在怀念着他。这应该是属于他的福报吧。

父亲在一边说:"余老老是我的小学语文教师,老人家是我们大队里当年最有学问的人,还传说他是清朝最后的举人。"

老人家原名余和中,重庆江津人氏,自幼饱读诗书,曾在重庆国民政府任职。1948年,逃离重庆来到了我们大队落脚。先是在私塾教书,后因为懂些医术,便在大队里开始行医治病。一来治病救人,二来也解决自己的生计问题。

父亲还说:"当年余老老给我们上课时,说他的那个'余'姓,其实是'鱼'。"

我由此联想到他的名字的暗喻可能是鱼河中。一条鱼在河的中央,是自由的。或者,他真的希望如鱼一样自由自在地生活,而改了自己的真实姓名。所以,余老老究竟姓什么已经不重要了,他究竟隐藏了多少秘密,也已经不重要了。

1958年,余老老作为旧时代的知识分子又被划为右派,成了批斗对象。期间余老老与本地一个寡妇结了婚,并一直用自己在医疗站微薄的工资供养着其养女读书并考上大学,而且一直到她参加工作。

据父亲说，这个养女后来分配到黑龙江某地工作之后，就再也没有回来过了，据说只是每月寄回五元钱。这个养父，一直孤独地生活在医疗站。

父亲说，他还能想起当年那个养女的模样来。可她为什么就一直不回来探望一下老人呢？

余老老一生为人正派、诚恳，在我们大队里人缘极好。就是在被划为右派期间，他也没有吃多大的苦头。据说是因为很多都是他教过的学生，或者是被他救治过的人，于是，这些人心照不宣地保护了他。

幼年的我和弟弟，一直被老人家当成自己的孙子一样宠爱着。当年大队医疗站里能够自由进出他的宿舍并吃到他糖果的孩子，就只有我和弟弟。我的名字叫田文纲，因为那时候抓纲治国，我们又是文字辈，就用了这个纲。可是后来派出所的户籍工作人员写字潦草，再加上绞丝旁和金字旁在潦草字的写法上略有雷同，"纲"被写成了"钢"。弟弟原来叫田文学，是因为那时候农业要学大寨，就用了那个"学"字。余老老平时爱喊我们两兄弟为缸缸和钵钵，不知怎么的，后来父母就把弟弟的名字改成了田文博，与"钵"谐音。这下好了，缸缸钵钵就齐了。

母亲常常把我和弟弟扔给余老老就出门巡诊去了。老人家除了给人看病开药方，还要抽空照看我们兄弟两个，也时不时地带着我们去旁边坡地里教认各种草药。比如鸡冠花、车前草，还有鱼腥草等等。

记得最清楚的一件事，是我第一次戴上红领巾的那天。满面慈祥的余老老一直远远地站在碾子湾学校的操场边上，耐心地等到我们的少先队仪式结束之后，便快步来到我身旁，把我高高地举起，又放下来。还往我的裤兜里塞满了糖果。这一幕，几乎占据了我整个童年记忆。因为，没有一个同学能像我一样，获得这样的礼遇和宠爱。

直到今天，我都清楚地记得有一年，我们一家人围坐在堂屋里，讨论准备将年岁已大、行动不便的老人接来家里供养。我和弟弟都期待着那一天。

可是，就在那一年，余老老却因病撒手人寰。

时至今日，对于老人最痛楚的记忆就是送殡的那天。我站在医疗站的山坳上，远远地望着余老老浑身裹着白布，一动不动地平躺在平板推车上，被一群人围着，直到消失在我的视线中……

父亲说，就是在余老老往生的那一年，他被人民政府平反了，也可以开始领退休金了。

我不知道，他的那个远在天边的养女是否还记得她的这位父亲？是否也和我们一样，每一年都在为他焚香祭奠？

我只是在每一次给老人焚香之时，总能看到父母赞许的目光！

孔子曾经说：祭如在，祭神如神在。对于生命中有些人和事，不能不祭！

平静的山村里，那种少有的放松和幸福，总能无数次地填满自己的身体，如同填满每一间空旷的房间。

闲着没事的时候，我给隔壁的大大送了点软糕过去。凑近她的耳朵对她说："大大，这是我给你买的软糕，你留着慢慢吃吧。"

老人家好一阵才缓过神来，直直地盯着我看了半天："哇呀，钢娃儿哦，我还以为是哪块？你拿给我干啥子嘛，我又咬不动了。我付能（方言，感谢的意思）你哦！"大大激动地扶着我的手，想从竹椅上站起来。

大大姓叶，是个勤劳的人，自从嫁给我的大伯后，就一直任劳任怨地操持着她的那个家。日出而作日落而息，无怨无悔。相继给大伯生下了三个女儿和两个儿子。

听说有一年生下了一个儿子，没过几天，这孩子就夭折了。

我的大伯抱着刚刚死去的儿子，哭喊着，满山狂奔，谁都拦不住。他凄厉的哭喊声，从远处的树林里传来，令人毛骨悚然。

等大家费了九牛二虎之力把他拦住，才发现，大伯已经疯了。

所以，自从我记事开始，就晓得这个常年不说话的大伯是个疯子。除了每天和大家一块儿干活之外，他都会满山满坡去走。一边不停地走，一边自言自语。没有人知道他在说些什么，要走到哪儿去。有人悄悄地说，他每次走的这条路，就是当年抱着死去儿子狂奔的那条路。

尽管疯子大伯成天不和大家接触，但每次遇到我们小辈人喊他的时候，仍然会提前站在路边上，笑嘻嘻地点点头。那时候，我甚至怀疑，他的疯症不是真的。我甚至想，可能在疯子的眼里，全世界的人都不正常，唯有他，是清醒的。

大大年轻的时候和我母亲关系不和，两人常常吵架。一个院子里，两个女人就是一台大戏。当年我妈吵架的本事没有大大厉害和专业，因为我妈嘴里吐不出大大能敞口而出的那些希尔八怪的脏话。我们当小孩的只能在一边看着干着急。吵架最激烈的一次是她们两个还动了手，结果是两个人都滚到三角田里去了，狼狈不堪。

如今，她们早已好得不得了，亲密得很。

我有时候还恶作剧地想，要是她们能像当年一样再大吵一次，是不是岁月就回来了呢？

大伯和我们家往上数大约两三辈人，就是一个老祖宗。从那张光绪十六年（1890）买地的地契上看，那时候的田家要算是大户人家了。从左边冲口的田到右边坝上的田，都是我们田家的财产。地契上工整地写满了当时地方上的见证者的姓名,还有各种印章。

这时候我妈走了过来。她把双手扶在大大的肩膀上,给她翻了一下凌乱的衣领,笑盈盈地对着大大的耳根说:"你拿到嘛,这是你侄儿子给你买的,你活一年哦才能吃一次,多活几年,再多吃几次你侄儿子的东西。"

大大耳朵背,眼睛也不好,和她说话要走得很近,还要大声地对着她的耳朵说,才能听得见。大大听见母亲这样说,笑得像个小孩子一样,露出没有一颗牙齿的嘴巴。她的笑容荡漾在山村的微风里。

母亲说:"昨天大姐和二姐都回来了,给你大大拆洗被子和衣服什么的。唉,还是养女儿好呢,晓得回来心疼当妈的。你大大这辈子还不是命苦哦!"

我偷偷望了一眼母亲,悄悄地离开了。让她们两个在地坝里闲聊。

门前的池塘里,几只鸭子在自在地觅食。一阵微风吹过,树梢上的叶子纷纷飘落。

"天涯倦客,山中归路,望断故园心眼。"不晓得东坡先生当年有家难归时,是何等心情。而今天,自己还能常常回家看看,何其幸哉。

嗯,望断故园!

时光里的过客

朱医生面无表情地坐在那张黑得发亮的木头椅子上。左手两根泛黄的粗壮的指头夹着一根燃得很旺盛的香烟。烟灰已经很长了，尽管有些弯曲，仍然没有掉落。右手捏着一根钢笔，却没有在处方上写出一个字。

"你今天是从哪边过来的？"他问。

朱医生目光炯炯地盯着我的脸，似笑非笑。仿佛是要从我的脸上抠下一点什么。而我的脸上除了雀斑、暗痣和胡须，什么都没有啊。

"我呀？吃了饭就从小区来你这里了。咋了？"我如实回答。

"我问你这个问题，是有道理的。你如是从南边来的，这我就晓得你的病集中在哪块榻榻（地方）了。主要是肝虚火旺，脾胃失调。假如是从东边来的，嘿嘿，这病就不一样了，要换一种说法。"然后，朱医生象征性地摸了一下我的脉相。

朱医生开始用钢笔在处方单上龙飞凤舞，像端公画符一样写着各种草药名。然后，在字的右下角，再圈一个数字。我从来就没有看懂过中医老师写的狂草药方，我想，每一位中医老师可能都是张旭的弟子。"兴来洒素壁，挥笔如流星"，那种狂野的笔锋，似乎就能打通病人的任督二脉。

我惊悚，这病人来的方向，也能看出病因？神奇的中医，匪夷所思。

朱医生抬起眼皮，鼓着一双曾经目睹过战火的眼睛认真而负责地说："望闻问切，讲的不只是对病人身体的望闻问切，晓得不？还有四象和八卦。懂不懂？"

"晓得！"我赶紧说。我在努力地思考他的话外之音。

那截烟灰实在熬不住了，掉落在他的处方单上。朱医生用手掌和袖口将烟灰抹去。处方单上仍然有抹不干净的烟灰，甚至还粘在了他的手和袖口上。他朝我继续讲解他的行医之术。

"你看，我今天开处方的桌子的摆放也是有讲究的。"他盯着我的脸，打算继续说下去。

"前一阵，我是朝着窗户的方向安的桌子。狗日的生意，就不咋个好，没得几个病人上门。我把它改了一下，朝向北边，豁，一下子，就天天爆满。你说，这其中的名堂在哪里？在哪里啊？"朱医生用笔头杵着桌面，发出没有节奏的响声。

中医不光是能医病，还能医人的思想。《红楼梦》里薛宝钗就吃了一副癞头和尚给她开的名为"冷香丸"的药："要春天开的白牡丹花蕊十二两，夏天开的白荷花蕊十二两，秋天开的白芙蓉花蕊十二两，冬天的白梅花蕊十二两。将这四样花蕊于次年春分这日晒干，和在末药一处，一齐研好；又要雨水这日的天落水十二钱……还要白露这日的露水十二钱，霜降这日的霜十二钱，小雪这日的雪十二钱。把这四样水调匀，和了药，再加十二钱蜂蜜、十二钱白糖，做成龙眼大的丸子，盛在旧瓷坛内密闭，埋在花根底下。若发病时，拿出来吃一丸。"即药到病除。

中国人的病，还得中医来伺候。他们希望通过这些得天地精华而长出来的中草药，能够五行相生，医治百病。

朱医生晃动着他的脑袋，把装钱的袋子往椅子那边按了按。朱医生以前在部队当过几天卫生员，给人打过针敷过药，复员后就开门行医。当然，人家也是十分好学的，堪称学霸。听说他自己也买了不少的医书闭关修炼，历时七七四十九天之后，终于醍醐灌顶，练成了绝世武功。别人大医院里医不了的大病，到了他这里就是小菜一碟，药到病除。

朱医生口若悬河地给我吹起他光辉的行医生涯，堪称华佗再世。朱医生常说一句话，我甚至觉得他起码可以算一个哲学家了："中医能医人的病，但是，中医医不了人的命。"人是生有地头，死有榻榻。阎王要你三更死，不会拖到五更亡。

反正，我之后没有去过这家诊所。没有去的原因，不是对朱医生医术的质疑，而是对自己的不放心。

但朱医生的生意，一直如日中天。

在我们这个地方的山沟沟里，还有一个堪称传奇的"土鳖医生"，被人们称为廖半仙。说某一年，半仙成仙之前，害了一场大病，差点要了他的小命。就在其病愈之后，如有神助，口中念念有词，竟然就能开药方给人看病了。问题是，他从未进过什么医学院，连护士都没有当过，更没有买过什么医书来读过啊。居然还是有许多病急乱投医的人远道而来，求医问道。

小时候我常常听见老人们说，好人有好报，恶人有恶报。不怕你现在有多行实，只要报应来了，哪个都跑不脱。

我们生产队里有一个人，自我记事起就喊他邓老辈。老辈是我们当地对长一辈人的统称。他最大的爱好就是用雷管和炸药装在玻璃酒瓶里，扔进河里去炸鱼。那只装满炸药的酒瓶在空中翻飞几个跟斗之后，每次都会准确地落入预定水域，溅起好高好高的水花。然后，那只酒瓶很快就会沉到河底，继而冒出一串串白色的烟雾和气泡。那烟雾气泡贴着水面，如同人的皮肤上长出的化脓水泡。紧接着,就能听见一声震耳欲聋的巨响,地动山摇一般。

每回都能炸得满河面都漂浮起白花花的一片死鱼。

他和他的同伴们就会兴奋地喊叫着,迅速地扑向河里,游过去用网子捞鱼。欢呼声和水声顷刻把寂寞的小河,吵得热闹非凡,像过节一样。次数多了,时间长了,就有年纪更大一点的人忧心忡忡地在背后嘀咕,说:"照这样整下去,哈吧要把我们河头的鱼儿整绝种。"

队里人说,有一年夏至那天,邓老辈又喊上几个人一同来到河边,将已经装好雷管和炸药的玻璃酒瓶用燃烧的烟嘴点燃,比画着姿势,像扔手榴弹一样,奋力地把这只酒瓶扔进了青沫沱的沱沱里。酒瓶清脆的落水声音,把两岸树林里的鸟儿都惊飞了起来。

这个叫青沫沱的地方,是我们老家那段河里最宽也最深的地段。河水在这里,要转一个圈圈之后才会向下游流走。青沫沱的沱沱里有一个状如牛背的大石头,几乎从来没有露出过水面。老人们说:"如果哪天看见那个牛背露出了水面,就要大天干,就要断粮。"1960年露出来过一次,结果就饿死了好多人。

邓老辈和几个同行的人叼着烟嘴蹲在河边草笼笼里头,紧张而兴奋地眼看着因引线燃烧而冒出水面的白色烟雾,摩拳擦掌,准备炸响之后像往常一样迅速出击。这又是一场令人兴奋的伏击战。

白色的烟雾渐渐消失,却没有等来预想中的爆炸声。

咦,怎么回事呢? 哑了!

邓老辈第一个从掩体里站起来,对另外几个人说:"遭球,肯定是引线松了,进了水。锤子一样,走走,我下去把它摸起来,重新装。"

全生产队只有邓老辈一个人是工人,而且是钢铁厂的工人。那时候,工人是老大哥，农民是老二哥。工人在那个年代的农村里是非常骄傲和令人仰慕的身份。工人那时候每个月的薪水抵得上农民一年的收入，旱涝保收，老了还有退休金拿。所以，当工人和当农民，有着很大的差别。脱掉农皮，把户口迁出去做居民，吃居民粮，是我们农村人当时最大的梦想。（居民粮是什么粮呢？就是不干活路就有的大米白面，细粮油荤足，会把人养得油光水滑，细皮嫩肉。农民大多吃的是粗粮，比如苞谷、红苕、瓢哑菜等，这样的食物吃了光长力气不长肉）

邓老辈是有经验的。据说他在钢铁厂里就是经常负责放炮的高手。这些炸药都是他悄悄从厂里偷拿回来的私货，每月休假回到老家，炸鱼吃是必须的一个节目。

旁边的几个人也跟着邓老辈站起来，却拿不出更好的主意，只能在旁边干站着。没人干过，没有经验，农民老二哥的窘迫随时会暴露出来。

邓老辈一个人游进青沫沱的水里，指着酒瓶落水的地方，一个明浪钻到了河底。

清花绿油的河水，让他看到了那个躺在河底牛背石上的酒瓶，像个死鱼一样一动不动。旁边还趴着几只黄灿灿的爬海（螃蟹），警惕地向他举着两只坚硬的夹夹。

邓老辈像水獭一样游了过去，伸出右手抓住了酒瓶，一个漂亮的回转，准备开始向上浮出水面。

岸上的几个人却在那一瞬间听见了一声巨响——酒瓶在邓老辈手里爆炸了，等他们从地上爬起来的时候，才想起可怜的邓老辈还在青沫沱的河里，吓得魂不守舍、屁滚尿流、哭爹喊娘。

瞬间清醒过来的众人，赶紧冲进河里，把血肉模糊的邓老辈捞起来。用裤袋死死地拴住那只如水管一样冒着鲜血的断臂，疯了一样地把他送到医院去抢救。

很多年之后，还有人说，那天青沫沱的河水全部都是红色的，比炸了鱼还要红还要吓人。特别是那只人的膀子（手臂）像一根猪蹄一样血淋淋地挂在河边的树枝上，晃来晃去。

邓老辈从此失去了一只手臂，空浪浪的衣袖，就是一个天大的教训。

后来，老人们说河里的鱼可以去逮去网去钓，却不应该去炸。因为一声巨响之后，除了那些大鱼小鱼难逃一劫，不知道还要炸死多少鱼兵虾将老老少少，该死的和不该死的，都成了冤死鬼。这是在造孽，是要出事情的。

邓老辈也算是菩萨供的高，侥幸捡了一条命回来。生产队里从此再没人用炸药去河里炸鱼。从那以后，我们整个村里大人小孩都管邓老辈叫独手儿，或者独手儿老辈。

不晓得是什么原因，这种对天地的敬畏由来已久，使得我们生产队的很多人在那个十分荒凉的年代里，也一直是循规蹈矩，从不胡作非为。父辈们常常以一种十分直观的事实，关起门来给我们讲怎样为人和处世，讲是非和曲直，讲因果和报应。

在青沫沱的上游，就是我老家的水田和承包地。那个地方原来有一座桥——我没有看见过，听说有一年发洪水把桥冲垮了，后来金燕公社又举全社之力修了一座铁索桥，方便两岸的人来往。哪知不久，又被一场滔天的洪水给卷走了。为此我一直就想，老天很不公平，为什么一次次地冲毁我们的桥，使得我们老家一直处于洪荒之地，无人问津。

然而，在那个只有桥墩的地方，自然地就形成了一段河滩。上游的水位要高出下游水位好几米，这个落差正好形成一个戏水和洗衣服最好的河床，这里就成了我们少年光阴里难以忘记的地方。每次母亲端着一大盆衣服来河里淘洗的时候,也正好是我们一群小娃儿以帮妈妈洗衣为名溜出来钓螃蟹逮小鱼小虾的时候。常常是衣服还没有洗完,我们早已是兴高采烈地全身湿透。而多数时候,是一无所获。

　　河床上每天都很热闹。除了两岸靠河干农活的人之外,还有一个叫刘猫鱼的打鱼人,不管刮风下雨,从不间断的来到河床的一块凸起的桥墩之上,像战士端着冲锋枪一样端着渔网,半蹲半蹴,一连好几个小时,一动不动地注视着河面的动静。

　　他长着一双与常人不一样的眼睛。怎么不一样呢?后来我上学之后才晓得,他的那双眼睛非常像历史书里面山顶洞人的眼睛,棱角突起,线条分明,古老而荒凉。如果把他喊到历史课堂去,那个山顶洞人的画像插图都可以不要了。他就是那个活生生的插图。

　　记得好多次,我们都看见了一群一群的小鱼顺着摇摆的蒿草游了过来。就朝刘猫鱼大声喊:"快点撒网呀,好多鱼哦。"

　　而他丝毫不为所动,依旧一副无我之态。一双山顶洞人的眼睛像鬣狗一样死死地盯着河面,那股旧石器时代独有的孤独气势,空前绝后。

　　然后,我们很快就忘记了他的存在。而水面,也很快恢复了平静。除了流淌的水声和我们戏水的声音,什么都没有了。我很喜欢水里摇摆的蒿草,像女子的秀发在河水的流动里,不停地柔和摇摆,姿态万千。

　　就在这时候,我只听见一声如春雨奔泻的咝咝声,也像丝绸被一把锋利的刀尖轻轻划破,从天而至。

　　而我那时候,觉得更像是羽毛划过天空的声音。就看见一张漂亮的大网,呼啸着,从桥墩的高处朝河床上飞去。那个姿势和画面简直是完美。湛蓝的天空被大网格成了一幅奇妙的迷人画卷,给我留下非常深刻的动态记忆。

刘猫鱼将大网从他身上像变魔术一样抛向了河里。不偏不倚,不左不右。当渔网全部按预定状态落入水中的时候,就看见平静的流水里有一群大鱼在网中扑腾。

此时的刘猫鱼总是不慌不忙,挽起袖子,缓慢地踏进河水里。他的那份从容和淡定,我是一直佩服得五体投地。

当我们认为有鱼的时候,他是不会行动的,更不会听任何人的蛊惑。而每次我们觉得什么都没有的时候,刘猫鱼都会奇迹般地撒出大网,并且,满载而归。几乎从未失过手。

这件事,我始终没有想明白,一个捕鱼为生的人,为什么就能看见我们看不到的猎物?

据和他走得很近的人说,一般来说,小鱼才会在水中勒起谁都看得到的波浪,而大鱼一般是潜在水底几无波纹,一般的人,是看不到也看不懂那种波纹的。能看懂这种水波纹的人,不是一般的人。

但是,我一直怀疑,他那双旧石器时代的眼睛才是关键。可是,又有几个人能有那样一双眼睛呢?

时光就像一个搬砖的小人物,一声不吭地埋头苦干。它一直在我们的身边将我们挖空心思千辛万苦垒起的各种砖,一块一块地搬走,直至搬光全部的东西。等我们发现的时候,生命已到尽头。

为此,我喜欢用自己笨拙的笔,记下那些流光岁月,记下那些鸡毛蒜皮的时光故事。留给自己,还给岁月。

往事如风

"球鸡儿都不懂,你还要当煽猪匠。下来,给老子下来。枉自长了弄么大。"

周蛮儿歪着脑袋朝我发疯一样地吼叫着,意思是让我把锯子放下。我那时候站在脚手架上双脚发抖,完全不敢往楼下看。巴不得他这样子喊我,就赶紧往下跳。

当双脚落在楼板上的那一刻,尘土被我震得扑腾起来,呛人得很。但是,心里却舒服多了。

这是我第一次和生产队的人一起去工地上干活。为此,我还专门借钱买了一辆红鸡公摩托车,每天呼哧呼哧地骑着车,随着人流往来于工地。自从被分了家,我开始发现这日子过得紧巴巴的了,没有钱连盐巴都买不回来,更别说养家糊口。

父亲也不再和我多说什么。

父亲就仿佛是一只老鹰,眼见自己的孩子长齐了羽毛,还赖在窝里好吃懒做、养尊处优,就选一个合适的时机,一翅膀就将这只雏鹰推下了悬崖。这只雏鹰于是就必须要学习飞翔。这个道理,也是很多年之后,吃尽苦头,我才悟出的。可当时,心里对父亲的那个不满却是难以言表。

我望着脚手架上轻车熟路、红头花色(红光满面)的周蛮儿,喊道:

"你龟儿子不要嘴巴铁,老子还不想干了呢。你龟儿就是个悍毛生、白伙什。再诰人(骂人),谨防老子扇你两耳屎。"我气他。

想当初你娃娃没有烟烧的时候,还整些红苕叶子裹起来就点燃抽,板眼多得很,还装着很过瘾一样,简直是背时倒灶、丢人现眼的。为了和你龟儿子一起来干这个活路,老子还买了一包大前门给你的嘛。虽然说我笨,你也不能半天云里挂口袋,装疯迷相地诰人三。我心里很想冒火。这个狗日的经常是脑壳进了水一样,动不动就干筋火冒的。何苦哦!

不过后来一想,我还是原谅了周蛮儿。

那时候他是技术工,每天可以拿二十五块钱的工钱。我什么都不会,也还是能拿十七块一天的工钱,人家为此还给包工头说了不少好话呢。说不定那包大前门也送给了工头,因为我一直也没有看见他摸出来烧过。他这样子吼我,其实,是害怕我毛手毛脚地从上面滚下来了,得一高子(跌倒),那个后果,不堪设想。

工地关模的活,就是整个大楼修建的先遣部队。大楼每天往上涨几寸,全靠这个活打先锋。因为,只有关好了模板,绑扎好钢筋,才能浇筑混凝土,楼房才会往上长。

周蛮儿心眼不坏,比我大八九岁的样子,总是佝着背,歪着一颗自来卷发的脑袋,还剃着宝盖头,颤禾禾的。

"城里头那么多的高楼大厦,其实都是我们这些农棒股儿(农民)一手一脚、汗帕勒水地修起来的。如果,没有我们这些农棒股儿舍死忘生地劳动,城里头人住在哪里呢?如果,我们这些农棒股儿不种粮食和蔬菜,不饲养猪和鸡鸭牛羊什么的,城里头的人些又吃啥子呢?"周蛮儿时常一边梭下田薅秧草,一边嘟嘟囔囔地说个不停。完全是一个白火石,道理一套一套的,像见过世面一样。但是,我估计他也是在人家那里听来的。农村的活路多，辈辈代代都是勤扒苦做，老实本分地过日子。

分了家之后，我手头拮据得很，也不敢去赌钱扯贰柒拾牌了，最多就是站在牌桌子的边边上，给人家抱个膀子凑个热闹。抱膀子的人胆子都大，往往水平都好像很高，很不得了，就是没有钱，还使劲地给打牌的人喊："打嘛，打嘛，怕锤子呀。已经出了三张了，那边又关不起，肯定还有一张在里面。"赌一抠三（赌一把）。抱膀子的人那种事不关己幸灾乐祸的味道从这句话里像叶子烟一样流出来，有点呛人。

要的，赌一抠。抱膀子的人总是说得撒托。

于是，拿不定主意的庄家在旁边人的怂恿下急于下轿，汗流浃背地把牌挥舞出去。哪晓得，牌还没有落稳当，就有人喊："遭了，抬炮，坤大，嘿嘿，这会子看你朝哪哈儿跑。晓得生张你肯定不得冒，就守这个独的熟张。嘿嘿，老子算准你娃娃要打出来，你娃就是孔夫子搬家哦，尽是书（输）。"和了牌的人往往会给对手如此一番奚落，给抬了炮的人制造心理压力，以扰乱其阵脚。

这时候，抬了炮的庄家也只有癞疙宝滚淅缸——忍气又吞酸，就会和抱膀子的人相互埋怨起来："今天起来我就眼皮跳，晓得要折本。你龟儿就是一个假精灵，看嘛，安逸了。我想怂球你一皮拖的很。嘿嘿。"而实际上庄家还不是瞎子吃汤圆，心头是有数的。周蛮儿就不一样了，只要不去工地干活，就会按时坐在牌桌上，苏气得很，整通天亮都不得吃东西。那个劲仗，不摆了。

人穷志短。于是，我只能低声下气地求周蛮儿给找个活路做。

哪晓得这个工地上的活，又是一个关模板的高难度工作。那时候的工地几乎没有一点安全措施，脚下的模板仿佛秋千一样晃动着，就那样光苍苍地喊你爬上去就开始干。城里的楼房像庄稼一样从地里长出来，不是施肥，而是用我们这些农民工的血和汗水浇灌出来的。城市里那么多明亮的窗灯，可是，有几盏窗灯是农民娃儿的呢？

因为有监工看着，一个上午下来，我屁股都不能坐一次板凳。常常是累得爬楼梯都爬不动，更别说吃上一顿安逸的饭菜了。

人穷怪屋基，瓦漏格子稀。好多次，我望着悬崖绝壁一样的高楼和远处灰蒙蒙的天空，伤心到了极点。

如果一个不小心踏虚了脚，就有可能"命丧五丈原"（五丈原是人家诸葛亮的葬身之处，我还不够资格）。真他妈的天要绝人吗？我禁不住仰望天空。可惜，天空里，除了明晃晃的太阳之外，连鸟毛都没有一根。

生活在食物链最底层的下力人，只有卖劳力，似乎是别无选择。我对那段往事的惧怕，慢慢地，变成了对自己的同情。

不会撑船怪河湾，不会操田怪枷担。我不知道自己缺少什么，总是无法和他们（工友）一样，干得理所当然，干得兴高采烈，干得一身尘土一身汗，仍然没有半点怨言。每天到点就捧起大小不一的黑不溜秋的碗，不洗手也不洗脸，围坐在尘土飞扬凌乱不堪的工棚里，拿起瓜瓢，狠狠地舀一碗米饭，再舀一大瓢青菜豆腐汤，窸窸窣窣就吃起来。嘴巴里响声大得很，风卷残云一样。

这样的场面，无数次让我不知所措，也让我悲从中来。

所谓绝境，就是生活没有路给你走了，好让你在绝境中去痛苦，去思考，去寻找，去救赎。我后来明白，没有经历过绝境的人生，是不完美的人生。

孟子说："天将降大任于斯人也，必将苦其心志，劳其筋骨，饿其体肤，空乏其身，行拂乱其所为，所以动心忍性，增益其所不能。"我不可能有大任于身，但是，我深刻地记着孟子的这段话。

一共在吵吵嚷嚷的工地干了三个月的活路，我就灰溜溜地离开了。业未就，身躯倦。

用一句话可以概括那情那景，鸟在笼中，恨关羽不能张飞。很多时候，我就像鲢巴鲫戴眼镜一样，装得像个斯文人，实际上是红苕屎都没有屙干净，还是一块泥巴脚杆。

然而，很多年过去了，我仍旧无法忘记这段汗流浃背、尘土飞扬的时光。

猪浮三江，狗浮四海。人生而有命，哪个阶段该你做什么，就只能做什么。要爬多少道坎，过多少条沟，受多少苦，享多少福，可能是注定的。不管你如何挣扎，如何悲苦，如何咆哮，都没有用。响鼓不用重锤，只能鼓起勇气，坦然面对。

我喜欢唐后主李煜的那首《虞美人》："春花秋月何时了，往事知多少？小楼昨夜又东风，故国不堪回首月明中。"这个不务正业的帝王，做诗人比做皇帝成功。

直到今天，我时常对身边的朋友平静地讲起自己在工地打工的往事。那些远去的时光和人，那些敞口而出的地方土话和毫不遮掩的乡土情结，其实，才是真实的自己，真实的人生。

后记：五通桥的方言，属于北方方言语系中西南方言语系之四川方言片，川西岷江组。语法和普通话一致，有地方性俗语词。古代汉语和近代汉语中的入声，保留得比较完整。十里不同话，本地人对这些土话方言都十分热爱，然，少有记录。

从生到死

这几天心情一直很郁闷。最主要的原因,是有一天晚上从老家返回五通桥的路上,听见一直在唠唠叨叨的妻子说,黄三哥已经被确诊为肺癌晚期。当时专心开车的我,忍不住一声长叹:"伤心哪!"

一股悲伤的情绪,瞬间袭击了我的眼眶,我没有回头也没有再出声。我的心里发堵。

省城的大医院委婉地拒绝了黄三哥继续治疗的请求,只让他的直系亲属一个人进入了主治医生的办公室。

约莫半小时后,已经是一脸憔悴的黄东海红着眼睛茫然若失地从主治医生的办公室走了出来。走的像一根没有水分的稻草,也像一张落入深渊的毛巾,更像一只迷途的羔羊。他没有径直走向背对着自己的父亲,而是,有意向窗户走去。

窗户那里实际上什么都没有,包括窗帘都没有。

他从那里望向这座陌生而枯燥的城市。这里是二十六楼,可以轻易俯视这座城市很大一片面积。街道上,人来车往,一派繁忙。每一个人都迅速地相互打量,也飞快地相互遗忘。城市就是这样,记性很差,只剩繁华。

但是,那种令他窒息和撕心裂肺的感觉却越来越浓,浓得让他感觉呼吸都开始急促。即将失去父亲的悲痛,像一根尖锐的钢针,生硬地刺进了他刚刚三十几岁的身体,刺得生痛,痛得流血。

他的母亲忐忑不安地向他走来。一连几天头不梳脸没洗,让她倍显憔悴,几缕凌乱的头发在逆光中显得格外凄凉。她不敢张开嘴巴询问自己的儿子,只能眼巴巴地靠近,连脚步声都听不见。她害怕自己的脚步声,惊飞了心中的愿望,踩碎最后的一丝希望。

"妈,我们,还是回去吧。"

黄东海终于忍不住自己悲伤的心情,像被雷电击中一样,浑身发抖,抱着自己的母亲,号啕大哭。

"幺娃儿啊,我晓得了!"

黄东海的眼神,给了他的母亲绝望的回答。

母子两人紧紧相依在一起,在众人的注视中渐渐平静下来。

所有人都清楚,发生了什么。

没有人上来安慰也没有人出声,医院的走廊安静得让人痛不欲生。

医院是人间离天堂最近的地方。这里像一个码头或者车站,每一天,不知道有多少生命来到这里,然后转身永久地离去。

也不知道,又有多少人来到这里挥泪送走自己的亲人和朋友,然后,孤独地走回熙熙攘攘的大街,离开这个码头或者车站,返回人间。

黄三哥生硬地坐在医院专门为他准备的靠背椅子上,望眼欲穿地等待着自己的老婆和儿子给他带来出人意料的消息。说,那是一次误诊。就是其他疾病都可以,他的眼球一动不动地望着天花板。儿子大了,任职于国内知名企业的管理层,除此之外,黄三哥最放心不下的是自己的老婆和嗷嗷待哺的两个孙子。在这万分关键的时刻,自己的生死马上就能知道答案。即便是严重到不能挽回的地步,他也痛苦地希望,医院能满怀温情地对他说，放心吧，我们一定尽最大的努力来医你的病，挽救你的生命。如果那样，就是死在医院，也觉得死而无憾。

至少，在这个世界上还有一群人会为了他的生死不顾一切。

如同他曾经不顾一切地为了全家人填饱肚子起早贪黑，风雨无阻地开荒种田一样，那时候他是幸福的。他用一个男人的担当给了一个家温暖的希望。

幸福在他的眼里，就是简简单单的一日三餐粗茶淡饭，就是跟着农时的节奏，吆喝自己家的老水牛按时踏进乍暖还寒的水田里，就是日出而作日落而息亘古不变的代代相传，就是逢年过节杀猪宰羊呼朋唤友一醉方休，就是生儿育女养老送终的天伦之乐。

然而，他不知道，这一切，都将到此为止了！

未老先衰的黄三哥过早地掉了三分之二的头发，就连剩下的那点毫无生机的发丝都显得风雨飘摇弱不禁风。我时常拿他的头发开玩笑："黄大爷，你的头发又长出了哟，还越来越清秀了。"

黄三哥总是一脸腼腆地伸出已经伸不直的手指，胡乱地用指头梳一下零落的头发，端起酒杯冲我说："哎哟喂，我的老表，来来来，整酒。"

他喜欢听我这样的调侃。因为这样的玩笑之中，埋藏着只有我们能够懂的亲切和感动。

他和表姐结婚的时候，我还在念初中。记得那场暴雨差点让新娘的娘家人没有过成河而误了大事。就连回来的人都是冒着汹涌的洪水划着秧桶三个两个地回到河这边的。圆形的秧桶在河水中转着圈圈，颠簸得非常厉害，加上暴涨的河水水流很急，用秧桶过河就非常困难，危险也非常大。

因为要读书，我没有能去给表姐挑一担嫁妆或者提一个陪嫁的木桶或保温瓶，跟着送亲的队伍浩浩荡荡地沿着羊肠小道翻山越岭。然而至今，我依旧清晰地记得那些年姑妈家家徒四壁的境况，千辛万苦养大姑娘，却拿不出几件像样的嫁妆。

黄三哥要算一个顶天立地的汉子，兄弟姊妹一大家要房子没有房子要钱没有钱，结婚之后硬是靠着自己一双手，起早贪黑拼死拼活地干，才有了一些起色。修建了崭新的楼房，购买了电视机和许多家具，生活过得像模像样的。

那些年，我们家土地多劳力不够，他和他的兄弟们总是在眼看就要栽秧打谷的农忙时候，神奇地出现在我们家的田间地头，挥汗如雨。说实话，这样的情分，我终生不会忘记。

不知什么时候，眼泪模糊了我的视线。我拼命地按动雨刮器试图能看清路况。妻子也陷入了深深的沉默。

黄三哥轻轻地回过头，儿子和老婆不知什么时候站在了他的身边。三个人飞快地对视了几秒之后，黄三哥裂开失血的嘴巴，笑了。

"咋个呢？算了嘛，我们回去吧。家里头这几天没人，狗都没有人喂。柑子树也要修剪一下了，要窖肥料了。"他知道了答案，没有多余的话，只有安排。

一家人背着行李，相互搀扶着，默默地离开了省城的大医院。

一周之后，黄三哥在亲人的泪光中撒手人寰。

世间事，除了生死，哪一桩不是闲事？

我记起仓央嘉措这句话的时候，也在想，其实，生死也要算闲事。

钢琴师吕布

我被音乐包围,却感觉孤独到极点。因为,没有一个音乐符号可以被自己握在手中,拥入怀中。

KTV的整个空间里挤满了酒精和欲望,塞满了冲动的笑容,无论是呼吸还是眼神都令人销魂。

音乐真是个怪兽,它能让有生命的一切生物毫无顾忌地呈现如痴如醉和毫不检点的声嘶力竭,以及没有理由的酩酊大醉,却无可厚非。叔本华说:"曲调中揭露着人类欲求和情感的最深秘密……而这个世界,就是为这一旋律加上的歌词。"是这样的吗?叔本华。

那么,当音乐加上酒精和女人,无疑就是一杯精心调制的鸡尾酒或者一份色香味俱佳的卤肉拼盘,诱惑和麻痹着夜晚的城市神经,让很多人抓狂和迷惑,也让很多人熟视无睹。

那时候,我认识一个叫吕布的很有才华的钢琴师。从他稍稍卷曲、桀骜不驯的头发尖尖上都能轻易地看见音乐的符号在上面无休止地裸奔。其尖而高挺的鼻尖,像一张绷紧的弯弓,也如一只展翅高飞的雄鹰,在天空无休止地盘旋,毫不疲倦地搜寻着娇艳的猎物。然后,是一个惊心动魄的俯冲。

人越多的时候,就是吕布越不安分的时候。他总是能在人群中咬着精致的烟管滔滔不绝、口若悬河地演讲。烟雾，从他狭窄的鼻孔里像水一样流出来，又被一股神秘的力量吸回去。每当这个时候，他的表情都显得如痴如醉，如梦如幻。能把一口烟耍成这样境界的，没有几个人了。烟抽得好，就是有故事的人。

吕布能轻描淡写、若无其事地讲某一天作为音乐才子的他，被一位有名有姓的暴发户以最高的规格请到了一个豪华的五星级酒店，然后以高昂优厚的报酬说服他给暴发户的私生子传授音乐绝技。或者，又有一天，当地一位位高权重的人物（当然是人人皆知的大人物）以兄弟般的情分把他接到某一个奢侈的私人会所，递给他一张高额的支票委托音乐才子给他才六岁的小女儿（大女儿已经三十出头了）恶补音乐知识。人们对音乐的狂热，让吕布深知不能轻易地贱卖每一个音符。

总而言之，这个小地方如果没有吕布的话，音乐就没有一个准确的调调。能请到他的人都是非富即贵。可想而知，此时此刻的音乐才子的社会地位和名望岂是在座诸位能相提并论的了，才子真正是"人中吕布，马中赤兔"。

转了一大圈，众人方才醒悟，才子其实是在说，他的与众不同究竟是在何处。他的派头和庄重已经在反复论证他的社会地位和名望是不可撼动的，那种优越感让人，也让他自己忘记了曾经在国营单位的车间里挥汗如雨的经历。他在兜售自己的同时，也在兜售音乐和社会理论。当然，也有人晓得他这是在泑上水，只不过没有说出来。因为喜欢泑上水的人很多。泑上水无须承担多少风险又能以最低的成本让人对自己肃然起敬。许多年以后，我才发现并明白了这个简单的道理：人性的弱点是非常在乎别人认不认可自己。

才子曾经直言不讳地说："女人如同一架钢琴，不懂乐谱的人，咋个能弹奏出动人的音乐呢？"如此惊世骇俗的箴言，一般的人又如何能参悟得透呢。即便参悟透了，你能用精准的语言表达出来吗？吕布说，他醉心的女子就是弗朗西斯卡，那个让罗伯特疯狂之后又安然离去的廊桥遗梦。

我想起米兰·昆德拉也说过类似于这样的话："音乐，仿佛是一群放出来扑向她的猎犬。"

"所以，音乐之美，是非刻意的，也可以说是错误的美。"昆德拉说，"错误的美，是美的历史末期。"

但是，如果音乐是一条猎犬，那么吕布就是饲养猎犬的男人。这条吕家的猎犬，自然就比任何人家的猎犬更具有攻击性。

实际上，凡是艺术家，生活都不可能是风轻云淡的。有哪个艺术家愿意风轻云淡地过一生呢？弗洛伊德就说过："艺术家的原动力，仅来自性。"蒋勋也曾经说："肉体如此真实。""我心里渴望过上更危险的生活，我随时愿意奔赴陡峭险峻的山岭和暗流涌动的海滩，只要我能拥有改变——改变和意料之外的事物带来的刺激"，就干什么都可以，年轻时的毛姆就说的更直接了。

也就是说，没有一次又一次的性冲动和恋爱的历程，是开不出艺术的花朵朵的。没有艺术的花朵朵，就不会有一群群蜜蜂飞过来传花授粉，哪有艺术的果实呢？没有艺术的果实，美，就会失去方向，失去听力和视觉，甚至是味觉。那美成了什么？

音乐是艺术的绝对范畴，要弹奏好钢琴，没有女人，尤其是没有可以激发爱情的女人在旁边，肯定是要跑调的。这是哲理。

当然，吕布也常常呼着朋唤着友开怀畅饮夜夜买醉。可酒钱多数情况都不会是他付。因为每当付钱的时候，他都已经恰如其分地醉了，或者是意犹未尽地抓着酒杯搂着某一个人的头正在相见恨晚互诉着衷肠。继而对着付了钱的人傻傻地笑笑,说:"哎哟喂,我想请你们吃个饭宵个夜,就这么难吗?连付钱的机会都不给我呀、呀呀!"然后,打着酒嗝摇晃着一头浓密的卷发嘟囔一句:"下不为例哈。"而下回,仍旧如此。

那时候,刚刚出现QQ这个社交工具。这个东西比书信更适应时代的需求,因为它的速度是书信的N倍。任何武器只要具备了速度,就极有攻击性。这位刚刚失业(国营单位破产被迫下岗)、才华横溢的音乐才子就是在那个时候,夜夜守着QQ视频,对着视频那边的女人们激情澎湃地弹奏了一曲又一曲,一曲又一曲。其状,如行云流水,如疾风骤雨,如珠落玉盘。那条训练有素的猎犬,在主人的驱使下,飞苍走黄,直奔猎物,把那些刚刚推开QQ这扇窗户,还没有准备好遮风挡雨的工具的女子们几乎一网打尽。

于是乎,北方那位情深似海的女子顿时方寸大乱、对月长吁、花前病酒。虽人居两地,却情发一心。她毅然决然地与富豪老公离婚后带着嫦娥奔月的勇气,还有离婚后丰厚的青春损失费,来到千里之遥的四川,与这位音乐才子罗衾贪欢。

那一天,那一时,那一分,那一秒,音乐才子吕布满含温情地对着女子说了一句沈从文曾经说过的话:"知道你会来,所以我等。"

其实,那位被自誉为最懂庄子的国学大师刘文典最看不起的沈大才子,当年在青岛大学面对一个叫俞珊的女人时,同样,也是方寸大乱。

痴情如斯的女子执手相看泪眼,竟无语凝噎。

为了他的那句话和一往情深,那女子倾其所有。

音乐才子吕布瞬间从人生的谷底(下岗)冲出,咸鱼翻身,苦尽甘来。全身上下全是名牌,明晃晃地和女子驾驶豪车出双入对,或频频出没于权贵圈子,或招摇于闹市。

爱情的网，如同清晨的浓雾，在看不见阳光的日子里，天下所有的恋人都是看不见前面的路和四周的树木山川河流以及擦肩而过的路人。因为，爱情总在"云之上"。

热恋这个东西是什么？就是除了你之外，我谁也看不见，什么也听不到。当然，流淌的琴声，除外。有人说过一句关于爱情的话：陷入爱情中的男女，就是被对方深度催眠的过程，最可怕的是，一方醒了，另外一方还在昏睡。对于这对因为音乐而走在一起的浪漫男女，这句话可是没有说错的。

"人生仇恨何能免，销魂独我情何限。"直到有一天，音乐才子吕布用女子钱包里的钱上了另外一个或者几个女人的床，这位奔月的嫦娥方才如梦初醒，念去去，千里烟波，暮霭沉沉楚天阔。

这个女人显然驾驭不了音乐才子的爱情方舟。

继而，自然又是离歌，一阕长亭暮。千种风情，更与何人说啊？

似乎应该这样理解，天下的情和爱好多都是音乐撮合的。如那些少年对着同样是花样年华的少女吹口哨，这一声裹挟着荷尔蒙的气味，尖锐而悠扬的口哨，可能要算是最原始的音乐了。然而，所有的男人和女人都会如同飞蛾扑火一样，义无反顾、前仆后继地去赴一场灵与肉的约会，去完成一场证明生命成熟的最原始的仪式。

唉，向天长问，情为何物，直教人生死相许？说到底，无非是男欢女爱。或为情，或为财，或为乐，或为对于现实的空虚和不满，或为兑现忠贞不渝的誓言。

如同张爱玲说的那句话："哪一种爱，不是千疮百孔？"张爱玲的话，也许，会让许多人重新陷入沉默。

作为一个音乐才子，时刻都活在灵魂的云端之上，不可能因为面前朝九晚五、柴米油盐的婚姻而放弃了自己激情四溢的爱情。哪怕这一段爱情，只有一首乐曲的时间长度也在所不惜。更不能因为爱情的小方舟冲撞了艺术的灵感让音乐跑调。

《红楼梦》里的癫头和尚有诗云："沉酣一梦终须醒，冤债偿清好散场。"

女子，最终走了。

爱因斯坦说，一切都是安排好的！我认为这句话放在哪里都是正确的。

她背对着这座波光潋滟的小镇，留下了一串串深深浅浅的足印，歪歪斜斜。

这一段风风火火缠绵悱恻的情爱历程，女子也许终于明白了一句话：休恋逝水，苦海回身，早悟兰因。也应了红楼梦的戏词："没缘法，转眼分离乍，赤条条来去无牵挂。"

她的心灵深处，在她不能承受的生命之轻中，那扇灯光暧昧的窗户里，还会生活着一个和她一样被音乐蛊惑的女人，和她一样被音乐捕获的女人，和她一样被音乐咬伤的女人。

唉，人非物换，究竟是到头一梦，万境归空。

这位才华横溢的音乐才子吕布先生不得不又开始了下一轮爱情搜索，其旺盛的爱情小马达宛如一把锋利的剃刀，比毛姆的刀锋更加锐不可当，见血封喉。

而我眼前的音乐，却没有故事，只有酒，和酒。

酒杯以音乐的名义分装着色彩和空旷，分装着无奈和沧桑，啃噬着生命日渐脆弱的防线，让人成妖，让妖成人。拟把疏狂图一醉，对酒当歌，强乐还无味。旅德摄影艺术家王小慧在周国平写的《花非花：周国平对话王小慧》里说："我的一生就是一场行为艺术。"所以，我可以用艺术来解释一切行为。

我想起了一句可以掏空五脏六腑的北宋词，来描述此刻的花香酒气："平生事，此时凝睇，谁会凭栏意？"

夜，过也！

后记：剃须刀边缘无比锋利，欲通过者无不艰辛。是故圣者常言，救赎之道难行。

碾子湾

在我的记忆里,一直有一幅很有质感的画面,悬浮在岁月的尘埃里,经久不消。

破烂的木条窗棂,长条形的木头课桌,一群三年级的孩子们埋头写着作业。窗外飘着雪花,远处的那片竹林在飞雪里显得格外冷清。偶尔还有零星的雪花会从窗口落在教室里,落在孩子们的衣服上、头发上。我就坐在这群孩子中间,一双手冻得通红。即便是哈一口气,也解决不了问题。

教室里安静极了,除了雪花落地的声音之外,什么都听不见。

我经常想起这个画面,经常想起那个遥远的小山村,想起我的童年。真不知道我的童年为什么就那么快,一晃,就没有了,比雪花都融化得快。

就仿佛是一块冒着油花花的腊肉,塞进嘴里,还没有嚼出味道,就咽下去了。然后,眼睁睁地看着别人手里拿着腊肉骨头,在那里慢条斯理地用柔软的舌头舔来舔去,我的心里像猫儿在抓一样。

那时候我们的老师都很严肃,不害怕老师的学生是不多的。特别是成绩不好的学生,更是谈师色变。

记得有一堂语文课,胖乎乎的蒙老师端着书,挺着圆圆的肚子在课桌与课桌间的过道上走动。然后,围着讲台缓慢地移动着沉重的身子,绘声绘色地给我们讲咋个造句:"如果……就……,因为……所以……"比如,就有同学在作业本上这样造句,"如果今天爸爸打我的时候轻一点,我就没有那么痛了。""因为老师的作业太简单了,所以我才总是出错。"等等。

蒙老师的身材很宽,头小,脚小,肚子很圆。但是,她的声音却非常洪亮,中气十足。即便是窗户上没有一片玻璃隔音,她的每一句话都可以把教室里的每一寸墙壁上的灰尘弹落。不像现在有的老师,要是不戴上小蜜蜂喇叭,坐在后面的学生根本就听不清楚。

而此时,我清晰地听见一声清脆的粉笔碰到额头的声音——因为这个声音撞击耳膜的时候,会使人的神经高度紧张,它和粉笔撞击墙壁和柱头是不一样的。我们下课的时候,经常恶作剧地拿着老师留在讲台上的粉笔干这种彼此攻击或者胡乱扔出去的事情,对于粉笔撞击各种物体而发出的不同声音是有点心得的。有那么几次,我的同桌用老师留在讲台上的粉笔向我扔过来的时候,却意外地落在了一个留长辫子的女同学头上。于是,那位漂亮的女同学立刻涨红着脸,冲出教室,跑向老师的办公室,告状去了。每次的结局都是我的这些手芯不准的哥们被老师像提小鸡一样拎进办公室,接受惩罚。所以,我能迅速地判断,这又是一个上课不听讲的调皮鬼遭到攻击了。

接着,就看见一脸愤怒的蒙老师又向我的同桌扔过来了擦黑板的刷子(粉笔掉到地上了,这是第二轮打击),刷子在空中飞出一条可爱的弧线,直接奔向我的同桌。那条弧线和滑出弧线的擦黑板的刷子,在我的记忆里飞行了很长时间。

可是,这个刷子竟然没有能如期击中我的同桌。居然,被他有预见地躲开了。

这小子，果然是有两把刷子，竟然成功地避开了两轮空袭。那些年，霍元甲的电视剧算没有白看。我一直如此想。我看霍元甲的时候也陷入过一场旷日持久的练武历程，尽管没有练成真功，为此还打破了好几个沙袋和树丫丫，但是，对于中华武术的痴迷，还是很深的。我知道同桌一直在苦练霍家武功。

我后来在同桌开在景区的餐厅里问过他当年这一刷子的事情。他依然嬉皮笑脸地说："不怪蒙老师，我们太调皮了呀。现在才晓得，老师那是对我们好。要是老师不管我们，咋个会生气呢？她为什么要生气呢？是不是嘛。生气又不能涨一分钱的工资，不生气也不会减少一分钱的工资。"

到了这个年龄才算是明白，爱你的人，一定会对你非常严格。不爱你的人，一定会纵容你做任何坏事情。

而这个时候的同桌，已经在这个知名的景区里，生意做得风生水起。我亲眼看见他用半截黄鳝炒一盘汤汤水水的菜卖给游客，就收了五十块钱。那时候，一根黄鳝才两元钱的本钱。这个本事，我羡慕了很久。

不听话的同桌，常常惹得蒙老师大发雷霆、暴跳如雷。

于是，每天站在办公室里的那个人，不会是别人，就是我的这个后来开了餐厅的同桌。以至于我们班里的学生还悄悄地给蒙老师取了一个外号叫"蒙矮子"，用以发泄我们的愤怒和反抗。

蒙老师是恨铁不成钢，巴不得我们都是乖孩子，都能安静地坐在自己的座位上，认认真真地听课，学到真本事，将来成为一个有用的人。严师，才能出高徒。而少年时代的我们，哪里能明白这个道理呢？

也不知道蒙老师您现在还好吗？还记不记得我们这群调皮捣蛋的学生？如果，能。我真想给您一个拥抱。

那时候，学校旁边有一个土墙修的瓦房商店。开店的是一个老得背

碾 子 湾　167

都直不起的老头。我们大家都叫他敖吰鼻，真名叫什么，可能很少有人知道。

土墙的裂纹缝隙很多，有几条还很大。我们的手都可以轻而易举地伸进去。当然也不敢伸进去，因为那里面会藏着很大的蜘蛛和老鼠，还有蛇。我们围着土墙跑猫儿的时候，还亲眼见过一条弯弯曲曲的透明的蛇壳安静地挂在那里，吓得那些正在跳房儿的女同学们尖叫着乱跑，再也不敢轻易接近这个冒着冷气的夯土墙。甚至，还有恶作剧的男同学悄悄地把蛇壳装进女同学的书包里。结果，当然是被老师像拎小鸡一样，逮进办公室里去面壁思过。

女同学们跳房儿的时候，还会唱一首男同学都不会的民谣："正月采花无花采，二月采花花正开。三月桃花红似海，四月葡萄架上开。五月栀子男女戴，六月荷花满池开……"一直唱到"雪里钻出红梅来"。还有一首那时候非常流行的歌曲，好多人都会唱，"编编编花篮，编个花篮上南山，南山开满红牡丹，朵朵花儿开得艳。"这首歌悠扬的曲调和活泼的节奏，成了那个时代最欢快的记忆。

我们一伙子男同学时常趴在地上走六子棋。随便在地上画出方格子，伸出一只手比画一下剪刀石头布就确定了谁先谁后，捡六个小石子或者树枝就开干。一盘六子棋下完，几乎都成了花脸王。

商店就两间，里面是敖吰鼻的卧室，也是堆放货物的地方。由于屋顶的玻璃亮瓦常年没有擦拭，致使里面的光线一年到头都很暗，房间也很潮湿。外面这间就是商铺。一张稀牙漏缝的长方形木头桌子上，摆着几个圆形的玻璃容器，里面总是装着让我们流口水的芝麻饼和甜得可以让人立刻晕倒的糖果儿。

桌子的右边靠着一块木板箍的圆形盐巴桶桶，白花花的盐巴像雪花一样耀眼。从房梁上吊下一根黑黢黢的麻绳系着一杆已经看不清尺码格格的秤。从这杆秤,就能看出敖咣鼻的心情。如果是熟人,尤其是年轻的媳妇来买盐的话,他的秤杆就翘起来老高,称的是望秤。遇到他不喜欢的人,那个秤杆就像泄了气一样耷拉着。这一翘一耷,可就是斤两,是人情,是学问了。

敖咣鼻每天就那样端坐在光线昏暗的商店里,提防着我们这群没有几个硬币的野孩子。因为有几次,他去卧室里屙尿——他屙尿的时间,总比正常人长,还能听见他沉闷的喘息从里面传出来,返回来,就发现桌面上和地上凌乱地散落着几颗糖果儿,气得"日妈捣娘"地乱骂一通。没有抓到证据,骂完了,也就完了。

冬天的时候,敖咣鼻还成天捂着一个用竹篾条和陶瓷缸编成的火炉——这个火炉的"火"字,在我们当地土话的发音里是一声。里面放着通红的木炭,木炭上面均匀地覆盖着一层细细的火灰,防止明火燃烧起来。这样一来,任凭冬天有多么的湿冷,他都显得红光满面、热气腾腾,也使得他在人生暮年一直保持着硬朗的身姿和旺盛的生命。

当然了,我们这群野孩子也有人大模大样地捏着家里大人给的五分钱硬币,装作有钱人的样子,指着玻璃容器里的芝麻饼饼,高声虎气地让敖大爷取出来,递给我们。然后,一哄而散。

许多年以后,由于修路的原因,这个一直盘踞在学校旁边好多年的商店,被当成违章建筑给拆除了。就像是我们身体上一块已经愈合的伤疤被提前揭掉了一样,说不清楚是高兴呢,还是悲伤呢。

很多很多年以后,有个女同学说那时候我很牛。因为我的母亲是赤脚医生,学校里的老师都非常照顾我,轻易不会逮我去站办公室。哪怕就是和同学打了架,站在办公室里最受苦的那个人也肯定不是我。

经她这么一说，我倒是真的就回忆起了那场和龙二娃的恶战来了。至于打架的原因是什么，就是想不起来。

反正，那天我们两个是背着书包在学校门前倾倒垃圾的山坡坡上开干的，一直打到山坡坡下面的水田里，打得可谓是天昏地暗。我们两个身上、脸上和头发上，都沾满了碎纸片和泥水，还有血污。

我如今还记得，学校山坡坡下的那块水田靠山的地方，有一个坚硬的圆滑的石头，致使这个地方永远不会长出水稻，这个水田的秘密，被我在搏斗中发现了。但是，我没有告诉任何人。而围观的那群同学除了起哄之外，好像，就没有一个人来劝过我们两个，倒是呐喊助威的不少。也有人手拉着手窃窃私语。

这场没有输赢的恶战，最终以双方家长出现而结束。后果，自然是很悲催的。没有一次战斗，会有真正的赢家，这是我多年后浪迹天涯得出的哲学理论。当然，也不是所有的争斗，对手都是敌人。那次的恶战，导致龙二娃站了三天的办公室，而且是对着墙壁站。

后来，龙二娃常常拍着我的肩膀说，你操球的很，就只站了一天。他其实不知道，我认错的速度比他快，所以才免除了后面两天的面壁之苦。这个秘诀，我是不会告诉他的。我谅他也想不出来，他就知道一条路走到黑，不服输，属于花岗石脑袋。

从那时起，我们居然从对手变成了兄弟。所以，那些年的战斗，不会有仇家。后来我还把我的铁环借给龙二娃滚了几天，算是对友情的肯定。但是，他滚铁环的技术，比起我就差多了。我可以非常熟练地滚着铁环跨过任何沟沟坎坎，而铁环不会倒地。这也是那小子崇拜我的一个原因。当然，这一场惊心动魄的打斗，也让很多同学对我另眼相看。至少，轻易不会有哪个调皮鬼敢在我的面前冒皮皮了。

这个小山村有个沉重的名字——碾子湾，就是像碾子一样沉重的地方。后来被改成长远大队。长远，是革命的需要，是有战略思考的。"文化大革命"结束后又改回来，还是叫碾子湾。

碾子的意思我知道，就是石磨盘。我们农村里碾米、推豆花、磨苞谷面都要用这个。那时候，还没有电动机器，更没有打米机，这个石磨盘就非常的珍贵。

碾子转起来，声音非常结实、浑厚，而且是脆生生的，很像嘴里咬碎一颗胡豆。这样的声音，如同母亲的摇篮曲，混合着米饭和苞谷粑的香味，从田坎上，从牛圈里，从秧田里，从水沟里，从砖瓦厂的烟囱里，从小河里一艘艘载满煤炭的大船上，还有，学校千疮百孔的窗棂上，轻轻地飘过，连绵不绝。

一直，飘向远方。

鸟　窝

小区树林里的鸟越来越多。远远地就能听见非常热闹的鸟鸣,如同蜂群朝王一样,场面十分壮观。

这让我想起《红楼梦》里的一句话:"食尽鸟投林,落了片白茫茫大地真干净。"只是这样想起而已,并无别意。鸟不栖树林,又栖在何处呢?如同人每晚要回家一样,这是生命落脚的地方。

小区里的人注意到这群鸟儿的可能不多。因为我稍微观察了一下,很多人的注意力,是被身边的小孩或者手机吸引。或者一边深埋于手机,一边以余光瞟一眼疯耍的小孩。或者帮孩子们背着书包,匆忙走过。至于这群鸟儿们怎样的喧闹,是无关紧要的,是可以被忽略的。我们很多人眼里已经装不下身边的风景和飞舞的小鸟。

这时,我看见一个精致的鸟窝静静地躺在路旁。谁也不晓得它是什么时间、什么原因掉下来的。唉,它已经永远等不来归家的鸟了。想到这里,我的心难受了一下。也不晓得又有哪只鸟,今夜无家可归。

无家可归的鸟,如同我们的心。飞了一天之后,却忽然发现没有落脚的地方。这难道不是一种讽刺吗?

早上醒来,我看见手机里有一则尖锐的评论,说"开学第一课"里有几个涂着白粉的小白脸娘炮,又是唱歌又是跳舞,挤眉弄眼,矫揉造作。

他们的动作和表情却非常的阴柔。

让这样的青年人来引导大家的审美方向，实在是值得商榷。

一个民族如果失去血性，一个民族如果渐渐失去了锋芒，还能稳当地屹立于这个世界吗？我看难。孟子曰："夫人必自侮，然后人侮之。"

书柜里有一本书让我不敢继续往下读，也只有这本书让我坐立不安、口干舌燥。那就是何建明先生写的《南京大屠杀全纪实》。因此，我只好把它放回书柜，用一张白纸遮住它的书名。只是遮不住心中的烦躁和悲愤，遮不住对那段历史的伤感和痛心。

1937年12月13日，南京沦陷了。作为中国国民政府的首都，被日本人攻陷了，被一个人口和国土面积远远低于中国的小国家攻破了。这是日本自建国之后，第一次占领另外一个主权国家的首都，其历史象征意义非同一般。直至今天，历任日本首相在其上任与卸任之时，都会去参拜靖国神社。他们惦记着他们穷兵黩武的祖先，惦记着那段祸结兵连的年代。

南京城破的那一天，在日本东京，狡猾的天皇带领着他的近80万国民举行了盛大的庆祝仪式。

而他走兽一样的士兵们，就站在南京弹痕累累的城头，双手举着滴血的刀枪，向着东方的那座岛屿泪流满面，声嘶力竭地反复高喊：天皇万岁。

这一天，是昭和十二年十二月十三日。

这一天，六朝古都金陵城内尸横遍野、血流漂杵。

日本人以为，占领南京就可以非常顺利地征服整个中国。因此，其对南京占领之后的行为更是分外恶毒。占领南京，也深刻地刺激了这群狂妄至极的战争疯子，让他们为所欲为，将人性之恶展现得淋漓尽致。处心积虑的日本人除了疯狂屠杀中国人之外，还干了一件极为恶毒的事情：摧毁与文化有关的一切书籍和传统文化遗迹。因为他们知道，征服一个民族，最主要的是要毁灭他们的文化。

当南京战场上一群群被蒋介石无奈放弃之后（当时中国的情况是清朝灭亡，民国兴起，军阀混战，积贫积弱的中华民族根本来不及缓一口气，又遭遇装备精良、训练有素、野心勃勃的日本军队入侵）主动放下武器的士兵们，抱着侥幸的心理向日本军投降时，他们根本就没有想到，几百个甚至是几十个日本兵就可以轻松地将几千上万个中国士兵屠杀殆尽。而且，杀人的方式千奇百怪，无所不用其极。

这群丧心病狂的日本军人对着手无寸铁的中国军人喊道："立——正，向——后——转，齐步——走。"当这些数以千计的中国军人转过身去之后，才发现，面前是波涛汹涌、冰冷刺骨的长江水。这分明是要让他们去死。即便是让他们去死，也要先羞辱一番。当我看到这样的文字出现在书中的时候，我整个人几近崩溃，站都站不稳。

"苍天何以如此对中国邪？"陈寅恪之父一代诗文宗师陈三立面对日本人的曹社之谋和灾难深重的国家悲天恸地。绝食五日，旋即溘然长逝。李鸿章早在日本明治维新之初就意识到日本必将是中国之劲敌，中日两国的胜负要看哪个国家的新军备进步得快。

"国破花开溅泪流"，何建民先生书里的文字，如同一座座荒坟，里面埋着一个国家的耻辱和悲痛。每一座坟里，都有一个冤死的魂魄，在那里叩问天地：你记住了吗？这是国难！国难！国难！

事实上，我们除了仇恨那段历史之外，更应该反思我们自身的问题。国弱无外交已成铁律。国与国之间，没有永远的朋友，也不会有永远的敌人。如果我们没有过硬的民族脊梁和拳头，靠什么建交？靠几千年的文明？靠激烈的辩论？靠满腔的愤怒？靠无助的哀求和抗议？都不得行。只有一样,拳头!

打铁还需自身硬。

1950年,中国抗美援朝,这场装备极不对称的战争,首次把以美国人为首的联合国军(美国、英国、加拿大、土耳其、澳大利亚、菲律宾、新西兰、埃塞俄比亚、希腊、泰国、法国、哥伦比亚、比利时、南非、荷兰、卢森堡)打回了谈判桌,打出了军威和国威。"千秋耻,终当雪",此一战,让西方联军嗅到了死亡的味道和恐惧,让那群恣意欺辱和宰割中国的帝国主义国家心有余悸。中国,已经不是仅用几门火炮轰几下就可以征服和蹂躏的国家。

美国四星上将克拉克曾这样评价朝鲜战争:"朝鲜半岛的战争是我们美国在一个错误的时间、错误的地点,同一个错误的对手,打了一场错误的战争。因而我成了历史上签订没有胜利的停战条约的第一位美国陆军司令官,我感到一种痛苦。我们失败的地方是未将敌人击败,敌人甚至较以前更强大,更具威胁性。我说的更为强大的意思,是指共产主义的亚洲陆军已学会如何打近代的陆地战争。"克拉克没有他的祖先运气好,他遭遇了中国共产党领导的人民军队,却以为中国还是那个中国,殊不知,这是一支敢打硬仗的劲旅。

1953年10月23日,美联社公布"联合国军"在朝鲜战场上的伤亡总数达147万余人。

1943年下半年的常德保卫战中,代号"虎贲"的国民革命军74军第57师誓死保卫常德。8000名勇士"以一敌八"(日军七个师团近十万人马将常德围得水泄不通),与日本人浴血奋战,并坚守16个昼夜,寸步不让,几乎全部为国捐躯(战后只剩下83人)。全师上至师长下至伙夫,同仇敌忾,无一个人退缩、逃跑和投降。

这场悲壮的战争,让日本人在战后一直心有余悸,竟然以"凄绝"二字来形容,承认中国军队的抵抗"堪称保卫上海战役后最激烈之一次"。日本军人甚至脱下军帽自觉肃立,向这群壮烈牺牲的中国军人致礼。四天之后,中国军队和美国第14航空队共同作战,一举夺回常德。

1945年日本投降前夕,有一个叫岸谷隆一郎的日本侵华老兵在其剖腹自杀前,曾写下了一封给日本天皇的信。信中这样写道:"天皇陛下发动这场侵华战争或许是不合适的,中国拥有像杨靖宇这样的铁血军人,一定不会亡国。"

他信中所提到的杨靖宇,就是当年威震东北的著名抗日英雄。1932年,杨靖宇受中共中央委托到东北组织抗日联军,率领东北抗日军民转战于白山黑水之间。在弹尽粮绝的情况下,他孤身一人,仍旧和大量的日军周旋奋战,直至最后壮烈牺牲。

当时率部参加围剿的日本人岸谷隆一郎对这位至死不降的中国军人非常好奇。五天五夜啊,冰天雪地,饥寒交迫,他是如何生存的?为了解开自己心中的疑惑,这个杀人不眨眼的刽子手命令日本士兵剖开杨靖宇的腹部,结果发现杨靖宇胃里面竟然没有一颗粮食,全是枯草和棉絮。

看到如此震撼的一幕,作为军人的岸谷隆一郎留下了浑浊的眼泪:"此人虽为敌军,睹其壮烈亦为之感慨。"

这就是中国军人冲天的血性。只有这样的血性,才能让敌人心惊胆寒。以此制敌,何敌不摧?

也是在抗战期间,有一位日本人找到弘一法师,希望他能去日本弘法。法师平静地望着来者,说:"1200年前,应日本僧众邀请,鉴真和尚六渡日本,为你们带去了很多关于建筑、雕刻、医药方面的知识。当年鉴真去的时候,海水是蓝色的。现在不一样了,海水被你们染红了。一寸山河一寸血啊，日本，我是万万不会去。"一寸山河一寸血，弘一"羞与深仇同日月"的民族情怀，可昭天地。

血战台儿庄之后，悍将张自忠被日军围攻，身中数弹。他对身边的人说："我力战而死，自问对国家、对民族、对长官可告无愧，良心平安。"旋即拔剑自刎，以身殉国。这就是一个民族永不屈服的骨气。当护送其灵柩的车至宜昌，数十万民众挥泪祭送，终夜闻悲叹声。很多白发苍苍的老人连夜手制面食，痛哭流涕："我为张将军做北方饭也。"

纵观今天的世界，仍旧有好多个西方国家把从中国抢劫或者盗窃而得的文物，摆放在博物馆和图书馆里，堂而皇之地供人参观。这就好像李四把从王五家抢来的或者偷来的值钱的东西肆无忌惮地摆在李四家门口一样。

1900年（光绪二十六年，庚子年），英国、美国、法国、德国、俄罗斯、日本、意大利、奥地利八个国家组织了约18000多人的军队（实际攻打北京的是七个国家，其中德国7000人的部队还在匆匆赶来的大海上，可这七个国家等不及了，提前动了手。当时的兵力美国2100人，日本8000人，英国3000人，俄罗斯4800人，意大利53人，奥地利58人，法国800人），对积贫积弱、腐朽至极的大清朝发动了侵略战争。他们从天津出发，所向无敌，仅用十天时间便攻陷北京。后参与侵略的国家陆续增加至13个，他们强迫软弱无能的清政府签订丧权辱国的《庚子条约》，强迫总以天朝自居、"一统无外，万邦来朝"的大清国赔偿他们四亿五千万两白银。

终因闭关锁国而致衰弱的东方古国成了一块肥肉，被那群贪婪的帝国军队恣意践踏。这群强盗所到之处杀人放火、奸淫抢掠，无恶不作。他们在我们的国土上任意屠杀和抢劫，大量极为珍贵的文物和古迹遭到破坏和

鸟窝 177

掠夺。八国联军总司令瓦德西后来在公开场合承认:"大清帝国此次所受毁损及抢劫之损失,其详数将永远不能查出来,但为数必极重大无疑。"

甚至在1901年的秋天,英国的"乌得科"号炮舰,自重庆试航闯进四川的纵深腹地乐山五通桥水域胡作非为。随后,法国的"阿纳利"号、"大江"号炮舰,德国的"华特兰"号、日本的"伏见"号、美国的"盖巴乐斯"号等炮舰,常常耀武扬威地航行在岷江河水域,横冲直撞。国耻如斯,国弱如斯。

国破山河在,城春草木深。此时此刻,写到这里,我觉得自己呼吸都困难了。我明白了为什么张纯如会在写完《南京大屠杀》后举枪自杀。她生前最喜欢的座右铭是美国哲学家乔治·桑塔亚纳的名言:"忘记历史的人必将重蹈覆辙。"张纯如以血荐轩辕,叩问着世人的良知。

我拿起笔,在一张白纸上写下了三个字:张纯如!然后,点燃焚烧。陷入沉默。

曾国藩提携的门生李鸿章在同治十三年(1874)面对当时的国际形势讲过一句话:中国的近代所处的局势确是"数千年来未有之变局"。只是,此变局太过疼痛,也值得深思和警醒。爱尔兰人李约瑟曾尖锐地提出一个问题:为什么在公元1至15世纪漫长的岁月里,中国在科技方面比西方更为先进并遥遥领先,却没有能够自发地产生近代科学及随之而来的工业革命,导致这个国家积贫积弱、落后挨打?1943年6月4日,李约瑟完成了对成都、乐山几所大学和科研机构的访问,在战时迁往乐山的武汉大学石声汉教授的陪同下,从五通桥四望关码头搭乘一条盐船沿江而下,去往李庄。

我还想以敦煌文物的悲剧为例。五万多件珍贵的文物大部分都被英国人斯坦因、法国人伯希和、日本人橘瑞超、俄国人奥登堡等以卑劣的手段，从无知的王道士手中骗取和抢走，分藏于英国、法国、日本等三十多个国家的博物馆和图书馆。三百年乃得一见的大师、清华大学四大导师之一的陈寅恪先生悲愤地说："敦煌者，吾国学术之伤心史也。"陈寅恪先生的悲愤，应该就是每一位中国人的悲愤。甚至到了1936年，一个怀揣《圣经》的美国人又勾结古董奸商，把西安唐太宗昭陵上的六块骏马浮雕中的两块盗走。

其实，这群西方人炫耀的是什么呢？无非是武力，是强权，是胜者为王的丛林法则。只有某一天，当这些国家能把从别人家里抢来的东西归还的那一天，才有文明可言。

否则，无论他们如何装扮，都是体面的流氓，文明的流氓。

1937年北平沦陷后，国学大师刘文典滞留北京期间，日本侵略者多次派人请他出来教学并在日伪政府做官，他都断然拒绝。

刘文典深知北平不可久留，遂独自一人化装后，历经千辛万苦南逃至西南联大（抗战时清华、北大、南开大学组成）所在地蒙自。当衣衫褴褛、蓬头垢面的刘文典抬眼看见院内飘扬的国旗，百感交集，向国旗庄严地三鞠躬，涕泪俱下："尧都舜壤，兴复何期？以此思哀，哀可知矣。"

1924年，赴美留学归来的南开大学人类学教授李济先生对欲与之合作考古的美国华盛顿史密森学会弗利尔美术馆的毕士博提出了两个合作条件：一、在中国做田野考古工作，必须与中国的学术团体合作。二、在中国掘出的古物，必须留在中国。毕士博给他的上司汇报后同意了这个条件，并深为感动。这在当时的历史条件下，其民族大义和爱国之心，感人至深。

当年被困香港的陈寅恪先生面对日本人的拉拢讨好不为所动。尽管家里早已无米下锅，他仍旧把日本宪兵送来的两袋大米扔了出去。并用日语义正词严地告诉日本兵，吾宁可饿死，也不要这来历不明的大米。后来在四川乐山武汉大学任教的哥哥陈隆恪得知其弟弟被困港期间不食敌粟，倍感敬佩，赞其"正气吞狂贼"。

我觉得，东西方的战争，与其说是利益争夺的战争，不如说是一场文化的较量。

"士不能诵孔子之经，而别有所谓耶稣之说、《新约》之书，举中国数千年礼仪人伦、诗书典则，一旦扫地荡尽。"曾国藩如是说。他一直倡导魏源的师夷长技以制夷，但是，老祖宗的东西不能丢，方可徐图自强。

这个世界，永远不会向弱者示好，只会向强者低头。中国已经不再是那个中国，却又仍是那个中国。

子曰："知耻近乎勇。"鉴往而知未来。

如果，我们没有强健的体魄，文明之花，是无法栖居在上面的。如果一个民族不尚武，如果我们把历史悉数忘记，如果我们没有爱国的意识，就有可能像那只精致的鸟窝，很容易就会从树上滚落下来，让鸟儿们无家可归。

这个鸟窝，不是真实之鸟窝，而是我们心中可以栖息的精神之家园，是可以支撑我们内心强大之家园。如果，这个家园没了或者变质了，我们绕树三匝，何枝可依？

乡　愁

每晚回家，除了烧一壶开水慢慢烫脚之外，仍然是抱着一本书，借着灯光，有心无心地读。

偶尔，被书中的文字或者情节拨动心弦，便会停顿一下，望望四处和天花板。那一刻，便晓得了读书的乐趣。

有些时候，在饭桌上也好，在茶桌上也好，时常觉得自己无话可说了。那些原本可以引经据典、夸夸其谈，甚至是高谈阔论、唾沫飞溅的东西，竟然在顷刻之间，不复存在。这似乎就是读书所致。

当我读完第一本书的时候，我发现我的眼前有一束光；当我读完第三本书的时候，我的眼前推开了一扇窗；当我读完第五本书的时候，我看到了世界。而当我读了更多的书的时候，我发现，我似乎什么都没有看见，反而变得分外贫瘠和恐慌。我得拼命地读更多的书，来填补我的这种贫瘠和恐慌。

读书，也会让人悄悄变老。

人之变老，如同书会变旧一样。书旧了，依然会有人捧读。而人老了，谁还会记得谁呢？

眼看着快要过年了，算算时间，我还是悄悄准备了两本书。

年，像一道坎。

有人愉快地迈过去了，有人不愉快，也要迈过去。其实，年，就是人们给自己画的一张精神食谱。食谱的尽头，就是年的味道，就是家和亲情的味道。所以，没有人能拒绝这样的诱惑。那么，这道坎再高再陡，也要迈过去。再远再难，也要走。

而迈不过去的，可能是有些人自己的心。

匆忙，是一个非常生硬的词语。它让我们来不及梳妆打扮，来不及温文尔雅，甚至，来不及体面端庄就仓皇应对。后来，一切都来不及。

父亲来电话说，做好了南瓜饼，等我们回去拿。我在寒冷的冬天里手握着电话迟疑了一下，最后决定回去。

我亲手种植的海棠花也开了，开得很艳，像火红的小灯笼一样挂在倔强的枝头。父亲和母亲就站在海棠花的旁边，痴痴地，望着我们。瓦房上的烟囱，冒着一股熟悉的炊烟，鼻孔里便闻到了柴火和饭菜的香味。

房前屋后，清脆的鸟鸣声，时不时钻进人的耳朵。远处，盘旋的白鹭，忽高忽低地盘旋在河边竹林间。地里的庄稼，有些已经冒出了浅浅的绿芽。冬天的水田里什么都没有，和四周的树木一样，静静地仰视着天空和天空中飞翔的鸟。

我一屁股坐在院子里的竹椅子上，逗着我家那只叫熊猫的黑狗。熊猫和我很亲热，像个孩子一样依偎着我的脚跟，顽皮地趴在地上。

看着父母一前一后走进厨房的背影，我心里顿时装满了一种不可言说的东西。这种东西，重若千钧。

这一瞬间，我才明白，自己其实是一个拿得起，却放不下的人。

人世间的一切，如梦幻泡影，如露亦如电。我这一介布衣凡夫，哪能看得到红尘之外的东西呢？

看不到，就守着岁月，守着老家，守着眼中那一点土地，终老吧。

老家冲口上二老表的鱼塘被洪水冲垮了，据说垮了有一丈多宽。全部的鱼儿们都乘着决堤的洪水逃之夭夭。还有少数来不及逃跑的鱼儿就那样白翻翻地困在池塘的淤泥上，张着嘴巴裹着泥浆胡乱地跳跃着、挣扎着。这不是一件挡孽的事情。

问题是二老表恰好又不在家，两口子刚刚去外地给儿子带孩子了。哪晓得这场连续几天的暴雨，竟然给他捅了这么大一个篓子，让老实巴交的二老表咋个整嘛。花了那么多的钱修起来的鱼塘，这一下子就成了一个被摔碎的碗，看着就揪心。以前我还常常划着竹筏，在水面上荡来荡去。那种自由自在的乡村生活，确实让我着迷。

如果理起我们之间的亲戚关系的话，我们不是真正的表亲。而是因为我的父亲自从生下来，就多灾多难常年生病，于是，我的奶奶就把这个幺儿子过继给了上坝儿黄家，拜黄家的表老爷为干爹，也叫保保。就是用长辈的福报来庇护晚辈的意思。这种找保保的风俗在我们这里很盛行。

于是，我们两家就成了亲戚，两家儿孙辈的孩子们就来往的比其他家密切。我们家住在中坝儿，他们家住在上坝儿，相距不过两里地。平时如果相互之间要传个话什么的也容易，就那么对着山嘴嘴，高声虎气地吼几声，准能听见。

特别是秋天来临的时候，山坡上的草，被各家各户割得精光，露出干涩涩的泥土，很像一个老人被剃光了头发，树枝上的叶子也落得差不多了，随便吼一声，就能传出去好远。落光了叶子的树枝上时常会站满小鸟，远远望去，像叶子。

那时候，秋天地里的庄稼都收割得差不多了，田坎上的谷草堆堆高高矗立，各家各户的烟囱里几乎都会准时地冒出袅袅炊烟和被烟熏火燎之后传出来的咳嗽声和打骂声。割猪草的男女也会按时往回走，把一天的收获往自家搬。几乎每天这个时候,呼唤鸡鸭们回家的声音也此起彼伏,其间肯定会夹杂着呼喊东娃儿、二蛮儿、三姑子、六娃儿回家的吼叫声。

喊小猪儿们回家的声音是这样的:噜噜噜,噜噜噜噜。

喊鸭子们回家的声音是这样的:来来来,来呦来来来。

这时候,我就能看见成群结队的鸭子,摇摆着肥美的屁股,憨态可掬地往家里走,而且步伐出奇的整齐。

那几只敞放的小猪,听见主人的呼唤,也会从茂密的红苕藤里冒出傻乎乎的脑袋,继而,闪电似的往回跑。

秋天的农村,还夹杂着各种刺鼻的汗味和动物粪便的味道。那时候的时间很慢,所以,那时候最煎熬。

小河,是我们年少时光里最快乐的地方。二老表家有两条小木船,除了打鱼之外,平时都停靠在上坝儿码头上,就成了我们最喜欢的玩具。

常常是两条渔船上十几个娃儿,清一色地光着屁股,像泥鳅,也像没有鳞片的鱼。船上、水里到处都是我们的嬉闹声和河面激起水花的声音。河水往往是从我们戏水的这一段开始就变得浑浊了。这滩浑浊的河水,伴随着流光溢彩的夕阳流淌得很远,很远。

二老表家兄弟四人,现在唯一留在农村守着土地的就是他了。上坝儿一大片的房子,原来住着四家黄姓人。如今,能走出去的,都走出去了。都在外面有了工作,买了房,生了根,有了出息,永远不会再回到这里了。逃离农村,脱掉农皮,当个工人,几乎成了几代农村人的梦想和追求。农民阶级和工人阶级的巨大差距,如同一道千疮百孔的围墙,把这个世界一分为二。所以,我算明白了,没有故土不可以不被抛弃。

我每次回家,都会看到二老表两口子在田间地头,仿佛是两只离群的大雁,被散落在乡间的小路上,连声音都没有。

其实，在我的记忆里，还有一个让我念念不忘的人，是我姑妈家的老表。在我们当时的生产队里，他绝对要算是长得最抻抖的一个人了。"抻抖"的意思，在我们这里就是今天大家说的帅。

老表一米七八的个儿，常常梳着溜光的头发，而且头发还是抹了发油的那种，抹了发油的头发连苍蝇在上面都站不稳。他时常叼着一根带烟嘴的白芙蓉香烟，作吞云吐雾状。特别明显的也是最吸引大家眼球的要数他的那双高跟皮鞋，除了擦得锃亮之外，就是在皮鞋的后跟鞋底钉了厚厚的铁皮鞋掌，走起路来，很远都能听得见"咔嚓、咔嚓、咔嚓"的脚步声，特别帅气——后来稍微长大一点我才知道，钉这种鞋掌的只有草原上的马。

生产队里的年轻姑娘们，时常偷偷地瞟一眼我的老表挺拔的身姿，继而埋头割猪草，而心中却是早已揣着一只小兔子了。但是，我的老表总是装出一副熟视无睹的样子，吐出一连串怪异的白芙蓉烟圈圈，昂首挺胸地踩着高跟皮鞋，有节奏地从她们的视线缝隙里钻过去又钻过来。爱情的小花，开了又谢，谢了又开。

记得有一个夏天的傍晚，我们全家都在地坝里乘凉，我的老表像是走T台一样撑之腊杆（本地土话，意为姿势好看）到我们家串门。

"老表，你今天好标致哦！"住在我家隔壁的三哥，冲着老表喊了一嗓子。

老表旋即风度翩翩地降落在我家的板凳上，继而小心翼翼地用手捋了一下他崭新的喇叭裤腿。然后又站起来，甩了一下油腻腻的头发，指着裤缝对着我们大家说："看哈三，这根缝缝，这缝缝随便咋个洗，都是笔伸的。晓得为啥子不？"我的老表根本不理会没见过世面的三哥。

老表那时候就开始操社会了。这个我是晓得的。这个"操"的意思在我们这里是"混"和"闯",那时候能够操社会的都是崽寇儿、行实人,一般人是不敢去惹他们的。当然了,有一个操社会的亲戚,我还怕什么呢?

"你这个裤缝嘛,是熨斗熨过的嘛,还用你娃儿说。"我父亲把叶子烟咬在嘴里,含糊不清地说。他吐掉最后的叶把把,划着了火柴,耐心地转动叶子烟,吧嗒吧嗒,浓浓的烟雾就从他的嘴里四处散开了。

我父亲裹叶子烟的技术是过硬的,总是裹得一丝不苟、严丝合缝。无论是递给哪个,都会得到异口同声的赞誉,我几乎是听着这些赞誉长大的。

不像有些烧烟的男人,夹在手里的叶子烟完全是松垮垮的,像裤子没有系好皮带一样,看着就让人觉得掉价。烟圈都还来不及完全散开,父亲就给出了老表一个非常权威的答案。

"除了你这个舅爷晓得外,你们哪个还晓得哪?"老表对父亲的话,表示服气。

但是,依旧不忘教育我们几个年纪比他小的老表们。这裤子,在那个年代,就是一个男人骄傲的资本了,我反正是比较羡慕的。我也不晓得什么时候,自己可以去操社会。

老表有一个非常高级的爱好,就是爱看武侠小说。几乎每天都能看见他抱着一本金庸或者梁羽生的武侠书,看得茶饭不思、神魂颠倒。然后,就开始给我们大吹特吹《射雕英雄传》和《七剑下天山》。每一次,都是他一个人讲得天旋地转,我们听得热血沸腾。

他给我们讲故事的地方不是在田坎上,就是在他贴满武术明星照片的土墙房间里,还有就是在哑巴塘四面漏风的鱼棚里。那个地方,是我们最热爱的地方了,靠着鱼塘,听他的江湖。

我的武侠情结，估计就是在那个时候开始发芽的。总是梦想自己能在某一个神秘的地方遇见一个神秘的高人，然后拜他为师（做关门弟子或者唯一的单传弟子），练就一身神秘的盖世武功，继而仗剑走天涯。凡是我不喜欢的人，尤其是那些仗势欺人的白火石，见了我都得吓得屁滚尿流，收刀捡卦。我就这样开始劫富济贫，浪迹江湖，成为流芳百世的英雄。

我常常跟着老表去我家小河对面的采石场耍，一耍就是一个下午。因为那个石场里打石头的石匠一个是他的表叔，长得虎背熊腰，感觉比石头还硬朗，另一个是和他年纪相仿、有着一对浓眉的老表。他们是穿着连裆裤长大的两老表，感情一直很好。这个石匠老表就厉害了，不仅有力拔山兮气盖世的石匠风采，还会少林功夫。

老表给我讲过很多石匠老表在江湖上的传说，听得我是无比神往。而且，还看过一张这个武林高手腾跃而起搏击长空的照片。这张照片中的动作完全和当年很多人家里用米汤贴在墙上的李连杰那张腾空而起的照片一模一样。那时候，少林寺的电影让好多人对武功有了迫切的认识和仰慕。

他们两个只要钻到了一起，就有说不完的话，以及好多江湖恩怨要处理的样子。我只能远远地捡起河滩上的一块小石子，对着河中央使劲扔出去，再捡起来，又扔出去。小石子在水面上有节奏地起起落落，如同水上漂一样。

江湖，那时候离我还很远，很远。

生产队的时光没过多久就结束了。因为农村土地开始实行包产到户，每家人都分到了属于自己家的土地。原来生产队的什么养猪场、知青房、库房、晒谷坝、砖瓦窑等等，都被分得干干净净。

那时候老表就开始种植一种叫咖啡豆的东西了，听说是从一个很远的地方买回来的种子。他说将来能够卖很多很多的钱，然后用这些钱修一座很大很大的楼房,再娶一个漂漂亮亮的老婆,过上舒舒服服的日子。生产队里有的人就对这个东西嗤之以鼻,咖啡是什么东西,哪个会喝咖啡嘛,听都没听说过的稀奇。只有老表带着自家的几个兄弟起早摸黑地干得热火朝天。我晓得,他要用行动,截断流言蜚语。我也期待着咖啡豆结出美好的未来。

可是后来,这个咖啡豆还是因为没有销路,夭折了。

我最后一次看见那片地的时候,地里除了几株歪歪斜斜的我不认得的咖啡豆植物外,已经是杂草丛生。结婚生子之后,我的老表就开始外出打工,常年不回家。

直到很多年以后,老表逢年过节才会回来一趟。当年英姿飒爽的老表已经是两鬓斑白,英雄气短。我忽然想起杜工部的那句诗:"君不见空墙日色晚,此老无声泪垂血。"

"老表,老表哎,下河洗澡呦,拿给爬海(螃蟹)夹一爪,提起裤儿就开跑喂。"

我朝着老表大声喊着这句我们耳熟能详的段子,逗得他裂开嘴巴,笑得一如当年。

人们常说,乡愁是什么?

我觉得,乡愁就是自己心中最柔软的、最不容易忘记的和最容易泛起泪花的人和故事。

涤　公

在书的扉页上，清晰地写着：购于青岛栈桥书店，日期是2018年4月5日。书名《曾国藩》，作者唐浩明先生。

我喜欢这样用"先生"称呼自己尊敬的人，先生两个字可以概括我心中对他们的仰望和亲近。

这本书分为三部，一部是《血祭》，一部是《野焚》，一部是《黑雨》。厚厚的三本书，不晓得耗费了先生多少精力。历时一个月，断断续续地读完之后，我沉默了很长时间，拿笔在书结尾的地方写道："知涤公莫如老唐，懂孔孟唯有先生。"

我知道我的概括是无力的，可我坚持要这样写。

因为我从这本书里，看到了我希望了解的人物和历史。尽管我相信有些历史故事是杜撰的，是先生以先生的笔海阔天空地写出来的，就是为了好看，就是为了耐读，又怎样呢？我对这本书的理解，即便不能迎合大众的口味那又怎样呢？我如此表达，无非是消愁破闷，喷饭供酒而已。

曾国藩的一生，就这样被一个文人隔着遥远的时空用文火熬煮，继而用浩瀚的时光之笔慢慢地刻画，直到在时光的轮廓里呈现一个活生生的伟岸人物。

然后，让那些愿意为涤公（曾国藩，号涤生）放慢脚步的人，就着灯光和茶，忘情地阅读。这就足够了。

这个阅读的过程，让我想起农时耕种土地的场景。其实读书就是一次耕种，就是一次对人心的开垦。不知道是哪一年，我在一本书上抄写了一句话："善为至宝，一生用之不尽；心作良田，百世耕之有余。"人心，就如同一个物件和土地，放在那儿久了，也会长满灰尘和蔓草，如果我们不去擦拭不去开垦，这块地方是会落荒的。落荒的心，会憔悴得让生命缩水，让人生蒙尘。

而读书，就是最好的开垦方法了。读一本书，等同于开垦一次土地，等同于给人心施一次肥。涤公说，善读书，须视书如水，切己体察。

准确地说，这是我第一次通过唐浩明先生的书，近距离地端详这位晚清重臣、太子太保、武英殿大学士、一等毅勇侯、兵部尚书衔署两江总督、南洋通商大臣兼两淮盐政总办、江南机器局制造总局督办曾国藩曾大人。曾大人的头衔实在是有些多了点，一口气读下来，还有些喘不过气的感觉。从这些名重一世的头衔可以看到清廷对涤公的赏识和信任。这个从湖南荷叶塘走出来，没有一点祖业和靠山，全凭自己奋斗的书生，为后世树立了一个很好的榜样。

涤公的成功自然是让世人敬仰的。他从一介书生，到名满天下的重臣，直至成为可以改写历史的风云人物。提起中国近代史，他是永远绕不开的一个人物，他站在那里，就是一座巍峨的碑。

书中的曾国藩是真实的，他并没有某些小说中所描写的英雄人物那样完美和不可一世，而同样与常人一样，有成败得失，有优柔寡断，有恩怨情仇，有举棋不定，有儿女情长。我就喜欢这样的曾国藩，有血有肉，有悲有喜。

特别是涤公初创湘勇，焚折辞父、墨绖出山，浩浩荡荡、意气风发地开赴前线，欲杀敌建功之时，却不料兵败靖港。而且是接连败退，甚至还被年纪轻轻的石达开三败于沙场。那时候的曾国藩，也和常人一样羞愧难当、痛不欲生，两次含悲投江，险些丧命，几乎成为后世笑柄。

当他手握重兵攻城略地，平定洪、杨之乱，为皇上收复沦陷的江山，捍卫孔孟之尊严，功勋赫赫时，却又深受朝野猜忌，几乎陷于举国不容的境地。是进也忧，退也忧。如何权衡？也是涤公不敢大意的一桩心事，不处理好这桩桩心事，就有可能功亏一篑。

于是，他忍辱负重，裁撤湘军，自剪羽翼，以黄老之术寻求自保。曾国藩的痛楚和睿智，撕扯着我的心。

读曾国藩，就是在读一段鲜活的人生。特别是他在长沙和绿营的龃龉斗法，与湖南官员之间的凿枘不投，在南昌又和陈启迈等人针锋相对。这种采取儒家直接、法家强权的方式，表面上取得了阶段性的胜利，实则为他自己埋下了巨大的隐患。这种逞一时之强，而获得的风光和快感，对涤公的事业甚至是命运都产生了消极的影响。

就在曾国藩进退维谷，不知所措之时，一云游道人（广敷先生）送给他一本《道德经》，并点拨云："江海之所以为百谷王者，以其善下之。"为刚愎自用的涤公揭示了世上竞争者取胜的诀窍。

可惜的是，世人读《道德经》者多，懂道德经者少，以道德经处世立身者更少。

在隐居荷叶塘为父丁忧期间，曾国藩将《道德经》反复诵读，静中细思。终于醍醐灌顶，豁然开朗。

他明白了，这些年来自己与绿营和官场的明争暗斗，其实都是有隅之方，有声之音，有形之象。古之善为士者，微妙玄通，深不可识。而知其雄，守其雌，为天下溪。说到底，柔弱才是最大的刚强。因为，天下万事万物,归根结底,莫不是以至柔克至刚。能克至刚之柔,难道不是最刚吗?

曾国藩兴奋地在书上写道:"大柔非柔,至刚无刚。"他似乎明白了陶渊明所说的那句话:"悟以往之不谏,知来者之可追。"

终于学会在失败中痛定思痛,在失败中拯救自己,在失败中寻找出路,进退自如,最终,成就了自己。

曾国藩,字伯涵,号涤生。其涤,就是有洗涤的意思,要洗涤人生之路上的坎坎坷坷、卑劣猥琐,换取从容而淡定的崭新未来。涤生,就是重生的意思。

读到此处,我几度掩卷深思。

如何为人为官,如何为臣为友,如何为父为子,都是大的学问。唐先生的书,无异于一剂草药,然必须得掌握熬煮的火候,需按时辰服用,方可有效。

我恭恭敬敬地阅读着书中的每一个汉字。每一个汉字都好似那段历史闪烁的眼睛。这成千上万双眼睛,就这样齐刷刷地看着我。我都不晓得是我在读书,还是书在看我,还是那段飞着黑雨的历史在看我。这种情况非常近似于梦境,近似于一个人半梦半醒时分,不明白是在梦里,还是在梦外的体验。

反正,这种体验里,有一种恐慌的成分。

再痛苦的历史,都会成为过去;再辉煌的人物,迟早都会是荒冢一堆。还是那首《临江仙》写的绝:是非成败转头空,青山依旧在,几度夕阳红。

然而,就是这个"生世不能学夔皋,裁量帝载归甄陶,犹当下同郭与李,手提两京还天子"忠君敬上的涤公,一个想做周公、孔子那样的曾涤生,竟然会在自知不久于人世,而自己为之奋斗的王朝已是"忽喇喇似大厦倾,昏惨惨似灯将尽"的处境之时,又去鸡鸣寺问道于挚友(广敷先生),以了却心中深埋的憾事。这件憾事,居然就是推翻业已腐朽的清王朝,建非常之大业。

这无疑是一个惊天的秘密。或许只是唐先生最昂扬的推论。而我,却认为这样的推论是成立的。

我们看历史,往往只能看到台前,没有几个人可以看得见幕后。好比皮影戏,舞台上精彩纷呈的表演,引得观众不时地传来叫好声,而背后,实际上只有一两个人在捣鼓。

据说,左宗棠确实写过一封密信给曾国藩。这封密信其实没有几个字,就一副抄来的对联:"神所凭依,将在德矣。鼎之轻重,似可问焉。"据说,曾国藩看见此联,大吃一惊。他提笔在信中改了一个字,即把"似"字改成了"未"字(曾国藩所担心的这个'鼎'是《左传·宣公三年》载楚子问鼎之大小轻重。此处的鼎是国家权力的象征,问鼎就是夺取天下,取而代之的意思),就派人把信转交给了左宗棠。他这样对胞弟说:"我无德无才,不敢与父祖辈相比,至于说我是国家功臣,这是你和一部分好心人的看法。而在另一些人的眼中,我也可能是国家的罪魁祸首。"

左宗棠和曾国藩两个人其实都是揣着明白装糊涂。

曾国藩深知,三十年前的自己不过是荷叶塘乡下的一个书生,卑微得如同山坡上的一棵野草。如今虽然贵为勇毅侯,权绾两江,名重五岳,但是,所有的这一切,不都是源于天恩吗?借助皇上给予自己的一切,现在又来背叛它,反对它,良知何在?

曾氏宗圣的为人处世之道,始终是其做人的根本。自己过去处处标榜的忠君敬上、谆谆家教,不都成了欺天瞒地的谎言了吗?

这个世界如果没有忠诚,一切都是虚的。

还有，多年的领兵打仗生涯使他深知百姓之苦，都希望战火早熄，铸剑为锄。若自己再树反旗，岂不是又把千万人重新推入战火，生灵涂炭？

曾国藩越想越觉得自己不能做董卓、曹操、王莽、赵匡胤那样无君无父、犯上作乱的叛臣逆贼。

"倚天照海花无数，流水高山心自知"，作为一个儒家信徒的曾国藩，其良知，不容许他那样做。

还在他兼管兵部时，就曾如饥似渴地遍读历代兵书，尤爱读《孙子兵法》和戚继光的《练兵实纪》。眼看着时局动乱，国家积贫积弱，忧心似焚。曾国藩挥笔写下过一首诗以明心志："树德追孔孟，拯时俪诸葛。"他对自己的要求就是文要有韩愈的成就，武要有郭子仪和李泌的功绩，像诸葛亮一样彪炳史册，名垂后世。

了却君王天下事，赢得生前身后名。他还希望把国家治理为一个风俗淳厚、人心端正、四海升平、文明昌盛的社会。这是他的个人抱负，也是一个人的良知。

左宗棠看到曾国藩改过的对联，苦笑了一下。

他知道，尽管东南半壁无主，涤公也无意问鼎。他把信用火点燃，扔进了墙角。这两个人既惺惺相惜，又相互埋汰，在那个风云变幻的君王时代，这无疑是一种大智慧。

可惜，人的一生太短，很多事根本来不及做。你能做一个忠君敬上的忠臣，就不大可能成为一个可以拯救国家民族的伟丈夫。

人的一生又太长，很多人用几十年的时间，终于铸就了所谓的光辉形象，又有几个人舍得不保晚节任其自焚呢？涤公，似乎就要算一个。我们的生活里又有多少个这样的涤公？

何为小节？何为大义？可怜白发已早生。涤公直至生命的终点，方才幡然大悟。

可惜，这也是天数。

当年手握重兵的清廷最高军事统帅，三藩之乱之后军权最大的汉人曾国藩，只需轻轻地默许，按照唐先生的意思，就一定会出现陈桥兵变、黄袍加身、称霸于天下的局面。商汤可以伐桀，周武可以伐纣，为什么曾国藩就不可以推翻腐朽至极的清廷呢？

如果按此历史的推论，我们似乎可以这样思考，并得出这样一个结论。

那么，千秋史册，又将如何来评说呢？那么，中华的国运，又将是一个什么样的光景呢？一切的一切，都不得而知了！

楚军统帅左宗棠曾经送给湘军统帅涤公一副对联："知人之明谋国之忠自愧不如元辅，同心若金攻错若石相期无负平生。"这副对联，就是世人对涤公的盖棺定论，也是左宗棠对朋友对知己最恳切的褒奖，更是左宗棠对自己人生的评价。

看见这副对联，我想涤公也可抚须含笑了。为什么呢？只有两个棋逢对手的高人，才能在人生即将谢幕的时候，相互释怀。其字里行间所表达的意思，也只有他们两个人心知肚明。

在唐浩明先生的书中，我看到涤公为大清将倾的大厦鞍前马后戎马一生，为优秀传统文化的传承秉烛承印不辞劳苦。他派遣幼童留赴西洋，寄希望于他们学成归来报效国家。他兴办学堂，创建工厂，开洋务之先河，力图国家之中兴。此桩桩事迹，其家国情怀，足以彪炳天下。

同治三年（1864）的六月，曾国荃攻克江宁后几天，曾国藩坐着由中国人自己造的第一艘蒸汽发动机轮船去视察江宁时，激动不已，彻夜难眠。他把这艘轮船取名为"黄鹄号"，希望它能像黄鹄一样健翅凌空。第二次在同治七年（1868）曾国藩赴直隶前夕，容闳驾驶江南制造局新造的轮船陪同曾国藩去采石矶。这艘改进过的火轮船速已经与当时洋人的船差不多了。曾国藩高兴地为它命名为"恬吉号",取四海波恬、厂务安吉之意。并对众人说:"我们中国人并不蠢,只要有志气,今后一定可以超过洋人。"一年后,江南制造局陆续制造出四艘轮船。曾国藩分别给它们取名为"威靖号""惠吉号""操江号""测海号"。

曾国藩曾经说:"洋人的长处要学,但老祖宗的衣钵不能丢。我大清国必须要自强,三十多年来,我们与洋人的冲突,都是我理直,彼理亏,但恒以我吃亏而彼沾光而告终。汉唐大国的世界威望已经没有了,我们如果不自强,便永远会受洋人的欺辱。洋人欺辱我们,就是在逼我们,激我们。我们一定要自强自兴,把这口气争回来。"

我被偏爱洞庭湖君山斑竹的涤公感动了,长久地仰望着天花板,仰望着天花板上寂静的灯光,陷入了沉思。

涤公在行军打仗之余,时常是秉烛夜读,通宵达旦,由此悟出许多为人处世的诀窍。他还把这些诀窍归纳起来称之为"八本"——读书以训诂为本,作诗文以声调为本,事亲以得欢心为本,养生以戒恼怒为本,立身以不妄语为本,居家以不宴起为本,做官以不要钱为本,行军以不扰民为本。希望这些处世之道能传给子孙后代。如此八本,可谓字字珠玑。

他还亲自写劝诫浅语,其中劝诫州县四条:治署内以端本,明刑法以清讼,重农事以厚生,崇俭朴以养德。每一条的下面还详细地写了一百字的具体说明。曾国藩命人分别写在四块一丈高四尺宽的大木板上,插在总督衙门的两边。

尤其令我动容的是涤公治家。

他对家人和孩子们常常讲:子孙贤,没有先人的遗产也有饭吃。子孙不肖,再多的家业也会败掉,而过多的钱财又恰好助长了孩子们的纨绔习气。所以，真正的珍宝，不是皇上的赏赐，不是万贯家产流传，而是那些经过千百年来考验证明是应当遵循的家教。还说，凡人做一事，便须全副精神在此一事，首尾不懈，不可见异思迁，做这样，想那样，坐这山，望那山。人而无恒，终生必一无所成。子孙们奉行这些家教，就可以成才成器，家族就可以代代兴旺，人才辈出。否则，再富也不会超过三代，这是规律。八旗子弟只知道遛鸟的时候，爱新觉罗家的千秋基业也就要黄了。"儿孙们不长进，将祖上功勋丢了"，曹雪芹在《红楼梦》里已经把这个道理讲得非常透彻。

当然，不相信这个规律的人，很多。

他时常告诫家人，即便是大年三十也不能铺张浪费，只容许三十晚上和初一放一次鞭炮，其他的日子一律不准。过年时，酒肉果品不可过丰，全家老少一律不做新衣服，略微比平时干净整齐即可。就连曾国藩自己，所有的衣服加起来也值不过三百两银子。涤公的"适度原则"，值得我们学习。

所以，我明白涤公的成功，不仅仅是开疆拓土，为国家力挽狂澜，而且是让家风端正，子孙贤达。

三十载宦海生涯，二十年的惊涛骇浪，让涤公似乎进入了昔日先贤所达到的超人境界，其对人世的一切洞若观火，对天地沧桑了然于心。

然而，天妒英才。

清同治十一年（1872）的第一声春雷，凄怆而惊悸。涤公在雷声中撒手人寰。

我猛然觉得眼前的文字，忽然之间呼天抢地，风云变幻。

大 寒

今天是大寒。大寒是一个只属于中国人的节气。或者说,是只属于一些懂这个日子的起早贪黑的农民和有点传统情结的人的节日。

这个节日和中国人的大节日又有不一样的味道。不一样在这个节日可以悄无声息地来,又悄无声息地离开。很像你在一个风起的日子赶路时,有一片树叶从你头顶飘落下来,在你的视线里停顿了一下一样,你什么都记不住,但你感觉到了。

大寒,就属于这样的日子。

我的生活,很像这样的日子。我们的生活,也很像这样的日子。在中国人的农历安排里,大寒属于二十四节气的最后一个节气,意味着一年的结束,春天即将到来。

天空里什么都没有,除了白天特有的灰暗之外,就是一座比一座高的被称之为豪宅府邸,或者被称之为地标港湾,并且普遍都修建了地下车库的钢筋混凝土建筑,被一群又一群忙得晕头转向的外来人口围得水泄不通。

白天的时候,人们如同约定好了一样,从这些奇形怪状的建筑群里陆陆续续像气泡一样冒出来。然后,像蚂蚁一样涌向四面八方。那一刻的景象,无法不让人惊奇,无法不让人对城市充满好奇。

好奇这座城市如同蜂房一样鳞次栉比、晶莹剔透，却没有蜂房一样的味道，却比蜂房更加吸引人类。

好奇什么时候城市的建筑，才能像老家的房子那样线条更为柔和、炊烟更为温馨。

好奇该如何回答关于被问及老家在何处时，左顾右盼的彷徨。

一旦夜晚来临，城市仿佛成了一只抱窝的母鸡，张开一双丰满而温情的翅膀，等候着那群像蚂蚁一样的人断断续续地回到她的怀里。孵化他们的梦想，让这些梦想逐渐长出稚嫩的羽毛。然后，陪着他们在"天上的街市"一样的城市里渐入梦乡或者彻夜狂欢。陪着他们郁郁寡欢、默默垂泪，或者熬夜，或者失眠，一直到天明。

这就是我们的城市，我们的城市生活，我的生活。

如果说生活在城市里最直接的体会是什么，我觉得用"节奏"这个词来形容比较贴切，可以表达许多人，或者仅仅是我的观点。

节奏，是一个与音乐有关的词。为什么这样说呢，因为我不懂音乐也唱不好歌，但是我非常深刻地记得当年音乐老师反反复复地给我们讲过这个词。

老师说，把握好歌曲的节奏，就能唱得好那首歌。老师讲这个节奏的时候，整个身体都在摇摆。所以，节奏，这个词之于我而言，早已深入我的整个读书时光，以至于至今都没有忘记。

我很感谢我的音乐老师，那个穿着朴素而严肃，身材不高但却非常有耐心的乡村女教师。可惜的是，我却是她为数不多的记住了"节奏"这个词，而始终唱不好那首歌的学生。这就影响了我将来某一天要和一群人或者一个什么人，去那时候想都没有想过的被叫作KTV的地方引吭高歌时候的唱歌质量，导致自卑，缺乏了起码的自信。往往是，一个人独自坐在那里，

大寒

被铺天盖地的音乐侵略，还要露出迷离而殷勤的笑容。

城市生活不能被"节奏"这个与歌曲有关的词打乱，但是也不能没有节奏。问题是，很多人，包括我这样的外来人，面对城市的节奏，往往显得有些焦头烂额或者手足无措。我们，更多的时候是踩不准音乐的节奏，而显得手忙脚乱了。

城市在大寒的这一天，依然像往常一样。

城市的生活总是对每一个人充满诱惑，而且让人无法抗拒。一个是要活下去，一个是要寻找活下去的理由，还有一个，是要承受城市带给自己的各种梦想。

也在大寒的这一天，我被一本书掏空了全部的时光。掏空的时光，反而变得柔和而静谧。

今天是大寒了，父亲高兴地说着这件事。

年年都说。常常会听见他唠叨着下一个什么节气要来了，又该种什么庄稼，或者什么庄稼需要下种了、施肥了、灌溉了、收割了等等。听得多了之后我发现，父亲这一代人对于时间的理解，对于农村的理解，和我们有着很大的差别。他们的时间和我们的时间是相同的，他们的大寒和我们的大寒却是不一样的。因为，他们在农村，我们借居在城市。他们和土地相依为命，我们与城市和衣而眠。

大寒节气对于农民而言，是农闲，还属于"冬藏"时光。他们明白一亩地可以养活多少个人，一亩田可以产出多少斤粮食。他们知道播种并不是简单地播种，而是要分为选种、育种、栽培等很多很多精细的环节。在别人的眼中，时间也许是玫瑰，是财富。可是在他们的眼中，时间即是口粮。

农民，其实是一群外表粗糙而内心细腻的人。他们不善于表达自己，更不善于打扮自己。他们最为擅长的是和土地对话,他们深深地懂得这块土地,并长期厮守着这块土地、眷顾着这块土地。没有和土地长久生活过的人,是理解不了这种感情的,当然也就理解不了大寒。

艾青有一句诗这样说:"为什么我的眼里常含泪水,因为我对这块土地爱的深沉。"

所以,每一个节气,对于他们而言,格外重要。

这个春节,我决定哪里都不去了,窝在农村家里陪着父母过年,陪着他们走亲访友。也陪着自己,安静地看看那些留在记忆中的往事。

原来只要放假就渴望远行的那种冲动,开始慢慢地消退。那么多的风景,无论自己如何去旅行,都是走不完看不完的。风景是风景,我还是我。去看与不看,各自都在。很多风景看了,也就忘了。你不懂、不明白那处风景,看了又能有什么意义呢?有意义吗?我依然认为是没有的。

只能是看了也就了了。不看,可能永远都很期待、都很温暖。如同有人讲"受苦了,苦就了了;享福了,福就了了"是一个道理。因此,不去看,此生就没有了了。

因此我觉得,留一点风景给远方、给彼此,甚好。

我很喜欢于屋前屋后扫地,现在扫地的面积比原来大了,扫了后院扫前坝,扫了前坝还要扫一段水泥公路。因为这条路连接着我家的地坝。扫干净了,心里也就跟着干净了。

一屋不扫何以扫天下。我认为还可以这样去理解,自己的内心都落满了尘土,又如何能照亮别人呢?

扫完地,摆上一张小方桌,泡一杯茶,捧着自己带回来的书——一本是迟子建的《额尔古纳河右岸》,一本是学诚法师的《好好说话》,在乍暖还寒的时光里,寻找怡然自得的乐趣。

实际上《额尔古纳河右岸》在六年前（2011）已经读过了。带上这本书的原因，可能仅仅是因为作者迟子建在序言中的一段话，深刻地感动过我，她说："坐在这样的褥子上，我就像守着一片碱场的猎手，可我等来的不是那些竖着美丽犄角的鹿，而是裹挟着沙尘的狂风。"

我为迟子建这句话，好几次放下书，揉揉眼角，想把吹进眼里的沙尘揉出来，像个真正的猎手一样，坐在褥子上等候那些竖着美丽犄角的鹿，向我走来。

为什么要带上学诚法师的这本《好好说话》呢？因为，这本书结缘于成都文殊院。

那一天，我陪着照修法师去文殊院礼佛。在寺院旁边一家名为"散花书屋"的小店里，我看到这本书安静地摆放在那里，几乎是想都没有想，就买下了。

据说学诚法师十六岁那一年，偶然读到一本玄奘大师传记后，被玄奘大师的那句"宁可西行一步死，绝不东归半步生"感动得热泪盈眶，就毅然决定出家，做了和尚。

他说"今生学玄奘，弘法度众生"，也同样深深地打动了我。只是我没有勇气和他一样遁入空门。

但是，法师的那些话，如同阳光和甘露一样滋润着我迷茫的内心。这句话，就是一个人的初心。初心，是柔弱的，是美好的，也是恒久的。无论我们经历了什么，这份最初的梦想，始终都长满了旺盛的叶子，成为我们生命之途中可以眷念的圣地。

法师说，好好说话，也是一种修行。你说什么样子的话，就有什么样的人生。你说的善言，就有善报；你说的恶语，就一定会得到恶报。

农村的时光总是很慢，慢得像我家那群鸭子走路一样，慢得像小猫趴在茶几上伸懒腰一样,慢得像门前刚刚发芽的海棠花一样,慢得像后院屋檐上一动不动的蜘蛛网一样。

而我,就在这样的时光里,慢慢地翻动着书页、慢慢地老。

大年三十那一天,我还是照例给手机里很多朋友发一条祝福短信,只言片语,我很认真地打着每一个字。我想以这样的方式表达自己对友情的祝福和挂念。我相信祝福与挂念是有生命的、有感应的,一定会滋生相同的祝福和挂念,只是时间的长与短、快与慢而已。

不论对方看到这条短信时是什么心情或者态度,或者根本就没有看见。但我看见了。

大寒过了,就该是立春,立春过了,就该是雨水,雨水过后就是惊蛰,惊蛰到了,春天就真的来了。

这,才是我们所有人的日子。

朝 圣

我还坐在那里,坐在那本叫《一个人的朝圣》的书的面前,默默地端起已经冷却的茶水,送到嘴边,却没有喝。

六百二十七英里,八十七天。我的思想停留在这一串数字上面,丈量着这里面隐藏的路程和艰辛。

一个叫哈罗德的男人,花了漫长的八十七天从英格兰的金斯布里奇徒步走到苏格兰的贝里克去看望一个叫奎妮的生命垂危的女人。这是一个平常的故事,平常得连风都没有一丝,连狗都不会动一下脑袋。

我非常感激自己能在堆得像山一样的书店里,遇见了这本叫《一个人的朝圣》的书。也非常感激英国人蕾秋·乔伊斯,为我们这个匆忙的世界,写了如此宁静的一本书,引导我思考一个很多人都在宣扬的话:"那么,我是谁?"

我是谁?或者说谁是我?都是关乎生命深不可测的诘问。

有些人在发问的时候,是在炫耀;有些人在思索的时候,是在迷惘。

不管我是谁,还是谁是我。最根本的东西,也许是最浅显的东西。最复杂的东西,也是最简单的东西。

哈罗德的朝圣之旅(其实质是为了一个心愿而出发的徒步旅行),实际上就是寻找那个一直躲着自己的那个我。那个简单而直接、神秘而无常的自我。

有时候改变我们生活的东西，改变我们生命的东西，可能不是大量的金钱和位高权重的职位。而是，这个无常而神秘的东西——它深埋于每一个人的身体和思想里，深埋于每一个人的皮肤和毛发里，深埋于每一个人的目光和手心里，也深埋于城市的皱褶中。

遗憾的是，我们都忽视了它的存在，遗忘了很多原本植根于生命的那个我。

当在星期二的那天，收到了一封来自贝里克的一个叫奎妮的女人的信的那一天开始，这个叫哈罗德的男人，就开始了一段说走就走的徒步远行。

他希望，通过徒步行走的方式去探望奎妮，以这种近似于宗教仪式的庄严医治好奎妮的病。

他抛开了生活的全部，包括家和家人，包括爱和痛苦，还有那座城市。甚至，包括所有无法容忍的一切。他像一个发了疯的、着了迷的、狂热到无法理喻的宗教徒一样，出发了。

他上路了。为了救赎。

走得漫长而艰难，走得孤独而淡定，走得天荒地老，走得风轻云淡。我在哈罗德苍老的背影里，心潮起伏、惴惴不安。是的，我一直如此。直到把书读完，才像两栖动物一样浮出水面，深深地吸了一口气。眼前的阳光，被水花激荡得七零八落。

我可以忘记呼吸和饥渴，因为在读这本书的过程中，我几乎没有吃一点零食，喝一口水。

所以，我想问的是，心灵的痛苦和肉体的痛苦相比，究竟哪个更为可怕？心灵的安稳和肉体的健康相比哪个更为重要？我需要答案。

当小说接近尾声的时候,我似乎从茂密的文字上,听见了生机盎然的回答。

那种感觉像极了一个溺水的人,在浑浊的水中意外地抓住了一根藤蔓,并慢慢浮出了水面。你要寻找的所有的东西,都被空气和呼吸揉得粉碎。很像蒲公英,在阳光里裹着浮尘,四处飞舞。但是,它毕竟出现了。

哈罗德、奎妮、莫琳、加油站女孩,还有那么多活灵活现的故事人物,使得这次远行的意义非同凡响。给予和接受,在行走中都成了一种馈赠。

奎妮生命弥留之际,她知道了这一切。知道了一个好男人为了她的生命,正徒步而来。他走了很远很远的路。

她还想起了自己的名字,她爱过,也失去过,她触碰过生命的实质,也曾经游戏人生。终于有一天,我们所有人都将关上那扇门,把一切放下。但是,现在,她什么都不怕了,而且,准备好了。

修女告诉哈罗德:"奎妮走得很平和,她去之前还带着笑容,好像找到了什么东西。"

之后,莫琳和哈罗德静静地站在奎妮的遗体旁边,再一次意识到生命可以消逝得如此彻底。当他们出来的时候,弥撒开始了。修女们的声音响起,编织成了歌,悠扬的天籁,让他们的身体充满了欢欣。

所以,哈罗德的行走,既是朝圣,也是救赎。

既是为了别人,也是为了自己。

我在书的扉页上认真地用笔写道:一个落魄的朝圣者,才是一个真正的人,而非一个朝圣者,才是朝圣者。

所以,行走,应该是一种修行。是我们生活在城市里的人的一种体面的修行。因此,重新培养一些东西的感觉,真好。

城市书房

当一个人面对整间屋子的书,那种云雾感可能一下子就上来了。因为在那一瞬间,根本无法选择究竟该读哪一本,目光滑过的每一本都十分的喜欢。可惜的是,大多数的书,只能和自己擦肩而过。

这种感觉还有点像乘坐飞机,窗外的每一朵漂亮的白云都和自己有缘,每一道神秘的霞光,都满是惊喜。真的可谓之惊鸿一瞥,山远水长。我们不可能把每一片白云揽入怀中,也不可能把每一本书都买下来。但是我非常享受这样的感觉。

从我决定调转车头、驶向书店的那一刻开始,就一定会有一本或者几本书,在安静地等着我,让我带回家,放在案头,慢慢地读。至于什么时候能够读完,是完全没有定数。有可能是几天,有可能是几月,有可能是几年。

后来听朋友讲,这个地方叫北城峰景,是新华文轩的轩客会格调书店。装修得非常有文艺范儿,收拾得很有格调。不再像以前卖书那样,一摞一摞地像白菜一样任意堆码,一排一排杂乱地放置。而这里设计的匠心和痕迹,让人舒服,是名副其实的城市书房。

一座城市,有了这样庞大的书房,当然就有了格调。这个格调一定会改变一座城市的气质和风度,令人刮目相看。至少,在一切以经济建设为中心的社会,在有钱就有面子的世界,在有钱就可以任性的世界,在有钱就可以高高在上的世界,还有一处如此奢华的书房,不能不说是一道风景。

只是让我犯愁的事情,就是书太多了,真不知道该挑选哪一本,仿佛是一个广袤的果园里,忽然闯进去了一只猴子。我,就是那只猴子吧。

似乎每一本书,都是一双眼睛,都那样深情地望着每一个人。让人举棋不定、左右徘徊。因为,你的每一个决定,都可能会错失一扇从未见过的窗户。

似乎每一本书,都是一张嘴,都在动情地叙说着各自的故事和传奇,都在以文字最舒服的方式传播思想和情感。书即是以这样的情景,惊人地影响着每一个人,改变着每一个人。

书店的存在,就是如此。

所以,我很长时间没有做出选择。只是在里面转悠和翻阅。享受着这让人陶醉的书香时光,至少在那一刻,我还算一个读者。

《虎贲万岁》写一座城池八千虎贲,四万日寇,苦战十六昼夜,日军史称之为"凄绝之战"。此书是作者张恨水先生"为57师阵亡将士请命之作"!全书涉及的人和事均为战争亲历者口述,书中从师长到伙夫全是真实姓名,时间地点与历史完全吻合。寥寥数语,瞬间有一种被勒住的感觉,让人呼吸不畅。我双手捧起装帧精美的《虎贲万岁》,如同捧起一段令人唏嘘的历史。不记得是谁讲过这样一句话:一个国家的国际地位,绝不是靠和平的祈求得来的,一定是靠刀光剑影、壮怀激烈拼出来的。此书,非买不可。

《茶经·随园食单》放在书架稍微高一点的地方,取下来翻开:"茶者,南方之嘉木也。一尺二尺,乃至数十尺。其巴山峡川,有两人合抱者,伐而掇之。"伐而掇之，这样的采茶方式让我陶醉。写茶的经文，原来也是这样的精彩。这茶文化以经文的庄严来传世，足见其入人心之深远。

非买不可？非买不可！

非买不可的书，不计其数。可惜囊中羞涩，不敢任性。于是抱着新书，继续转悠。反正是不想走，走不出去。

书店的人不少，可是非常安静。挑选书的人，还有捧着书读的人，都各自沉浸在自己的世界里，天遥地远。

人生有两条路要走，一条是必须走的，一条是想走的。

你必须把必须走的路走漂亮了，才可以走你想走的路。

谁都愿意做自己喜欢的事情，可是，做你必须做的事，才叫成长。生活就是要把你折腾得死去活来，你要做的，就是咬牙坚持下去。古人讲："天将降大任于斯人也，必先苦其心志，劳其筋骨，饿其体肤，空乏其身，行拂乱其所为，所以动心忍性，增益其所不能。"因此呢，不管将来是"大任"还是"小任"，你现在都得忍，都得在路上坚持着。这是一段非常精彩的话，在这样一个书店里，我可以轻易地捡到许多，而不需要掏钱，不需要付费。

生命来一趟不容易，过程也难。为什么呢？我发现一个非常关键的法门，那就是如何管理好、安顿好自己的那颗活蹦乱跳的心。

这话要放在佛门，就叫修行；要放在道家，就叫修炼。

写到这里，我想起了柳宗元的《江雪》，这首寥寥数笔的诗歌，一度让我噤若寒蝉、仰面长叹。我感觉自己为了这片白茫茫的江雪，一下子老了十岁，但血液奔腾的速度却加快了。

千山鸟飞绝，万径人踪灭。孤舟蓑笠翁，独钓寒江雪。

简直是前无古人后无来者，以此形容柳河东一点都不为过。我觉得，他既是诗人中的诗人,又更像是一位空前绝后的禅宗大师或者得道高人。

一千座山的鸟,均已飞走了。此处的飞绝,非飞绝,是名飞绝。

一万条路上的人,都已走光了。此处的人踪灭,非人踪灭,是名人踪灭。此时此地的一千也好,一万也罢,都是虚拟,都是般若。

三千大千世界,只剩下了一叶扁舟,一个老人,在天寒地冻的茫茫冰雪世界里,独自垂钓。现在,重要的不是垂钓了,而是山河之中,呈现了一种最动人心魄的孤独。这是生命的最高境界,也是生命最祥和的画面。是一种博大的空无。

此刻的寂静,连心跳都能清晰地听到。心脏搏动的节律,就是天地的节奏。鸟飞绝也好,人踪灭也罢,都与蓑笠翁无关。他的心中,就再没有了鸟和人,没有了天和地。世界与他无关,因此,老人能稳稳地安坐在那里垂钓。

还有什么,能影响到他钓鱼的?他不是在钓鱼,而是在打坐、禅定。

没有!没有了,就是不生不灭。

无,就是最好的境界,也是最高的境界。这份不惊、不怖、不畏一如正念安住,着实稀有。所以,柳翁,不是一个诗人,是一个揭示者,一个引导者,是真正的禅宗大师,是直面人生的彻底悟道者。

柳翁,不问天地,独来独往;不问荣华,与世不争;不问悲喜,登山临水。

修来修去,反反复复,还不都是为了安顿和管理自己的心。安顿好了,管理好了,一切也就好了。

唯有如此,摆在我们面前的两条路,才能走得安、走得稳!

从书房出来,已是华灯初上。我深深地呼吸了一口都市的空气,抱着满怀的书,默念着河东先生的诗,回家。

文化与牛粪

文化，是什么？朋友说，是说不清、道不明的东西。

我说，是一把火、一杯酒、一块带着点肉的骨头，也可以说是一堆"牛粪"。

为什么说是一堆"牛粪"呢？为什么，说是一堆"牛粪"呢？为什么说是一堆牛粪呢？

反复说这句话的时候，我清晰地想起当年的初中语文老师刘静，那天在嘉州长卷的九天茶馆里给我们讲他的语文老师（一位据说一天不写诗就要断气的怪异老人）最近发表的一篇声情并茂的描写彝族少女的文章，其中的一句就是如此表达的。刘老师那句话是这样讲的："为什么说要用，那个'撒'字呢？"

老师摇晃着快要谢顶的头继续说："为什么说，要用那个'撒'字呢？"

老师凝固着一种微醺表情，乘着酒兴，认真而嬉皮地反复嚷着这个"撒"字，语调起伏不定，声调抑扬顿挫，几缕不安分的头发趁机胡乱地垂落下来。

结果，当然是哄堂大笑。

笑声中的那一刻，我想起了鲁迅和周树人，想起了弘一大师和李叔同,也想起了木心和孙璞。当全世界都在装正经的那一刻,我的老师却依旧率真而坦荡。坦荡是什么意思?就是坦荡灵魂和欲望,坦荡人性与内心。在美人与酒精、课堂与钞票之间,老师还能举重若轻,旁若无人。当年在金燕公社石燕子中学的语文课堂上,刘老师既是在给我们讲授语文课知识,更多的是在表达他对这个世界的恨与爱。当年的《乐山日报》只要刊登了刘老师的作品,刘老师就会以最激昂的姿态,给我们讲述这篇刚刚发表的诗词。我们陶醉在刘老师的教授中,心潮起伏。所以,刘老师的教学方式会更加深刻地感染他的每一个学生,我们除了能够从老师那里学会语文知识,学会如何写作,学会如何写诗,学会如何理解诗歌,更多的是,还学到了一种生活态度和对人生理想的坚守。

而此刻,我学不来老师的表情,只是捡来了一句话。老师的博学与通达,无可挑剔。

朋友马上回答,因为要配鲜花呀!对头!我肯定她的回答,也赞同她的回答。所以我说,文化是说得清、道得明的。

你可以不爱牛粪,但是你不能不爱鲜花吧?鲜花如果离开了牛粪能活得了吗?(鲜花的养分来自牛粪,鲜花的生命系于牛粪)所以,我们又不能讨厌牛粪,不能嫌弃牛粪,不能不重视牛粪,不能践踏牛粪,更不能仇视牛粪。

可是,有人又说了,总不能爱牛粪吧。对了,这个纠结啊,就是文化!所以我总结,只要有一个东西让你愉快而难受,让你痛苦而兴奋,就谓之曰:文化。民国诗人穆旦在随闻一多、曾昭抡(曾国藩胞弟曾国潢之曾孙)等师生组成的"湘黔滇步行团"从清华横贯三省,艰苦跋涉三千里到达云南昆明国立西南联合大学,沿途目睹千疮百孔的山河,写下了这样的诗句:"在太子庙,枯瘦的黄牛翻起泥土和粪香,背上飞过双蝴蝶躲进了开花的菜田……"穆旦眼里的粪,是满含希望的。当代诗人龙小龙先生在《雪》中写道:"室内升起炉火,顿时弥漫着牛粪的清香。"诗人怀揣着对生命的感激,等待着春天的到来。最为重要的是,他们对牛粪的描写,都充满善意。

让世人震撼的敦煌莫高窟,让国人举目的《史记》,让我们代代吟诵的唐诗宋词,鲁迅泣血的《呐喊》,朱自清含泪的《背影》,徐志摩忧伤的《再别康桥》,还有李叔同的"长亭外、古道边",盖西伯拘而演《周易》,仲尼厄而作《春秋》,屈原放逐乃赋《离骚》,韩非囚秦而有《说难》《孤愤》,举不胜举。哪一个没有经历痛楚而兴奋的煎熬?哪一个,没有刺伤我们貌似坚强而柔软的内心?

有吗?

没有!

我们从娘胎里出来的那一刻,有几个人没有号啕大哭?又有几个人在离开这个世界的时候,没有依依不舍?人生　场,　场人生,短暂而幸福,短暂而痛苦。弘一法师临终之际,给世人也仅留下了区区四个字:悲欣交集。

所以,我以为文化的本质,就是唤醒人内心的悲喜。达到目的,就是文化。

而近代以来,以生命殉文化的人,是被冯玉祥驱逐出紫禁城的皇帝溥仪的帝师,后来任清华大学教授的王国维先生。1927年6月2日,这个凭借对甲骨文的研究和考订,叩开了封闭三千年的殷商王朝大门(也让吾辈有机会学习和认识中国的古老历史)的王国维先生,穿戴整齐之后,独自一人走出清华园。来到三里之外的颐和园,花了六角钱,买了一张门票进入园内。在昆明湖畔抽完一支烟之后,仰面望望天空,未说一句话。继而纵身一跃，气绝身亡。

与王国维有莫逆之交的陈寅恪对其死因做出了最中肯的解释和评价："先生是不忍见到即将衰亡的中国文化那令人心酸的悲怆结局而死，其一死，是对当时混乱无序的时局和世风日下的现实做出的近似于'尸谏'的抗争。"并谓之曰："文化所化之人，必感苦痛。"后在王氏衣服里发现遗嘱："五十之年，只欠一死。经此事变，义无再辱。"陈寅恪亲撰挽联以表哀思："十七年家国久魂消，犹余剩水残山，留与累臣供一死；五千卷牙签新手触，待检玄文奇字，谬承遗命倍伤神。"

天殇斯文，观堂先生一死，世人莫不动容。人生啊，就是一段悲欣交集的文化之旅！

朋友，默然。

有茶清待客，无事乱翻书。这是这些年来我的一个顽固的习惯，像块扔不掉的牛粪一样，纠缠着我的生活。

我记得很多年前，读过一本书叫《酥油》，里面就有用牛粪做柴火的情景。后来去了藏地，也确实看到藏地的人把牛粪堆码起来晒干，然后拿来煮酥油茶待客。这个牛粪的实际用途，已经可以修正我们的很多偏见了。

很多时候，翻书翻得累了，我就拿着遥控器满世界地找节目。偶尔，会遇到几个值得看的节目供自己放松一把。

比如《朗读者》，比如《人民的名义》，比如《经典咏流传》等等。近日我就认真地追了一部连续剧《鸡毛飞上天》，觉得有点意思。这鸡毛怎么就飞上天了呢？是风啊，狂风，是席卷人心的狂风！那么，鸡呢？嘻嘻，答案可就多了去了（自个儿追剧去吧）。

偶尔放下手中的工作和书，任意地干一些与自己看似不相干的事情，如同沿着长满蔓草的小路随意地走走一样。因为，生活，不是必须要做什么，或者，必须不做什么。

如同禅宗惠能大师讲"顿悟"一样，他说，你在任何一个刹那，都应该回到最终的那个点上。也就是说，当下就领悟到真相，即刻就停下来。

让什么停下来呢？那就是让你的习气、你的欲望，停下来。问题是我（可能也包括很多人）停不下来。

为什么就停不下来了呢？为什么？因为，我还未顿悟！一个没有顿悟的人，讨论什么是文化，就是一个天大的笑柄。因此，我发现自己的脸皮实在太厚了。用我们当地最接地气的一句话说就是：鲢巴螂戴眼镜——假充鱼先生。

读作家

蒋 勋

蒋勋在《孤独六讲》里，非常细腻地解剖着人性和灵魂，解剖着我们内心里那个巨大而荒凉的孤独，这个孤独又被作者翻译为饱满的孤独。那时候，我觉得蒋勋是一位医生，只不过他的手术刀是笔。

所以，孤独在他的眼中显得很饱满，像庄子一样，独与天地精神往来。

读着蒋勋（的文字），就像迷路的人一样，会被作者的文字深深地吸引，就跟着作者走啊走啊，累得不行的时候，索性坐下来喝一口茶，然后，就看见了一丝丝亮光。

文化人的思想有一种光芒，这道光芒总是射得人张不开眼，却不想躲避，也无处可躲。往哪儿躲啊？世界那么大，却没有藏身之所。

我们都是在这个真实的世界里，虚幻地活着。

为什么这样讲呢？因为，万法皆空嘛。凡有所相，皆是虚妄。生命也好，财富也好，爱情也好，权力也罢，只需转眼的工夫，便不复存在了。不复存在的世界，是孤独的。

所以蒋勋把孤独切成了六块蛋糕，从情欲、语言、革命、暴力、思维、伦理给予孤独最彻底的解释。并期盼每一个人都能在破碎重整的过程里，找回自己的孤独。

只有无常,是永恒的。话虽这么说,我们还是拼着命地把世界握在手中,拼着命地追求着,拼着命地创造着。

直到握在手中的东西变成了一阵风,直到追求的东西化成了一摊水,直到创造的东西坍塌成为一片废墟。才想起说,哦,生命本来如此寂静。寂静有多美,是因为寂静有多么的空旷!

于是,有人开始躲开都市,离群索居,一个人去开垦属于自己的一方世界。也有人抛弃红尘遁入空门,从此开始过起一领纳衣、青灯古佛、晨钟暮鼓的生活。这是另类的孤独,在这片孤独里,我似乎看到了更为开阔的世界,也有蒋勋所谓的饱满。

前几日偶遇小学时候的同学。就餐时,她一直喋喋不休地讲述自己这些年遭遇的种种不幸,尤其是婚姻破裂之后,痛苦便如同洪水一样日夜包围着她,让她呼吸不畅。无故寻愁觅恨的她讲到最后,说,自己已经开始练习瑜伽,要优雅地老去。

我的思想一直就停顿在"优雅"二字上。如何才能优雅地老去?老就是老,优雅,无论如何都是一个虚构的词语,放在谁的身上都可能不合适。更不要说一个时常舔舐伤口的女子,能有怎样的优雅?能优雅到哪里去?一如《红楼梦》里花容月貌的林黛玉,却天生伤春悲秋、多愁善感之性情,遇见饯花之期,便不由得感花伤己。

优雅是虚幻的,也是空旷的,优雅就是一阵风,当你逆风而行的时候,手心里满是风儿真实的柔软。你以为你握在手中的就是自己的优雅,其实不是。你的手心里,除了无边的空旷,什么都没有。

花谢花飞花满天,红消香断有谁怜。我对于她的这种观念,也只能给予鼓励,我必须鼓励这种虚幻的存在。哪能告诉她优雅原本就不存在呢?就如同我不断地鼓励自己要去创造生活一样,我也同样生活在虚幻之中。

我的手中也握着一把实实在在的风。握着这把风的时候，我就觉得，自己握着整个世界。

有人说，这个世界有多美就有多丑，有多高尚就有多卑鄙，有多正义就有多邪恶。而人的心，就悬挂在这二者之间，只要有风，那么轻轻地一吹，就会飘来飘去。不是落在左边，就是落在右边。

有没有纹丝不动的心？我真不知道！

但是王阳明说过，也算是对孤独而虚幻的人生的一个完美诠释：良知只是个是非之心，是非只是个好恶，兴好恶就尽了是非，兴是非就尽了万事万变。

或许可以这样理解，人心取向是什么，我们的世界就是什么，我们的人生就是什么。心即是虚幻的，心一动，念头就起来了。心一静，念头也就灭了，天地就空旷了。起心动念之间，就是虚幻升腾的时候，就是虚幻人生最逼真的时候。

比如，我幻想在一片水草丰茂的地方，盖一间茅屋，遍种花草，养几只鸡和鸭，养一条狗和一只猫，堆一屋子的书。每天早晚时刻，炊烟袅袅。

我此刻的幻想，就是孤独的一种沉淀，就是对生命出走的一种幻觉。

因此我觉得，我们都是在这个虚幻的世界里，真实地活着。

真实如拈花一笑，真实如朝花夕拾，真实如面朝大海。

回头再看蒋勋孤独的背影，我的眼睛有些湿润了。

昆德拉

"一滴红葡萄酒，沿着玻璃杯的内壁慢慢地往下淌……"

昆德拉的文字，犹如一道闪电，悄无声息地划过夜晚宁静的河床，让人不由自主地发出一声犹若蚊蝇般细微的叹息。

我会死死地盯着他浑浊的眼睛，微微卷曲的头发——不修边幅的作家昆德拉。我知道此刻，他也和我一样，目不转睛地注视着每一位阅读他作品的人。

不管是他的思想，还是他不知疲倦的笔，还是他冗长的表达，都在为这个世界破译一种密码。让许多人在他事先设定好的肢体密码上颠三倒四、心旷神怡。也让更多的人尝试着把文字的节奏幻想成音乐，幻想成经文，幻想成隐藏在身体内奔腾的情欲和爱情。让许多人在许多错误的时刻，感觉到来自遥远的希望，并在这根布满希望的时光脉搏上越走越远，直至陷入无尽的黑暗之中。

读着昆德拉的书，我在空白处写下一句话："我们不能对宗教的神秘和荒芜视而不见。"

不管在这个世界的哪一个角落，关于生命和宗教、爱情和欲望的审视，都一直在持续、一直在纠结、一直在害怕、一直在惊奇。更何况，他为我们在茫茫的词汇之中，找出了两个带着灵魂色彩的文字："轻"与"重"。或者说，是昆德拉给这两个字赋予了灵魂。

我看见昆德拉端着那杯猩红色的葡萄酒，围绕着他的书桌、围绕着他的文字、围绕着院子里乱跑的母鸡一饮而尽。（和我同时看见他的，还有拴在栅栏里咀嚼草料的奶牛）

不能承受的生命之轻，米兰·昆德拉疲惫地站在赫拉克利特所说的那条河床上，遥望着甲板上他所描述的主角们痛苦而亢奋的表情，郁郁寡欢。

我是这样理解这位伟大而智慧的作家的。

尽管我的理解，也许会是一场空前绝后的误会，或者，是一种无中生有的背叛，都不能停止我对昆德拉的感激。

我在空白处继续写道:"视角和经历,会产生对于美完全不一样的观点,这种观点将会根深蒂固。"

这时候,文字和书,能够帮助我在寂寞而软弱的时刻,在空虚而无助的时候,学会打理自己的羽毛,学会在众目睽睽之下也敢双手合十。这不是沦陷于宗教,而是在美的引领之下的彻底供养。

书中简单的情景、简单的人物,昆德拉却有写不完的思想和冲动,这种冲动包含着被遗弃的世界的怜悯和愤慨。书,没有读完,按捺不住的兴奋让我在键盘上敲打起来,这样的冲动,也让我无数次想起昆德拉轻描淡写关于贝多芬满怀忧伤地对欠账的人说出的那句经典的话:非如此不可?

非如此不可!(钢琴曲)

尽管,他带给我的思考多于答案;尽管,他对于天真的彻底批判和嘲讽胜过了一切价值标准;尽管,书中的人物在视线中由轻变重、由重变轻、由远变近、由近变远,我还是清晰地感觉到了来自大地的气息,这股气息真切而实在。比如女人无法抗拒呼唤她受了惊吓的灵魂的声音,男人无法抗拒灵魂专注于他声音的女人。所以,特蕾莎知道,在爱情的陷阱面前,从来没有安全的男人。

死去的主角弗兰茨终于属于她合法的妻子。而他生前,从来没有属于过她。一切事情都由玛丽·克洛德做主,她负责料理他的葬礼,送出讣告,定制花圈,叫人给她自己做了一袭黑衣,可实际上,这是一件婚纱。是啊,对妻子而言,丈夫的下葬,终于成为她真正的婚礼。孰轻孰重?

轻与重,不能囊括文化的一切现象,更不能接通荒凉的爱情时空。他只是在用一双长满青筋的巨手,在我的视线中,把情欲和爱情,把生命和宗教以艺术的方式,轻轻碾碎。

然后，装订成册，摆在书店毫不起眼的角落，等待着走近它的人……

仅此而已。

白落梅、林徽因

送走白落梅。或者说，反反复复读完她写的书。

我更愿意以前一种方式表达内心的感受。因为这样的表达，能够使我与作者更为亲近。我想，这也是作者乐意看到的一种场面。其实我是把她的书端正地放进书柜。

重新回到书桌旁。

一杯咖啡，让思绪在瞬间变得轻盈。这一刻，我试图从另外一个角度还原真实的自己……

很多时候，于新华文轩徘徊半晌，却常常两手空空而回。能与一本好书相遇，也要有一份缘分才行。如于丹所说，这样的过程就像是茶遇见水。其实，水一直在等着茶。

白落梅以其细腻的女人目光，眺望了林徽因的一生，回望了曾经驻足在我们心中不能扩散的那份念想。

在草长莺飞的人间四月天，让每一位手捧《你若安好，便是晴天》的男男女女实实在在地柔软了一回，也伤感了一回。

我感动于林徽因一生诗意的生活态度；感动于林徽因在国难当头身患重病之时，面对好友邀赴美国长住和治病却以"我要和我的祖国一起受苦"为由婉拒；感动于林徽因在战乱之时，对传统文化的保护和眷念；感动于林徽因为中国文学和建筑史学留下的不朽佳作名篇；感动于林徽因在徐志摩飞机失事后嘱咐梁思成从空难现场带回飞机残骸并永久挂在卧室；

感动于在林徽因病逝后金岳霖为其撰写的挽联——"一身诗意千寻瀑,万古人间四月天";更感动于金教授在林徽因去世一年后,在北京饭店设宴为林徽因庆祝生日。

可以说,在我们远远看来才貌双全的林徽因,实际上经历了多年的颠沛和流离,经历了国恨和家仇、贫病和愁苦的惨痛煎熬,她的绝世才情和美貌,她的传奇经历和款款深情,让白落梅和许多人彻夜无眠。

以前也读过许多人的传记,也看过许许多多精致细腻的讲述方式。而白落梅偏偏以温软的女人情怀,含情脉脉地把康桥之恋用最为缓慢的节拍,托举在我们的眼前,似乎伸手便可以触及。于是,我们可以随意地将其搁在房间的任何一个地方,哪怕没有窗棂、没有月光、没有一壶清茶,都能听得见她的呼吸。

读一本好书,需要一份安宁,需要一小段恰当的光阴,需要在喧嚣之中腾出一块空处,更需要,有一点点对文字的偏爱。

唯有文字可以从时空狭小的通道中自由往返,唯有文字可以历经沧海桑田、世事变迁而永不生尘,还能轻而易举地给我们送来万水千山的故事和念想;让我们能够在目光看不见的地方,栽种一株株开满鲜花的蕙兰。

我以为,这样的偏爱来自远山,来自溪流,更来自与生俱来的生命本身。

虽然,我们时常将自己忘记,时常面对十字路口闪烁的红绿灯判断失误,时常看不到被高楼阻隔的远山和夕阳,然而,当白落梅以诗一般的语言、软玉一样的笔锋,替我们临摹出山高水远、清风明月的时候,于我而言,是感动至极了,是陶醉其中了。

她说,岁月静好,现世安稳。这种感觉,恍若饮酒酣醉。

文字,原来可以是酒,让人上瘾,让人贪杯。

往往在这种时候,我便觉得,该停一停匆忙的步伐。也正是如此,我更喜欢在此时轻轻地默念一遍那首非常喜欢的古诗:"远上寒山石径斜,白云生处有人家。停车坐爱枫林晚,霜叶红于二月花。"

对于杜牧深情的枫林红叶和潮湿的山水情怀,从此便有了新的理解。岁月如斯,静好如斯。

辽阔似海的人心啊,该用什么来填满?平凡的物质或是精神,足够吗?一个可以感知自然,尊重生命的人,是否能够先得到证悟呢?这是很多人的迷惑和欲念,在白落梅的身上,同样看得到,我一点都不觉得惊奇。

三千大千世界,我们微如芥子。不要让自己惊扰世界,也不要让世界惊扰自己。我们只有对自己慈悲,才是对万物慈悲。白落梅轻言细语地把人生说得如蝉翼一样透亮和妖娆,却依旧有一股幽怨烟火之气。

辛丑年的正月初三,细雨绵绵,我辗转来到那个当年作战地图上找不到的地方——李庄中国营造学社旧址。我掸掉衣服上的雨水,举步入内。

这里是梁思成和林徽因七十五年前生活和工作过的地方,今天的人们最大限度地还原了他们当年的生活和工作场景。我在那个瞬间,热泪盈眶,仿佛自己的身体被人活生生地撕下了一块肉,浑身发抖。我们也许仅仅记住了林徽因的文化影响和诗意栖居,却忘了,她伤痕累累的文化坚守。而这份坚守,又显得如此柔弱和不堪一击。

在古韵犹存的蓆子巷,我遇到了被岳南先生称为"学识渊博,道业高深的大学者"、一生饱受磨难的左照环老先生,耳目失聪的他独自一人守着他的旧书屋,朝路过的游人反复叫卖着自己的作品《古镇李庄》。该书中记载,2009年4月25日,梁思成、林徽因之女梁再冰携家人回李庄寻踪访旧,与左先生成为金兰之契。

李庄还是那个李庄,那群影响了中国近代史的下江人,来了,又走了。我面对着这座沧桑的旧式民居,深深地鞠了一躬。

是的，还是那句话：你若安好，便是晴天。

范　稳

读完《重庆之眼》，我忍不住长叹一声。

范稳像一个打更的人——我觉得没有比"打更人"更适合于形容他了，在时光狭长而晦暗的巷道里不知疲倦地踽踽独行。他在努力地用尽一切力气，善意地提醒活着的人们，透过那双历史的眼睛，记住应该记住的东西。

比如，记住爱情，记住仇恨，记住恩怨，记住悲愤，记住泪眼。还要记住兵荒马乱，记住骨岳血海。

事实上，我觉得什么都不需要记住。

读完这本书之后，安静地把书合拢，平稳地将其放入书柜。我只记住了范稳。

作家的神秘在于不动声色，却把全部的善意、忠告，乃至所谓的真相，纷纷以中药的配方一样呈现在读者面前。也像一桌美味的菜肴摆在你面前，你如果喜欢哪一道菜，就去取哪一道菜。其他的美味，自然与你擦肩而过。当然，这道菜里面的调味品也许隐藏着泻药，也许添加了色素，也许揉进了悲愤，还有擦不干净的眼泪，也许什么都没有。作家只是远远地以一双深不见底的眼睛，悄无声息地打量着每一位读者，打量着世道人心。

历史，是锋利的，放多长的时间都不会生锈。

问题是，如果把它握在手中，容易成为武器。最好的办法，可能是永远埋在黄沙之下。

而范稳，却是那个掀开黄沙的人。是那个让历史裸露在天空之下的人。

在他的书中，历史是干涸龟裂的河床，只要有一滴水，她就会有生命的迹象，就会复苏。而范稳，是那个用眼泪浇灌这片河床的人。面对这样的人，我是愿意为他亲手沏一壶茶的。

我想听听，他掀开黄沙的念头从何而来？掀开之后，从何而去？他的眼泪，为谁而流？

我更愿意为他弹一曲古琴，让琴音伴随着掀起的黄沙，听一个男人从胸腔迸发的长啸。这一声长啸，才是男人最真实的情感，来不及掩饰，不需要掩饰。这一声长啸，一如当年阮籍的长啸，空谷回应，惊天动地。

他在用这本书来拷问时间的意志，他在用一段尘封的历史去张开一双双紧闭的双眼。我看见，范稳在重庆的空中投下了一颗信号弹，我似乎和许多人一样，眼睁睁地看着它坠入江心，坠入时间的怀抱，直至融化、吸收。

书中的刘云祥和律师梅泽一郎有一段这样的对话："是的，更可怜的是那些战死的士兵。他们以为是为国家而死，无上光荣。但是国家错了，他们的生命也就错误地牺牲掉了。"

作者写道："如果再来一次战争，我们又会怎样？"

所以，读这本书，沉默多于喧嚣。比如此时此刻，窗外大街上稀少的人流，让人心荒凉。

这段时间连续的高温、闷热，如同蒸笼一样的天气很像是一个欲哭无泪的人，心事重重。我就是在这样的天气里，捧着《重庆之眼》，像捧着一杯滚烫的开水，也像捧着一张薄如蝉翼的信笺，在荒凉的土地上任由鼓声四起，任由泪花飞溅。

这是一封漫长的信，从一九三一年九月十八日寄到今天，从国破家亡的彼时寄到国泰民安的今天，如一根白色的羽毛从天而降，也像一个衣衫褴褛的老人，拄着伤痕累累的拐棍，一不小心走入了衣着光鲜的人群。

两个世界的人，于是，相互长久地对视。

"只要我们活着,我们就是历史的证言,我们死去,证言留下……"范稳的镜片后面,雾气腾腾。

这雾,来自山城。这雾,能穿越古今。他说,要以这样的方式向历史致敬。我说,我们应该向作家致敬!

向这些让人尊敬的作家们致敬。

如静大师,及西安

"人生只有一次,无论你多么高贵或者多么卑微,当你挥手告别了尘世,就再也无法返回。你是一位应邀而来的客人,当人生的宴席已尽,你就不得不离席而去。

"人生只有一次,可以漫长,漫长到足够做完没有做的事情,也可以短暂,短暂到就连一件值得留恋的事情也完成不了。

"也许有一天,当你真的从人群中走出,当你苍老得只能坐下来回忆。那时,你会再一次明白:生命的邀请只有一次。"

当我读到以上文字的时候,毫不犹豫地买下了这本如静大师的新书,如同买下一束翠绿的裹心白菜。书名叫《心如莲花静静开》。

坐上火车,我平生第一次往北出川,前往神往已久的古城西安。《史记》曰:"汉长安,秦咸阳也。"

而此行带着的唯一精神食粮,于我来说可能就是这本新买的书了。

倚着车窗,在绿皮火车的轰鸣声中,我踏上了梦寐以求的八百里秦川。这是一个承载着我们这个民族丰厚历史和传奇故事的地方。这个地方,深深地吸引着我。

在中国,没有哪里可以像西安一样高密度地上演过如此众多的历史剧幕。有一句老话说："南方的秀才北方的将，陕西的黄土埋皇上。"掰着指头数一数，十三个朝代，七十四位皇帝，在这块神奇的土地上生活过。他们在西安留下了多少传说和故事，可想而知，也不得而知。

如果，把这七十四位帝王请到一起，摆一桌丰盛的宴席，让他们自己来评说西安，他们会怎样说呢？

我想，他们可能会说，长安东有华岳，西是太白山，南靠秦岭，北临渭水，长安乃大地之中心，长安乃世界之中心。无论谁到中国来，不到长安，就等于没来过中国。长安之地脉风水，空前绝后。

尤其是汉唐时期，这里是国家的政治、经济、军事、文化中心。直到宋元之后，由于国都东迁或北移，才落了一个人走茶凉。但是，这份苍凉里隐藏的帝王之风，却铺天盖地。

从半坡文明的开启，到商周时期的烽火台；从秦皇大帝的天下霸业，到大唐盛世的长恨歌；从秦汉刀光剑影的鸿门宴，到西安事变的惊心动魄，其间，多少纷扰多少离奇多少曲折多少对错我们能分辨得清楚？分不清楚，才是历史。分清楚了，就是故事。

听说李白被朝廷赏识时受万人敬仰，整个长安城里，谁都想请太白喝一杯，甚至因得到诗人的一首诗文而荣耀至极。而当诗人因永王被牵连落魄之时，竟无人相送。好酒如命的太白只得向"将进酒"酒馆讨酒喝，这个老板却吩咐伙计把兑了水的酒，端给李白。

听说国色天香的杨贵妃魂断马嵬坡后，当时向四川逃亡的唐玄宗听见驿站风铃响起，似如贵妃呼唤"三郎"之声，顿时痛不欲生，泪流满面。

听说秦二世的时候，一天上朝时，赵高牵着一只鹿对秦二世说："臣昨日得了一匹好马，特来献给皇帝陛下。"二世笑说："丞相错了，这是一只鹿，头上还长着角，怎么能说是马呢？"赵高微微一笑："这是一匹马啊。陛下如果认为我的话不对，可以问问群臣。"可怜的二世不敢再坚持自己的看法，只好顺着赵高的话认为这是一匹马。

听说司马迁被宫刑之后，其家族为了躲避灭族之灾，纷纷改姓：一股在司字前加一竖，变成了"同"姓，一股在马字前加了两点水，变成了"冯"姓。

听说刘邦拥兵十万驻扎于霸上，却被项羽猜疑，欲诛灭刘邦。幸得项伯相助，使项羽释疑。刘邦率众赴鸿门宴面呈项羽，哪知项庄受范增指使，欲借舞剑置刘邦于死地，危难之际项伯仗剑相护，刘邦伺机逃走。一出鸿门宴，看尽世道人心。

听说华清池的枪声响起之时，蒋介石惊慌失措，翻墙而逃，迅速躲在了一块岩石的缝隙之中。众人搜寻无果正欲撤退，哪知一士兵枪支意外走火，而那颗子弹居然恰好击中蒋介石藏身的岩壁，疑已被人发现的蒋介石战战兢兢地从里面走了出来，被孙铭九抓获。

人间百态，在西安这个地方，尘土飞扬。

就如同轻轻地合上书本一样，在清晨的雾霭中我小心翼翼地打量着眼前这座陌生的城池。要想了解中国的历史，非西安莫属。

一眼望去，古城墙的威严和沉默，在旌旗猎猎的舞动中得到了最深刻的展示。

我非常担心自己的鲁莽和不恭会惊扰了这里千年的华美。所以，迈出去的每一步，我都十分小心。

人生，是一次邀请。

我却不知道，这一次是谁邀请了我，来到西安，让我能如此近距离地抚摸历史。尽管，这一趟对于时间来说，可能算是迟到了。因为所有的繁华和马蹄声，都已经随着岁月远去。我和许多追随者一样，只能望到他们时隐时现的背影。

我只有一种感觉，那就是什么话都不要说，什么心事都不要提，就这样安静地踩着脚下的秦砖汉瓦，漫步于古城的秋风之中。

所以，我就有了一个疑问，对于秦始皇来说，如何来衡量生命的长和短呢？不可一世的始皇大帝，是不是天底下最对得起这一场邀请的男人？

望着那座方方正正的始皇陵园，我和许许多多来自四面八方的人一样，心中充满了好奇和庄严。可是，没有谁能回答我们的问题。而每一个人心中，自然会有一个自己的答案。诗人说："秦王扫六合，虎视何雄哉。"帝王的气势，贯穿了整个中国人的历史和人文史。

始皇大帝的陵寝近在咫尺，我心中升起的感慨，已经是语言难以准确表达。这个男人对天地的崇拜，在我看来已经超越了时空。"天行健，地势坤"，以一生的勤奋开疆拓土，以大地的包容和安稳为寝，始皇大帝足以雄视天下。

我也惊叹于这块在土地上祖祖辈辈生活着的人们，默默地陪伴着这位飞扬跋扈的帝王，日出而作，日落而息，守护着一位千古皇帝的陵寝，不张不扬，不紧不慢。这无疑是一场亘古未有的陪伴。

在这气脉沉绵而浑厚的黄土之下，还埋葬着人文始祖轩辕黄帝。这片黄土之下，单汉唐两代的帝王陵墓，就多达三十余座。

说不定在我的身边，有一位可能就是某个朝代的皇室后裔，然而，王室的气度和光彩，已经被岁月的风雨轻轻擦拭得干干净净，以至于我再也无法从人海中看出半点端倪。看不出端倪，才更让我心生敬畏。

大秦王朝的战鼓和弓弩，至今深刻地影响着我们的思维方式和情感。始皇，这样一位血气冲天的伟岸男人，如果要问，此生还有多少值得做而还没有去完成的事情，他该如何回答？他会如何回答？

而老天并没有因为他是一位不可一世的帝王,而给他更多的时间,任凭他辉煌。因为时间已经巧妙地把这一切做好了安排:给我们多少土地和财富、给我们多少岁月和思想、给我们多少爱情和怨恨,冥冥中,无法改变了。

这一场辉煌的宴席,每一个人几乎都是一样的结局。事实上,我内心仍旧有着一个念头,那就是,躺在地下的这个伟大男人,正在以另外一种方式活着,继续着他不朽的帝国梦。

所以,当我远远地眺望他沉默的陵寝时,心中最清晰的一个念头就是,始皇大帝正是在用这样一种姿势,叩问着苍天和大地,并与天地同在。

眼前这位帝王,在一个恰当的时间,一个在后人看来十分巧合的地点,和人生挥手诀别。我想,也许他已经提前完成了人生该做的全部事情,收获了人生必须拥有的全部疆土和财富。而只有他自己明白,离开之前还要再为后来者修筑一段绵延不绝的历史,让我们在尘土飞扬的西安城头孤独地理解。

在西安,很容易使人产生时光颠倒和错乱的感觉。历史上许多精彩的片段,会在我们的眼前飞舞,就像脚下纯粹的黄土一样,使人的思想很难得到片刻的休憩。

尽管如此,在这样的地方,仍需要有更加平和的心态和缓慢的步伐。否则,没有哪一个朝代的帝王可以容忍我们的举止。

因为,邀请我们的,也许正是他们。在西安,我读完了如静大师的《心如莲花静静开》。

仓央嘉措

仓央嘉措,无论是他的名字还是他写下的诗句,在任何时间和地点,都可以像一盏酥油灯一样，点燃我们孤寂的思维，推开一扇通往能够自由飞舞空间的门，使我们不停地思考其中的许多场景和故事情节。然而，当这样的情节和场景自始至终和一个活佛连在一起的时候，我们便会更加笃信人性的真实和光芒。也会思考人与佛之间，究竟隔着有多远的一段距离。

在那个海拔最高的地方，在那座空气最为稀薄的庙宇中，如豆的酥油灯，被一阵阵微风轻轻地晃动，忽明忽暗。

仓央嘉措平静地俯视着他的信徒们对着他顶礼膜拜，口中却默念着他写给自己的情诗："心头影事幻重重，化作佳人绝代容。恰似东山山上月，轻轻走出最高峰。"

也许，此刻，没有人会注意到活佛已经湿润的眼角，更不会有谁可以靠近活佛，为他倒满一碗酥油茶，静静地聆听这位端坐于莲台上的活佛的内心声音。

所以，在我看来，仓央嘉措的孤独亘古未有。

一个不愿意做活佛的男人的世界，寂寞莫过于此。而他的寂寞，就是一场漫无边际的修行，是一段艰苦的闭关。实际上，我们人人都在这样的过程中煎熬着，并且看不到结局。看不到结局的时候，我们便习惯拿着来生来优雅。尽管，几乎每一段与情感有关的话题，都可能布满了酒精和烟叶的痕迹，甚至是酥油茶浓烈的奶味。所以，当寂寞不期而至的时候，我们便习以为常了！

无论是对于俗人还是僧众，没有谁可以逃的脱。包括仓央嘉措，在风云突变的政治浪潮里，他也如同随风飘摇的树叶，风有多急，树叶就会飞多高。

我们在时间温柔的手中来到世间，然后在时间巧妙的拥抱中慢慢变老，直至被时间之手轻轻地推入泥土，化为尘埃。在这个过程中，有多少爱和怨、有多少恨和无奈,可以恣意诉说?世间为何有那么多的遗憾呢?

有人说,因为,这是一个婆娑的世界,婆娑即遗憾。

布达拉宫顶上,升起金色的太阳。那不是金色太阳,是仓央嘉措的光芒。仓央嘉措一不小心就成了活着的佛,成了受众生膜拜的菩萨。而他的血液里,却奔流着人间的烟火。那个叫玛吉阿米的美丽姑娘,让这个雪域最大的王,成了人间最美的情郎。

"我是一个喇嘛。"

"可我不在乎!"

望着泪流满面的玛吉阿米,这个雪域之王顿时感觉心口疼痛不已。高原的风和阳光,把他们的衣袖吹起来,也把他们的爱情吹起来,沿着布达拉宫的宫墙,翩翩起舞。

仓央嘉措的故事,总是像迷一样,吸引着很多人的目光,并获得广泛的同情。即便是那场天昏地暗的政治较量中,善良的人们对其结局,也满含期待。于是有人说,在青海湖那个大雪纷飞的夜晚,仓央嘉措并没有死去,而是悄无声息地消失在茫茫的大雪中,从此浪迹天涯。

当然,我们更多的人则是一不留神就被卷入生活的轮毂之下,悲壮地进行着一生的迁徙。这一场颠沛流离的迁徙,给予我们的感受无以言表。

许许多多的人面对这段历程的时候,是无法自圆其说的。因为我们都不知道,未来对于生命的根本意义究竟意味着什么?

是如同蝉一次又一次地蜕变一样,还是真的可以像佛陀所说,能够轮回?

答案,始终是模糊的!活佛具有至高无上的宗教权威和信仰力量,这种权威和力量使得仓央嘉措的诗歌又充满了神秘和传奇。

然而,诗人却在莲花宝座之上,在一片酥油灯闪烁的灯海里,在金碧辉煌的布达拉宫，一笔一画地为后人留下了许多满怀温情和思想的文字。事实上，这些珍贵的文字，全部是活佛写给爱情的证言而不是经文，供我们自由地阅读和伤感。

也许，我便是其中之一。

不管我们能不能读懂仓央嘉措写下的诗句，领悟其高深的含义，他都在那里，时隐时现，无论我们是否理解活佛的一生，是否能够包容活佛的悲苦和爱恨，是否接受活佛的庄严和慈悲，他都在那里，不生不灭。

所以，床头置放的这本高平先生写的《仓央嘉措六世达赖喇嘛》，便会常常走入我的梦境，陪着我，在雪域高原湛蓝的天空下，自由地驰骋。

江觉迟

几乎没有一本书，会让我如此饥渴和神往；几乎没有一部小说，它的故事可以使我无数次地满目酸楚。这本书叫《酥油》，江觉迟著。

江觉迟的笔所到之处，字字都能开出烂漫的野花：浅浅的花蕊，细细的叶瓣，柔柔的，贴着泥土，暗香涌动。那种美，可以，从彼岸来到今生。没有一点点人为刻意栽培的痕迹，她们就那样随意地生长在高原丰美的草皮之上，如星空之中划过的一抹亮光。

在江觉迟的笔下，我可以看懂一个真实而神秘的藏地，可以领会一个神圣而永恒的传说，可以看见一个强大而圣洁的信仰。无论这种信仰和我们的精神世界有着多大的距离，都不能阻挡人们神往的步伐。

当神鹰一次次盘旋在白玛雪山之巅，当转经筒清脆的声音回荡在玛尼神墙之旁，当那一堆堆如火的绛红散漫庙宇的那一刻，我相信，我从未如此相信，一定没有人可以抗拒这样的诱惑。

整个世界笼罩在神灵雪白的乳汁之下,使生活在那里的人们忘记了贫困和落后,忘记了愚昧和无知,甚至,忘记了疼痛!信仰让他们的灵魂安宁,而无知又使得生命陷入一场接一场的困境。

你,可以为此痛心疾首、泪流满面。却无法改变它贫穷落后,甚至是愚昧的现状。草原依然会如四季轮回,一样缓慢而固执。

而恰恰在这样的地方,却走来了一个汉地的女子,为了挽救、收容草原的遗孤和流浪的孩子,毅然放弃了城市优越的物质生活,义无反顾地踏进了麦麦草原,开始了她充满传奇而富有神话色彩的救赎之路——创办草原学校(在活佛和许多善良人们的帮助下,从两个孩子开始)。

她就是格桑梅朵,如她的名字一样美丽而善良的城市小资。

于是,我就是在这样的状态之下,伴随着梅朵迈向草原的脚步,经历着来自内心的惊恐和几乎没有尽头的煎熬。然而,在这场煎熬之中,却让我从那群孩子的目光里,重新读到了希望,预见到了他们充满阳光的未来。同时,也看到了信仰的方向与终点是那样的模糊,那样的无奈,却那样的真实。

梅朵,一个汉地女子。月光,一个康巴汉子。

他们因为共同照顾几十个流浪的孩子走到了一起,经历了漫长的五个年头。这一段能用双手捧起来的温暖和爱情时光,时刻纠结在我的心中。之前的那些美好和青春的花朵,给寒冷而贫困的草原注入了一剂新鲜的血液。可是直到最后,当月光站在高高的佛门之前,面对梅朵泣血的呼喊,肝肠寸断,决绝而去的场景之时,所有的野花都在那一刻被生生揉碎,飘落了一地……

人间,佛门。

爱情,因果。

谁，能告诉我最合理的答案和解读？有人说，这是最好的结局。也有人说，这其实是最悲情的谢幕。因为一场突如其来的大病和灾难，让一场山盟海誓的约定成为泡影。诸事无常，人生苦厄。世间的一切都是虚无的，唯有信念，可以伴着人的生老病死。

我无法定论！我纵容着自己的目光，一页又一页地挖开江觉迟的文字，就像挖开埋在地下的食物一样，我迫切地想找到最好的解读。而一切，似乎都在多农喇嘛威严的注视中，凝固了。

凝固成了一碗一碗的酥油茶和色彩缤纷的经幡。

凝固成了玛尼神墙旁永无尽头的转经之路。

一切生命的成长，必定要走一段艰辛的路。我们总是在那条路上，磕磕碰碰。

无论此生能明白哪些人间大道，都是一场随缘随心的旅程。有些错误，假如已经铸成，也可以换一种方式来弥补吧。

因为，江觉迟在书中告诉我们，告诉她的读者，还有来生！

余 华

马提亚尔说："回忆过去的生活，无异于再活一次。"

所以，作家余华认为，写作和阅读，其实是在敲响回忆之门，或者说就是为了再活一次。那么好吧，就算是为了再活一次。

于是，我就这样随着作家的那支笔，一次次地返回那些远去的岁月，重新游荡了一回。对于曾经的那些个甘苦和磨难，便有了更为真切的认识和解读。

我并不知道马提亚尔是谁，我的孤陋寡闻并不影响我的心情，但是余华却深刻地影响着我的情绪，甚至在我内心一度蒙上尘土的地方，就此生出了一瓣鹅黄色的嫩芽。

手中的书，则无数次地放下、拿起，合拢、翻开。

时断时续的阅读，很多时候比一口气读完更为过瘾。

这就是一个作家的魅力，或者说一本好书的诱惑，这种诱惑几乎和我们品茶一样，不仅仅只为解渴。

他在叙述文字的时候，好比是一个泥瓦匠，他能在你的面前，当着你的面，把一堆散落在地上的青砖片瓦，砌成一段宏伟的宫墙。让我伫立在历史的断层里，不能自拔。那一束远远照射过来的阳光，清晰地把我的身影拉得很长，映射在那一段宫墙之上。

那么这时候，我是该记住宫墙，还是该记住那个泥瓦匠呢？

我惊叹于余华忧郁的眼神中到底装进了多少岁月，能让他如此自如地行走在文字的浪花之上，挥舞墨香？

尽管，作家一再辩解说，这一切其实都是虚构的，甚至连他自己都不清楚书中虚拟的人物接下来要说什么话做什么事情。比如他在《在细雨中呼喊》里描写的那个孙有元一不小心打碎了一个饭碗，却脸不红心不跳地嫁祸于自己木讷的小孙子，仍旧向我露出慈祥的微笑。人性之灰色，被他如此巧妙地加持，却让我，无休止地伤感和难过。

他似乎也能和我一样，成为一个旁观者。这时候，我便震惊于他的自信。震惊于，他的思想高度。由此我想到了毛姆，想到了这个以写作致富的英国人说过近似于我的念头的话："作家追求的回报应该是挥洒文字的快乐和传播思想的惬意，至于其他的，那就随便吧。"

这样的心理感知，往往使我不容易从书本上回到现实中，无法准确地分辨出现实和文字的距离，在虚构和真实中时常不知所措。有没有一个途径，可以使我缓解这样的痛苦和紧张？

这是我的弱点，是一个男人不应该有的情感。

喜欢读书，仿佛是一件好事，然而，当书中的人物活生生地站在我的面前时，我大部分时候，都会乱了方寸。

记得，那是一个细雨蒙蒙的深秋，在走过了一段弯弯曲曲的伴着猩红色墙体的小径之后，闯入我视线的是一堆山一样高的坟茔。当我得知躺在这里的竟然是刘备的时候，似乎所有的历史顷刻间都在战鼓声中戛然而止，只有一面千疮百孔的战旗，斜斜地飘在硝烟弥漫的五丈原……

我意识到，就在我的面前，躺着一位了不起的男人，一位志在黎民、终身勤勉的皇帝，无论是非功过都不足以评说他的生前和身后。

我面对他的坟茔，深深地弯下了腰，以此表达对三国历史的无比尊敬。《圣经》上有一段话："已有的事，后必再有。已行的事，后必再行。日光之下，并无新事。"记得当时站在惠陵，于我而言，断然分不清自己是在乱云飞渡的三国，还是在青天白日的现实中了。

手里的书，在那一刻滑落在地上……

读书，让我认识了一群伟大的作家。

也让我在历史的字里行间寻找到了许多尚有余温的真实。无论是白落梅还是江觉迟，无论是蒋勋还是高平，无论是昆德拉还是如静大师，无论是唐诗还是宋词，都会令我魂牵梦绕、食不甘味。

读书给我最大的感觉，似乎是在抚摸时间的脉搏，和时光一并不着边际地流淌，直至生命沉入水中。

至于，是不是真的可以如马提亚尔所言重新活一回，是真的没有答案。

都市芳华

置身于人海车流之中,四周陌生的面孔渐渐变成了层峦叠嶂的森林,将我围起来,让我倍感孤单。

这片森林没有溪流,没有小鹿,没有蘑菇,没有草甸,也没有鸟语花香。只有闪烁的灯光,只有此起彼伏的吆喝,只有不绝于耳的叫卖,只有永不停息的尾气和貌似有节奏的红绿灯。

都市里的街道显得空旷而拥挤,都市里的建筑显得高深莫测,都市里的服饰和笑容,交织着一缕挥之不去的诱惑。这诱惑,让我想起川剧里很有名气的一个节目——变脸。

脸在变,人的心,也在变。变化的脸谱,我们看得见;变化的人心,却难以看见。

人们变卖着各种可以成交的商品,隔着潮水一样的街道相互打量,搂着精致的手机如痴如醉、神魂颠倒、喜怒无常。我们花钱购买了手机,手机却不动声色地蹂躏了我们(除非我们十分的强大,否则,都是输家)。

在这样的地方,你做或者什么都不做,都市都那样川流不息地摆弄着每一个人的心情,将一座城市的高尚和卑鄙、正直和龌龊逗留在你的灵魂里,让你深刻地记住这一年或者这一生以来的得与失、成与败。

我不习惯在都市里深深地呼吸,因为我看见很多人都戴着口罩,或捂着面孔，行色匆匆，置风景于不顾。口罩和冷漠，隔断了人与人之间的沟通，让人心裹得密不透风。

这是一个很容易藏身，却又很容易暴露的地方；这也是一个很容易成功，也很容易失败的地方。这样的地方让很多人充满焦虑和不安，也让很多人功成名就、趋之若鹜。这样的地方让很多人前功尽弃、一无所有，锒铛入狱；还让很多人富可敌国、高朋满座。这个地方，就叫都市。

都市，是一只可爱的怪兽。

都市，是一只可恨的夜莺。

无论我们爱还是不爱，都市都在那里物欲横流，都在那里夜夜笙歌，都在那里繁华如梦，都在那里形单影只。我想说，如果喜欢一座都市，就应该跟这座都市谈一场风花雪月的恋爱；如果厌恶一座都市，就得和这座都市来一场惊天动地的生死对决，才对得起来城市这一趟。

喜欢和厌恶，在佛祖的眼中，是一场旷日持久的无相辩论，心净则国土净，心染则国土染。

从跟着一群人走进这座都市，我从未真正融入。每一条街道，都是我陌生的记忆。记忆里的尘土，早已吹乱了我的头发，让我灰头土脸，独自难受。

于是，我开始陪着别人的笑容，无数次地喝得酩酊大醉，那种场面真的是"醉后不知天在水，满船清梦压星河"。事实上，自己早已忘记了酒的味道，只记住了醉的可怕后果。

人生，总是要路过许多许多的地方，遇见许多许多、各式各样的人和事，都市就是一个今生注定绕不开的驿站了。和很多人一样，我们今生走进去，来生，再走回来。

"远远的街灯明了，好像闪着无数的明星。天上的明星现了，好像点着无数的街灯。我想那缥缈的空中,定然有美丽的街市。"

就是因为课本上的这首诗,在那个还没有装上电灯的乡村岁月里,在语文老师声情并茂的解读里,无数次地鼓舞了曾经年少的我,并由此开启了一段绵绵无期的都市之旅。

从此之后,我将一直借居在都市的目光里,直到两鬓飞雪。

我疲惫地坐在办公室的椅子上,望着范仲淹的那首词,神魂颠倒。"纷纷坠叶飘香砌。夜寂静,寒声碎。真珠帘卷玉楼空,天淡银河垂地。年年今夜,月华如练,长是人千里。愁肠已断无由醉,酒未到,先成泪……"我拿起笔,在都市狭长的午后,默默地抄写起来。

范仲淹的泪,打湿了我的纸。

此时,一朋友打来电话,相约今晚去看电影。我放下笔,惊喜地答应了。影片的名字叫《芳华》,芬芳的年华。

如果影片没有看到最后,没有看到刘峰去精神病院,果断地牵着何小萍手的那一幕,我是一直没有原谅冯小刚的。但是,那一刻,流淌的泪水让我对导演肃然起敬。我开始理解为什么冯导要选用那么年轻、那么漂亮和那么帅气十足的演员了。因为美好的生命,无以言表,他们占据了我们对人生的大部分认知和期盼。我们一度在这样的期盼中瞻前顾后,却无比幸福;我们一度在这样的期盼中千挑万选,却得非所愿。

这似乎就是命运,就是我们看不破的红尘。红尘是一张薄薄的纸,只容得下我用来抄写范仲淹的《御街行》,却来不及让我,细细地品味芳华,就已经被风干、被吹乱。

《芳华》是对我们所处年代和都市最彻底的一次诘问,更是对我们网络时代花边新闻糜烂和碎片化阅读最精彩的一声冷笑。这声冷笑,冰冷刺骨，令人手脚发麻。

我们也许忘了，圆明园还未散尽的硝烟。我们也许忘了，敦煌里那拨洋人成捆成捆盗窃国宝的身影。我们也许忘了，这个国家受尽屈辱、历尽沧桑。我们也许忘了，父辈们是从地狱般的战火中，托举出来了今天的国家。

而《芳华》只是让我们回头望一望，仅仅是望一望距离我们最近的那个年代而已——那个余温尚存的年代。

这需要多大的勇气？

这一望，有自责、有自省、有哀伤、有愤怒、有宽容，还有一种东西，我觉得叫希望。

有个美国人讲过这样一句话："一个国家在生存、独立和经济财富这三种利益之上，还必须加上第四种国家利益，那就是集体自尊。"必须要有集体自尊，才有民族的尊严，别人才能尊敬你。1949年末，昆明解放前夕，为了"学人抢救计划"的实施，胡适希望国学大师、有"活着的庄子"之称的刘文典去美国，并为他一家办好了入境签证。刘文典谢绝了，他说："我是中国人，为什么要离开我的祖国。"1934年，毛泽东同样对共产国际说过一句话："我不走，我不离开自己的国家。""国家"二字，重若千钧。

老不长记性啊，总有一天，历史会让我们再长一次记性！

我们在电影院的黑暗中，以偷窥者的身份，以娱乐者的态度，以悲天悯人的扮相，去戏说一个刚刚谢幕的年代和他们的爱恨情仇，不能不说是一种残忍。

夜寂静，寒声碎。

也唯有这种残忍，又可以被摆弄成人世间最凄美的符号，让多数人垂泪，让少数人嗤笑。

　　这是一个时代乃至一个国家的困惑和阵痛。这样的困惑与阵痛，足以抵消一切抱怨和责难，足以抵消全部的羞辱和不安，还让多数人清醒，还让少数人恍惚。影片从风起云涌的"文化大革命"开始，写到烽烟弥漫、血肉横飞的越战，再写到改革开放初这个国家的疼痛。无一处，不让人揪心；无一处，不让人痛心；无一处，不让人伤心。但也让人冷静。

　　影片中的刘峰和何小萍，是作者（或导演）给今天这个时代柔和而寂静的礼物。这份礼物也许可以让我们再一次思索，我们的生命和名利无关，和地位无关，和权力无关。但是，和国家有关。

　　有多少芬芳的年华经得起时光的消磨？有多少青春的梦想经得起岁月的啃噬？又有多少爱恨情仇经得起时间的考验？还有多少岁月经得起无缘无故的放任自流？如果有，就值得我们敬仰和珍惜；如果没有，也值得我们期盼。

　　而《芳华》，似乎没有回答，导演却又将答案全部给了我们。这恰恰是作者的高明和导演的精明。

　　芳华已逝。年年今夜，月华如练，长是人千里。范仲淹苍凉而清澈的声音，又萦绕在我的耳边。

　　其实范仲淹和芳华又有什么关系呢？

　　都市和我，又有什么关系呢？

　　当2021年元月最后的一个夜晚，我读完严歌苓的《芳华》之后，算是想明白了：冯导的"芳华"不是严歌苓的"芳华"。严歌苓的芳华是对爱恨的谅解，冯导的芳华是对"国家"二字的伤感。

熊 猫

支气管发炎、头晕、乏力，几乎每一年的春天里我都会经历一场这样的折磨。在我的坚持下，医生没有给我输液，只开了两天的西药。然后，我想到了要回老家，我想逃离这个城市，哪怕就一会儿，我也要离开，我必须离开。

"疲马顾春草，行人看夕阳"，说走就走，回家收拾起衣服和洗漱用品，给父母打了一个电话，就启程了。

顺便还把朋友送的菜秧苗也全部带上，回家种菜去。

父亲还在地里，忙乎前几天我们带回去的包谷。新挖开的泥土黝黑而新鲜，远远地就能闻到一股让人无比踏实的大地气息。我发现，自己无可自拔地迷恋着这股味道。老子说："大曰远，远曰逝，逝曰反。"想想也是啊，什么东西不是从土里生长出来的呢？我们看似遥远的生命旅程其实都是在循环之中，都是从脚下的泥土里长出来的。逃不开了。

我一个人陪着母亲坐在院坝里，母子俩就这样说着闲话。近年来我发现母亲喜欢仔细打量我，偶尔还亲切地在我的头上摸一下，帮我整理一下衣领什么的，那种舐犊之情溢于言表。

母亲慢慢老了，而且这种痕迹越发的明显。我心中常常为此不安。她总爱说，再过好多年哦，我们要是不在了，你们回来咋办啊？你老者（老爸）说，他如果死了，就埋在这间堂屋里，替你们守家。

妈妈每次说这样的话，我都不忍去看她的眼睛，更不敢接着往下想。

我知道自己在躲避什么，躲避那些无法躲避又不得不面对的结局。人世间最大的苦楚和揪心，莫过于眼睁睁地看着最亲的人在自己的眼里慢慢变老，慢慢模糊，却束手无策。

"哀哀父母，生我劬劳。哀哀父母，生我劳瘁。"在人生的路上，这样相互陪伴一场，又需要多长多长的等候啊。

这时候，一只黑色的小狗从后院跑出来。我问母亲："这是谁家的狗？"

母亲说："这是前几天不晓得从哪儿跑来的流浪小狗，来了就不走，脸皮厚得很。"母亲反复说这小狗脸皮厚得很，语气却非常的怜爱。

她说："你老者昨天还想把它送走了算了。谁知道它却不愿意离开，跟着你老者又回来了。你说，它脸皮厚不厚？厚脸皮的家伙！"母亲笑着说小黑狗的时候，满脸的高兴。

我知道老爸为什么要送走小黑狗，他是担心小侄女田田爱玩狗，怕她被这不懂事的小狗误伤，而不是真的想把它送走。真要扔走的话，还能让它跟着回？谁知这只小狗竟然就脸皮真的厚，怎么赶它都不愿意离开了。

我对母亲说："以后就不要赶它走了，养着吧。家里有只狗陪着大家也热闹，赶走了，它还不被饿死啊。你没有听见，那天小狗尾随老者溜回家时候，可怜兮兮地说'扔不得，扔不得哦，扔了我就只有饿死哦'。"我学着小狗可怜巴巴的语气，说给母亲听，逗得老人家忍俊不禁。

大概是揣摩清楚了我的态度，母亲赶紧说："好、好，你以为我们真的愿意赶它走吗？这还不是担心它，不小心伤着你那宝贝侄女啊，以后我负责看紧他们两个就是了，谁也不可以弄伤了谁。"

其实，他们也舍不得丢掉小狗。只是不知道，该如何平衡狗和孙女之间的关系而已。

老爸他们种完玉米也回家了。大家的话题又围绕着小黑狗展开。这只小黑狗可能也知道我们在讨论与它有关的事一样，不停地在我们的脚下做着搞笑的动作。

给你取个名字吧，我说："叫什么呢？小黑？不好，胖胖？也不好。"

我母亲这时候说："叫熊猫吧，看它那个样，像个活宝。"于是，我们大家就开始叫它的新名字了——熊猫。

"熊猫，过来。熊猫，坐下。熊猫，给你一块糖……真是个活宝。"

我说："那天你们赶人家走的时候，熊猫一定好伤心好伤心啊。""我想，那时候你肯定在想，千万不要扔掉我呀，扔了我就得饿死。是不是，熊猫？"

熊猫一双黑乎乎的眼睛，冲着我眨巴眨巴几下，没有回答我。只顾自己在地上顽皮地打滚。

看着熊猫幸福的样子，父亲开始准备做晚餐。

我最喜欢坐在灶脚下帮父亲烧锅，父亲做的一手很好吃的菜，每次都让我撑得难受。当然，我烧锅也是一把好手，什么时候该火大，什么时候该火小，我一定是拿捏得很准，这个得益于小时候每天煮红苕喂猪。所以，每次父亲做饭的时候，还是比较喜欢让我给他打下手烧锅的。

母亲就不一样了，老是在这样的场合手忙脚乱的。不是递过来的香葱没有洗，就是生姜拿错了；不是盐巴递成了白糖，就是白糖拿成了豆粉。反正，每次都会惹得父亲对着她吹胡子瞪眼。然后，她又会知趣地去做别的什么事情了。

而今天，熊猫却一直在厨房里端端正正地坐着，时不时地摇几下尾巴，憨态可掬地看着我熟稔地用火钳往灶膛里添柴。一副认认真真的模样，像极了一个活宝。

记得有一天，母亲忽然惊喜地大声喊着我的名字，"快来看呀，好漂亮的花儿啊！"

我循着母亲的声音跑过去，是一朵怒放的茶花，层层叠叠的花瓣，鲜艳而娇嫩。望着母亲白里泛黄像金丝线一样的头发，还像个孩子一样的神情，我忽然被一个什么东西咬了一口。我明白自己该做什么事情了，一刻也不能拖延。

挪出一天的时间，我开着那辆小货车，叫上两个平日里专业的种花栽树的手艺人，直奔朋友的苗圃去了。

一百株各色茶花，十五株两米多高的铁脚海棠花，十五株三米左右的蜡梅花，五十多株栀子花，还有扶桑花和三角梅花，满满当当的一车，直接开回了老家。

看到眼前的情形，吓了母亲一大跳。着实让母亲和父亲埋怨了我老半天。然后，两位老人就兴高采烈地为我们张罗起一大桌饭菜，让大伙儿也干得兴高采烈。

前些日子，请泥水匠人修建的那条蜿蜒曲折的爬山小径两旁，在我精心的安排下，种上了两行栀子花。周围再种上几株蜡梅花和一些茶花，计划再把前几年种的银杏树，全部移栽到小径末端的那片自留地里。这样一来，只要在秋季爬上山，就能置身于一片金黄的银杏林。到时候，踏着满地的落叶，那该多美啊！剩余的各种花，全部按照两位手艺人自己的想法，栽种在了屋外附近路旁的自留地里了。不到一天的工夫，老家的屋前屋后已是被鲜花包围。

我要让不久的将来，老家花开如海。我要让年迈的父母，像孩子一样在花海中，开心行走。旁边除了鲜花和菜地，还有一条小狗跟着他们。

弘一大师说过一句话，我到为植种，我行花未开。这句话，一直温暖地存放在我心中。

齐邦媛

"天地悠悠，不久我也将化成灰烬，留下这本书，为来自'巨流河'的两代人做个见证。"这段话的署名：齐邦媛；时间：2010年7月台湾桃园；书名：《巨流河》。

很是普通的叙述，很是平静的讲述，我一直在静静地倾听，心中充满了温情和敬意。

我小心翼翼地翻动着书页，抚摸着书中的一个个汉字。每一个汉字，都像一块块长满苔藓的石头，整齐地排列在记忆的长河中。

这是一个心灵上刻满弹痕的老人，这是一个在那场旷日持久的战争硝烟中九死一生走出来的奇女子，这是一个半生飘零历经无数次"告别"的传奇人物，更是一个在惊涛骇浪中安然度过的文化传承者和坚韧的捍卫者、布道者。而我最能想到的能够客观评价她的话，只有蒋介石在某一章文告中说的八个字：庄敬自强，处变不惊。这样的评价，让人沉默。

如此平静如水，如此举重若轻，如此雍容华贵的老人，又是"如此悲伤，如此愉悦，如此独特"。除此之外，我不知道该怎样去接近和想象她所生活的年代和她所经历的悲欢和离合。

一切，似乎都只能停留在仰望之中。我在仰望的时候发现，她更像一片秋风中的银杏树叶子，无论是远远地望去，还是走近树枝下面，都能被一种生命之美深深地吸引，心中顿时布满喜悦和苍凉。不管是喜悦还是苍凉，它都始终焕发着勃勃生机。

我没有机会和可能去做一个诗人，可我努力地跟着她的脚步和声音，安静的阅读和朗诵与她有关（她读过或者讲授过）的某些诗句，包括英文的译诗，比如那首《西风颂》《无情的妖女》《海伯里昂的陨落》……

最难以想象却分外清晰呈现在我眼前的，是她在乐山生活的那段岁月。这段岁月离我很近，因为五通桥离乐山只有十九公里，珞珈山与乐山血脉相连。所以，我才有这样的感觉。所以，我才万分地想接近她和她的生活。

在书中，朱光潜老师、孟志荪老师带领着她和她的同学们，在那国难当头的年份，还能滔滔不绝、物我两忘，一如既往地给学生们讲授经典国文。每每讲至动情之处，老师们时常哽咽不止。朱光潜老师坚信好文章一定要背诵，所以，他要求每一位学生都要跟着他一起"读"和"背"。于是，朗朗的读书声，经久不息。

1945年，在极为寒冷的乐山，齐邦媛和她的同学们走下白塔街，经过湿漉漉的水西门。每一个人手里，都捧着一本英文诗集，在背诵老师规定的那首《爱字常被亵渎》和《沮丧》。

八十年前的武汉大学等多所高校（还有清华、北大、南开）的仓皇西迁，非常成功地保护和延续了中华文脉（包括重要文物）。中华民族之所以几千年来没有分崩离析，是因为其生生不息的文化认同。否则，不复存。

一边是连天战火、骨岳血海，一边是一群青年学子痴情地背诵诗歌，学习文化。

一边是被日军炸毁倒塌的楼房,一边是一千多人高亢悲壮的合唱:"中国一定强,中国一定强,你看那八百壮士孤军奋守东战场……"。

从北至南,慌忙逃亡路上的心酸和渗入骨髓的悲苦,连着她苦闷的青春,如同那首《哀歌》:"O, World! O, Life! O, Time!"(啊,世界!啊,人生!啊,岁月!)

国家和个人的命运,在那一段峥嵘岁月里,瞬间变得分外脆弱,又格外的坚韧。

由于日本人的连续轰炸,许多教授就把课程安排在了晚上讲授。比如当时西南联大的教授吴宓在其日记中写道:"晚7-9时至校舍大图书馆外,月下团坐,上《文学与人生理想》,到者五六学生。"

林徽因给友人的信中这样写道:"日本鬼子的轰炸或歼击机的扫射都像是一阵暴雨,你只能咬紧牙关挺过去,在头顶还是在远处都一样,有一种让人呕吐的感觉。可怜的老金(金岳霖)每天早晨在城里有课,常常要在早上五点半从这个村子出发,而还未来得及上课,空袭就开始了。"

"教育为民族复兴之本",以这些中国知识分子传授给他们那一代人的献身精神和大爱以及自尊自信,让当时的国家哪怕是国难当头,哪怕是"北归端恐待来生",也满含希望。

楚虽三户,亡秦必楚。中国文化的根基,尽管伤痕累累,却依然能够在战火中顽强而安宁地绽放和生长,弦歌不绝,给予那么多的中国学子深切的浇灌和期许。如此的教与学,堪称抗战教育历史上和世界教育史上最感人至深的传奇,是"世界教育史上艰辛而具有伟大意义的长征"。

面对被日军锁定目标炸成焦土的南开大学,校长张伯苓声泪俱下地喊了一句话:"中国不亡,有我!"更是教育了数以万计的青年学子前赴后继。这是一种怎样的精神啊?蜀山苍苍,楚水茫茫。直到今天,这声音,依然让我们肃然起敬和躬身自省。齐邦媛在书中还提到其父亲在重庆和毛泽东相遇，并有过一段简短的对话。

她说，抗战时期，有一半的年月是国共合作的。周恩来是南开的校友，常常去学校看望张伯苓校长，也多次以校友的身份在周会上演讲。大家最喜欢学张校长介绍周恩来时的天津腔调："现在，我让恩来，跟你们讲话。"张校长的语气里，充满了对这位杰出学生的温情。十二月二十六日，共产党发表宣言：支持蒋介石抗战到底的主张。

因为齐邦媛的深情讲述，我开始留意起乐山的一些老地名：叮咚街、斑竹湾、龙神祠、肖公嘴、月饵塘、紫云街、文庙、水西门，还有那些长年都滑溜溜的石子路上摇摇晃晃挑水工的背影。这些地方，伴随着当年十七八岁的齐邦媛三年的乐山生活，让人唏嘘不已。（我开始思考，是不是我也该花点时间，沿着这些地名，悄无声息地走一回，沿着挑水工的脚印走一回）以至于到今天，她依然常常和她所剩不多的伙伴们一起，回忆这一段烽火岁月中最为安稳的记忆。这是一位了不起的老人。

也是在三江合流的乐山，她送走了生命中最重要的一个人——一个陪着她长大，陪着她哭泣，陪着她欢笑，陪着她读《圣经》的人，张大飞。书中这样描述，在乐山那场骤然下起的大雨中，学校门口，一块屋檐下，一身戎装的张大飞和她深情相望、依依拥别。

而后，张大飞义无反顾地奔赴陈纳德将军的飞虎队，投身对日作战。在豫南会战时为了掩护友机，在河南信阳上空不幸牺牲。从此，天上人间，无缘再见。

齐邦媛陷入深深的悲痛之中。

我无法解释和接受她是如何用爱和宽恕，去化解如此不堪的际遇和人生，又是如何用忍耐和悲悯，去校正风浪中的人生之舟，以至于杂花生树。

尽管我自己无法企及她的思想领域和精神高度,甚至连她讲授的文学境界都无法一一领会。但是,每当自己静坐在烤火炉旁,捧着她写的这本《巨流河》读的时候,心中的感触和疼痛却是十分的清晰。

在书中,我看到了她关于宗教和科学之间相互质疑的人文关怀,以及对教书工作的崇高感受,还有对乡土根源的无限眷恋和家国情怀。

最让我动容的,无疑是齐邦媛在其双亲安然离世时,她的那份平静和从容,以及她对待生死的那份豁达和坦然。就像《露西诗》中最安静的那句:"当我灵魂暂息,我已无尘世忧惧。"

应该说,《巨流河》是一位文化女子对近代历史最真实的见证。这份见证,让我十分清晰地看到了时光对人生和生命的彼此爱慕和放逐。

一个一生历经无数次飘零和告别,又无数次巧妙度过的女子,还能在有月光的夜晚诵读诗词并将文学绣成一朵朵玫瑰,种满生命的庭院,许多时候,我无法理解,却想明白了。

近半个多世纪以来,那些"烽火连三月,家书抵万金"的墨迹木丁的书信,还有那些为了校园和文化让人不解的聚散离合,让我无数次地不知所措。其实,也合乎逻辑。

齐邦媛的一生,就是在生生死死中颠簸前行,从东北的巨流河到台湾的垭口海。如她所说,"如果人在生命的尽头,能看到时光倒流,我必能看到自己,站在文学院那间大阶梯教室的讲台上"。意气风发,激扬文字。她的一生,已了无遗憾。

这时候,我又想起序言中齐邦媛写的那句话:天地悠悠,不久我也将化成灰烬,留下这本书,为来自巨流河的两代人做个见证。

做个见证吧!

游秋娣老师推荐这本书的时候,附上了一段话:如果有可能,来年的

三四月,我们几个人可以相约去台湾,晋谒这位世纪老人。我必须承认,这是一份非常美好的期盼。

是的,她本身就是一段历史,就是一段传奇,就是一朵与文化无法分开的玫瑰。

一朵,寂寞而华贵的玫瑰。

重 建

　　北岛说，我要用文字重建一座城市。

　　说这话的时候，我不知道北岛是什么表情。也无法揣测诗人高不可攀的精神世界。我仅仅是因为这样一句话，安静地为北岛先生停留了五分钟。

　　这短暂的五分钟，憷然觉得自己的思维如同漆黑洞穴里受惊的蝙蝠，扑腾着薄薄的翅膀，寻找着有亮光的出口。我薄如蝉翼的思想，被忽明忽暗的光线轻而易举地穿透，一根根肿胀的血管清晰可见。它们如同地图一样张牙舞爪地出现在所有人的视线中，让人厌恶和爱怜。

　　我拿什么重建自己的城市？我眼下的一切，似乎都已经被一种叫作"生活"的词语抵押一空。

　　这一生，走过的路已然无法回头了。未来路上的荒凉和茂盛、空旷与衰老，又该如何落笔？这是一个巨大的问号。

　　只感觉自己一路走着，一路收获着，同时也一路坍塌着。这种场景，就像拿着遥控器搜索节目一样，刚好途经一个空白的频道，遥控器就没电了，荧屏上除了跳跃的雪花，什么都没有。

　　天下所有的生意场，都可以被称之为名利场；天下所有的商人，都可以被称之为创业者。每一个创业者的历程，心酸与光荣难以言表。不管是风光无限的商界才俊，还是举步维艰的街边小贩，还是挥汗如雨的餐饮领袖,只要是生意人,只要能够坐下来,沏一壶茶,寻一个僻静的地方,静一下心,大多数人还是都能够推开虚掩的心扉坦诚地对话。

而在那一刻,我更多体会到的是伟大并虚伪。说其伟大,是因为这群人用自己的努力和汗水成就了很多人的梦想;说其虚伪,是因为他们在用生命与尊严换来的财富面前,从不珍惜。虚伪并不可怕,也不可憎,虚伪到了一定的高度,就可以换来一种至高无上的满足。这种满足的情绪,千万遍地鼓舞着许多人,所向披靡。

如同巴金所言:"对于作家,还是看他的文章有意思……有时因为认识了这个人,连他的文章也不想读了。"

所以,商人的正面是可以讴歌的,他们的背后你尽可以装作啥也看不见。因为那些背后布满了慌张、痛苦、泪水、愤怒、可怜、艰辛,甚至是迷茫。

在一次只有两个人的酒桌上,我和一位在教坛辛勤耕耘三十余年的老校长一起拉家常。也许是我们大致相同的人生观,也许是我们彼此从未向人诉说过的心事,延伸了我们的谈话内容。这位老校长竟然当着我的面,旁若无人地失声痛哭。

那一刻,面对意外垂泪的男人,我无言以对、手足无措。那镜片背后的泪光,让我看到一颗慈悲之心。

人的慈悲之心,是天下最闪光的东西。

魏晋时期的陆机说过一句话:"渴,不饮盗泉水。热,不息恶木阴。"这是一种理想,只是这个理想在今天的世界格外珍贵。

今天的我们对于物质的占有之心,比任何时候都多得多。有了一件漂亮的衣服,还想要十件更昂贵的衣服;有了一辆足以代步的汽车;还想要一辆更加高档豪华的汽车;有了一套可以容身的房子,还想要更加宽敞奢华的住宅；有了一部可以通话的手机，还想要一部最新款，甚至是限量版的手机；有了足以平稳生活的工资，还想着如何赚取更多的钱财；有了一副耳环，还想要一堆金银首饰……究竟物质的富裕和精神的满足之间，哪一个更为重要？

估计有很多人在恶毒地嘲讽着自己曾经朴素的理想，生怕今天的自己还和昨日的自己有某种千丝万缕的瓜葛，不计成本与后果地践踏着原本已是弱不禁风的精神之地。也可能有很多人已经习惯端坐于金钱的云端，俯视着苍茫的世界。我真不知道究竟是云端安全呢还是大地踏实？

如果，我们有罪，已不再仅限于原罪。我们由此所造一切因必然会导致许多不可预测的果。然而，我们不知道。

很多人在自己的理想和现实之间上蹿下跳、豪气万丈。

很多人在高雅与仁慈的扮相之下，长袖善舞、道貌岸然。

很多人在财富和地位面前道貌岸然、衣冠楚楚。

很多人还会搜肠刮肚地找出千万种理由，去说服自己、说服任何人。然后，喜滋滋地乐滋滋地手舞足蹈、载歌载舞，心中汹涌澎湃。

这一刻，浪尖上那个人，就是自己。那一刻，俯视整个世界的那个人，似乎也是自己。

我知道，当一个人开始俯视世界的时候，这个世界恰好也在审视着他。

当然，我们每一个人也慢慢地学会了在一种极度脆弱和极度顽强中茁壮成长，并渐渐长出丰满的羽毛。至于飞翔的方向，则完全不同。

因为，这个世界上不会有两片相同的叶子。

这就仿佛是余华先生笔下的李光头和宋钢两个异姓兄弟，在命运的裹挟之下谁也无法掌握方向。余华那只光滑的钢笔，沙沙沙地为我们杜撰出一连串高潮迭起的动人故事。然后在读者们大呼过瘾的声浪中，余华叼着那支即将燃尽的香烟，吐出一连串怪异的烟圈，迈向人来人往的大街，去寻找属于他自己的满足与安宁。

我总认为，他始终是背对着他的读者。背对着整个世界。特别像某一场音乐盛会怪诞的指挥家，一旦演出结束，连谢幕的动作都不会做，就径直离开了。他不需要认识他的读者，也不会在乎读者的感受。

但是，他在乎着笔下的每一位虚拟的人物。因为他们，是他的心头肉。更因为，他们是虚构的！虚构的世界更像一件让人心仪的外套，这件外套，紧紧锁住了我们的目光，锁住了我们的内心。

我已经无法清晰地回忆，更无法准确地去回忆，无法在回忆中让那些感动、那些悲伤、那些厌恶、那些惊喜、那些恶心保持原来的湿度，无法继续沿着一度令人高兴的羊肠小路欢呼雀跃。

时间，在我的面前划了一道炫目的弧线，然后扬长而去。就我一个人，呆呆地站在树荫之下，望着那座城市。

摇摇欲坠！

所以，重建是一件多么奢侈的事情啊。

五通格式

在一个阳光明媚的冬日，我萌生了一个想法，想为这个逐步走向华丽的小城，写点什么，给自己做一个念想。因为，我担心有朝一日，面对今非昔比的小城，我会忘了她的模样。

怀旧的复杂心情，按照常理来说是不应该对外人诉说的。怀旧，应该是以一种比较委婉的方式悄悄地进行。这种方式，如同爱酒之人不露声色地存放一坛上好的美酒一样，得自个儿把玩、闻香陶醉。否则，因此而换来的也许是鄙视和嘲讽。但随着年岁的疯长和脸皮的变厚，这种担心和顾虑居然还荡然无存了。

想怀旧的时候，就安静地怀旧一回。想流泪的时候，就放肆地泪流一回。想狂笑的时候，就随心地狂笑一回。

小时候，五通桥就是我心中最大的城市，能去一次五通桥，对于年少的岁月来讲就意味着一种奖赏。

那时候到五通桥的方式只有两种，一种是步行，从我家门前坐船过河（这条河是从高中堰途经茅桥和梅旺桥流下来的），再从石燕子陈家寺方向一路徒步到金家滩坐船过茫溪河，沿着今天的213国道一直走到五通桥的花盐街。

那时候，金家滩的那条木头船很大，也很平稳，只需要两分钱就能够渡过宽阔的茫溪河面。我至今很清楚地记得有一次坐船过河后,我把两分钱的硬币递给撑船的人时,脚下一滑,硬币随即掉进了河里。我傻乎乎地望着撑船的汉子不知所措。就在我眼泪快要流出来的时候,撑船汉子爽朗地说,落到河里的钱也算钱,也算你付给我了,走吧。

从此之后,我记住了那个撑船的汉子和那条木头船。

还有一种方式就是坐客车。在金山寺四盐厂的对面河边上有一个简陋的车站,只要趴在售票的窗口买了车票,就可以跟着众人登上拥挤不堪的客车,一路颠簸着开往五通桥。

五通桥最引人瞩目的应该是那些遮天蔽日的黄葛树。树干的遒劲,对于许许多多的人来说,都有过非常深刻的印象。长安诗人刘兼曾任荣州刺史,其途经五通桥时如此描述黄葛树:"叶如羽盖岂堪论,百步清阴锁绿云。善政已闻思召伯,英风偏称号将军。静铺讲席麟经润,高拂缺枝兔影分。更有岁寒霜雪操,莫将樗栎拟相群。"这种树,也许是生长在这座小城里最夸张的植物。说它夸张,是因为,它的发芽和落叶几乎都不会按照季节的规律来进行。

据老人们讲,黄葛树是什么季节栽下的,就会在什么季节发芽,而不会按照季节的轮回在春天里发芽开花,在秋天里落叶。黄葛树的春天,只为给予它生命的季节和人怒放。

因此,小城里的人常常会在不同的季节面对落叶缤纷的黄葛树,并习以为常。他们可能也会在寒冬腊月的雾霭中,看到满树鹅黄的嫩芽。这种奇特的自然现象,我以为只有五通桥有,只有黄葛树有。一棵大树,能装满乾坤、傲世独立的,在我眼里也只有黄葛树了。

你能在树干苍劲的肌理之中,发现意想不到的惊喜和年轮。也能在枯藤老枝中,看到生命的昂扬和安详。黄葛树之美,说到底,它就是一个视觉审美概念里冒失的闯入者。问题是它还带着时光的仆仆风尘，带着岁月的流连忘返，带着落叶归根的浓浓乡愁，闯进来，给五通桥的古老添了一笔生机。这一笔勃勃的生机，感动了无数的人，让他们为了这座小城秋水望穿、悲喜交加。

至少，我在徐悲鸿先生的画中找到了这种树木的墨痕和太初大美。所以，我能想象得到，当年数次游历并栖居五通桥的悲鸿先生抚摸树干时候忘我的神情。也可以想象出，齐白石老人凝望黄葛树的时候心中荡漾开的灵感。

我只是不知道，在客居五通桥的那些日子里，画家们度过了多少个不眠之夜？

桥滩两岸的江枫渔火，又为大师们的灵感镀上了多少温暖的底色？

在他们的作品中，究竟有多少墨汁和灵感是为这座小城特意烙染的？也许，只有他们自己心中才有答案。

小城的记忆，在我看来，是挤满了一个时代的喧嚣，也充满了人文典范的独特气质。有丰子恺、南怀瑾在五通桥的传经布道，有刘伯承、冯玉祥在小城的烽火传奇，有茫溪河、涌斯江千帆竞发的流金岁月，还有四望关、盐码头、花盐街、宝庆街、竹根滩，以及两河口老桥……

我不仅喜欢往前看还喜欢往后看，前面是未来，后面是过往。往事，是真实地发生过的故事；未来，是前途未卜的虚幻描述。

我往往担心的不是未来，而是那些业已淡化在烟雨中的旧城往事。担心什么呢？担心这些往事被风雨吹散被岁月淹没，即便已吃饱穿暖丰衣足食，可是每每举目四望，却又时常觉得家徒四壁。

茫溪河沿岸青石板铺就的运盐码头，是五通桥这座小城奢华岁月的见证者。不论在什么季节和时间，只要走近，我都会被感动。

船夫们当年留下的斑驳汗渍，在时光的缝隙里依稀可辨。桥滩一带曾经林立的枧杆和热气腾腾的制盐作坊，在盐商们一度发烫的腮帮上，焕发过勃勃生机。更有让日本人闻风丧胆的将军孙立人（孙立人毕业于清华大学癸亥级，1938年由重庆进驻五通桥，在此驻防时间长达3年之久），在茫溪河畔"盐务总局"尘土飞扬的公路上策马扬鞭的飒爽英姿。还有驱逐过大清国最后一位皇帝溥仪的冯玉祥为了筹措抗战资金而到五通桥留下的足迹。还有两救刘伯承义薄云天的张二旅长在功成身退之后的沉默。

我低头思忖，如果没有他们，五通桥将是何等的空旷。

记得有一年，我在一个阳光茂盛的午后，走进过竹根滩王爷庙附近一座外观十分古典的院落。

院内干净、潮湿、冷清，透过天井而至的一缕阳光，让这个长满苔藓的院落显露出了微弱的生机。

我带着一个外来者惊奇的目光和恭敬的心情，环视着四周的一切。这里除了具有典型的中国传统建筑之美，我还意外地看到了保存完好的欧洲风情装饰。强烈的风格反差，使我对这座华美的四合院落多了一份期待和好奇。守老宅的一对面善的老年夫妇告诉我说，这里原本是清末年间一个经营盐业的富商人家，主人娶了一房西洋女人为妾，由于对这个洋媳妇儿宠爱有加，便将自家的豪宅装饰上了华美的欧洲建筑元素。一来，以此表示对洋媳妇儿的喜爱；二来，是化解西洋女人对家乡的思念之情。东方建筑材料的千挑万选和精雕细刻，让我眼花缭乱。有龙凤呈祥图、蝙蝠图、梅花鹿图、铜钱图，还有麒麟送子图。西洋风格的罗马柱上有精美的太阳花和中国的莲花并存。

那些古老的时光，在这里变得无比温顺和惊喜。

这无疑是一座承载着时间温度、历史书签般的老宅。只可惜的是，在后来的旧城改造中，这座老宅，灰飞烟灭。

如果有一天，我会默默地面对夕阳泪流满面的话，一定是因为五通桥这座迷人的小城。关注这座城市，如同注视奶奶头上的发髻。而要想弄明白奶奶头上发髻中的秘密，我思前想后，还是要从不久前因为修建乐宜高速路而无意中挖出的瓷器说起。

黑色，黑釉。

是对于五通桥宋代瓷器的准确描写。这样的描写，为我敲打出一种声音，那就是大地破晓的登音。多么的富有诗意，多么的令人欣慰啊。

宋代，是一个诗词疯长的朝代。这个朝代不仅有感天动地的诗和词，还有一样东西吸引着我们的目光，那就是瓷器。

为什么恰恰是在这个时候，在许许多多的人为了生活的更加奢侈更加洋洋得意的时候，在这个小城历经阵痛几欲裂变的时候，在富裕和浅薄并行的时候，在距离这座小城最近的黝黑泥土中，出土了令人称奇的古瓷？而古瓷的颜色，又是和大地最为接近和最让人安稳的黑色。我要说的是，它是我最钟爱的一种颜色。这种颜色，也让五通桥的瓷器和青花瓷的娇贵划出了一条明显的分界线，这条分界线，影响了我对瓷器的基本认知。

余秋雨说过，世界上只有一个民族，几千年来仅用黑色，勾画它的最高美学曲线。其他的色彩，都是附庸。

我极为赞同。

在一位古瓷收藏爱好者的壁柜里，我震惊于西坝窑瓷器高贵的沉默和沉默的高贵。它的高贵，是一种雍容和粗糙同时存在的简单曲线条。这样的线条赋予了她十足的底气的同时还能让人嗅到人间朴素的烟火气息。这个很不得了。西坝古称饶州府，此地土细而白，居民作陶，咸取足焉。

"窑开西坝历唐宋元明绩新华夏陶瓷史，釉绽卿云幻玄青白褐色映桥滩山水波。"五通桥古文字学泰斗袁伦权先生沉吟良久,铺开雪白的宣纸,饱蘸墨汁,挥笔为西坝窑题写了一副对联。先生"落纸惊风起,摇空见露浓"之态,一直在我的心中挥之不去。

无论有多少狂热的收藏者,那些在泥土中掩埋了几百年的古瓷,仿佛是一位刚刚睡醒的女子,有条不紊地做着自己该做的事情,毫不理会身边发生的一切。梳妆、额黄、傅粉、斜红。然后,推开房门,升起袅袅炊烟。而我似乎感觉到,这分明是一种暗示,暗示这座小城的缘分,已尽可以告一段落了。

除了狂热和喧嚣,除了骄傲和冲动,除了华美和妖娆,除了富足与繁华,五通桥的气度之中,还应该开启一段浓墨重彩的精神回归之旅。然而,面对西坝窑古瓷,不知道有没有人能够领悟这样的指引。但是,至少可以使很多人,在一派繁忙中,抽空学习思考。

五通桥历史上共有四次大规模的移民,这四次移民浪潮,让这座小城的城市精神卓尔不凡。

五通桥原属蜀国辖地,当时的部落群体为土著蜀人,是先秦时期一个不同于华夏族群的古老民族。约公元前7世纪,雄才大略的鳖灵,以今天乐山、五通桥为根据地,逐步取代杜宇王而建立起了开明王朝。随后,羌夷族人也强行进入蜀地。秦灭蜀后,秦惠王(前356—前311)设置蜀郡,"戎伯尚强,乃移秦民万家实之。"就是说有上万的秦人迁入蜀地,这应该是蜀地、五通桥地区发生的首次由朝廷(政府)主导的移民。

明末清初,由于"张献忠屠川""清兵攻蜀"等战事频发,加上天灾瘟疫,造成四川人口锐减,大量耕地荒芜。有一个民间传说,康熙年间四川一个知事向皇帝写人口年报,说他管辖的县在大乱之后只有900余人,而一年之内,又被老虎吃了一半。《四川通志》载:"蜀自汉唐以来,生齿颇繁，烟火相望。及明末兵燹之后，丁口稀若晨星。"鉴于此，康熙三十三年（1694）发布《招民填川诏》，下令从湖南、湖北、江西、广东等地大举向四川移民。这场声势浩大的移民一直持续到乾隆时期（1736—1795），历时一个世纪之久，入川移民多达623万人，占当时四川总人口的62%。在同一个历史时期，移民省籍来源如此之广泛，迁入同一个地方的现象，在中国历史上实属罕见。大交流必将带来大融合。移民们带来了原住地的文化和生活习俗，极大地丰富了五通桥的地方文化格局。这种格局，很大程度上属于客家文化。就这样，从清朝到民国，五通桥人丁逐步兴旺。外来移民和土著不断地通婚、结友、融合，籍贯意识渐渐淡化，反正大家说起来都是"老乡""老表"。这就是五通桥的第二次移民潮。

时间到了1937年，第三次移民潮出现了。由十多条柏木大船组成的大船队停泊在了四望关码头。一听说下江人又来了，爱看热闹的五通桥人纷纷涌向码头。只见那些下江人拖家带口，手提肩扛着各色行李依次登岸，络绎不绝，竟有数千人。这就是当年国民政府中央财政部盐务总局整体乔迁到五通桥时的场景。同年8月，当时中国最大规模的盐化工企业——天津永利化学工业公司——也迁到了五通桥的老龙坝，兴建起永利川厂。同时，还有国民政府经济部所属的川康毛纺织厂迁址到五通桥的金粟镇，岷江电厂迁址到了老龙坝。从1937年起到1945年抗战胜利止，五通桥陆续迁来和新建了上海美亚绸厂、自贡铁厂、北大机器厂、中国齿轮厂、新亚锅厂等20多家现代企业。同时还有中央银行、中国银行、交通银行、农业银行、上海银行、三二补训处、税警总团（后在五通桥整编为新38师，远赴滇缅抗日作战，战功卓著）、邮政电报局等党、政、军、金融、科技、通讯、文艺机构纷纷迁入五通桥。人口内迁所带来的先进思想和观念彻底地重构了五通桥的社会结构。

20世纪60年代初，中国面临来自苏联、美国的战争威胁。为了强化自身的建设以抵御外敌，国家提出了"三线建设"的宏大战略构想：把全国分为前线、中间地带和战略后方，分别简称为一线、二线和大三线。其中四川、云南、贵州、陕西、青海、甘肃等地的广大地区成为"大三线"。以成昆铁路和岷江航道为依托，200多家厂矿企业纷纷内迁。内迁职工、干部、大中专学生陆续会聚到五通桥。这是第四次移民。

移民文化，让五通桥焕发了生机，也让五通桥走入了一个胡同。移民文化，让五通桥死去，也让五通桥重生。

五通桥，有一种非常符合写意水墨画的城市格局。这种天工之笔，不是哪一个城市想要就可以得到的。不是哪一个造诣深厚的大师，闭关修炼就能得出的意境。因为，她来自一种独立的精神舞蹈，来自与所有人息息相关的生活历练，更来自老天鬼斧神工的造化。

在这座小城生活了十几个年头，风里来雨里去，滚滚风尘飞扬得再高，也没有能遮住我寻找梦想的目光。我想为自己生活的小城找到一个能够存在能够繁衍的深刻的文化理由，找到一个说得通的传承脉络。也就是想要知道，它从哪里来，为什么？才能解开心中淤积的不安和好奇。

可能是因为盐，因为盐带来的财富，在顷刻之间就改变了五通桥的颜色。因盐而兴，盐城五通桥，山水五通桥，不设防的五通桥，这样的观点，几乎是众所周知。

五通桥小城是在一片雪白的花盐上，精彩绝伦地演绎了无数令人叫好的剧幕，引来众人的围观。反过来，也围观了所有接近五通桥的人。这就让我在一瞬间发现了一个很有意思的现象：古瓷的黑釉和巴盐的雪白，无形之中，在我的眼前缓慢旋转，形同舞蹈。黑和白，是两种文化的精神语言，如同两条灵动的鱼，有意无意地印证了我心中的猜想。

因为独特而偏僻的地理优势，小城在乐山大佛的身后悄悄地绽放着属于自己的贵族风情。于是乎，大江南北的商业巨子、名门望族、才华横溢的文化领袖、国家栋梁纷至沓来。而且，是来了就不想离开；来了，就要生根，就要发芽。

如果你翻开五通桥的历史，扑面而来的必然是那些熟悉而亲切的脸孔：苏东坡、陆游、李鹏、刘伯承、冯玉祥、齐白石、徐悲鸿、南怀瑾、熊十力、蒋叔岩、郭沫若、丰子恺、宋美龄、孙立人、范旭东、田汉等等，是他们造就了这座小城的绝代风华和峥嵘传奇。我一直在想，这座偏僻的小城究竟凭借什么吸引了他们，难道仅仅是盐吗？

当然，还有一个人的到来我不得不反复提起，那就是丰子恺，弘一法师李叔同的学生。

1945年春，丰子恺来到五通桥，被此地旖旎风光吸引。他行走在五通桥的古老街道，只见烟柳画桥，风帘翠幕，参差十万人家。看着五通桥遮天蔽日的黄葛树，观赏临河的吊脚楼，信于就撰写了一副对了："有用无用黄葛树，无味有味白豆花。"美食与美景一个不漏，大俗即雅，确是大家风范。

丰子恺为什么要来五通桥呢？

因为，他要来寻找当时在乐山乌尤寺办复性书院的马一浮先生，为恩师李叔同（弘一法师）作传。

事情的起因，是丰子恺曾经听弘一法师亲口说："我学佛，是受马一浮先生指引的。"所以，解铃还须系铃人，要给恩师作传，务必找到马一浮。著名学者朱光潜先生见证了丰子恺寻访一事，他参加了马一浮和丰子恺的宴聚，并感动于丰子恺这个意义非常的聚会，作文记之："他的性情向来深挚，待人无论尊卑大小，一律蔼然可亲，也偶露侠义风味。弘一法师近来圆寂，他不远千里，亲自到嘉定来，请马蠲叟先生替他老师作传。即此一端，可以见他对师友情谊的深厚。"

拜别马一浮先生和朱光潜先生之后，丰子恺倍感轻松，与好友一道登上了去往五通桥的客船。但见樵风乍起，商旅相呼，片帆高举。沿江两岸风光旖旎，伫立船头的丰子恺却依旧难掩内心的伤感。故人何在？烟水两茫茫。

在竹根滩的"乐安旅馆"里，就着跳跃的烛光，丰子恺磨墨挥毫，在洁白的信笺上写下了一篇长达七千多字的悼念弘一法师的文章《怀李叔同先生》。那一天，正好是法师圆寂后的第167天。所以，他在文章的结尾处落款："弘一法师逝世后第一百六十七日作于四川五通桥旅舍。"此刻的窗外，已是月光如水。

在五通桥，丰子恺还在马一浮弟子王星贤等人的帮助下，在川康平民商业银行厅堂内举行画展，并结识了五通桥美术爱好青年李道熙。

五通桥，事实上已经被文化眷顾。

读完龚静染先生的《小城之远》，我还是感觉意犹未尽。总感到没有得到自己渴望明白的东西，都是缝缝补补的补丁和分分合合的岔路，哪里才是宽阔的精神通道？

五通桥的精神起点在哪里？

难道仅仅局限于寂然无声的盐码头和黑色的古瓷？

于是，在一个明月高挂的夜晚，我一个人翻箱倒柜，查阅资料。

我惊喜地发现了这样一段文字：

相传，黄帝之子昌意，娶了蜀山氏之女，生了一子帝喾，号高辛氏。帝喾封其支庶于蜀地，始建蜀国，建都华阳。

有一年，帝喾突发兴致，带领王公美女沿岷江出游，在豚岩（今牛华镇红岩子）遇险，漂流到一片平静的湖水，也就是今天的茫溪河水域。帝誉等人在沿茫溪河沿岸开荒种植，席棚而居。茫溪河两岸，从此开始了人间的历史。据传，誉500岁而死，后人将其葬于附近的青龙山上。又把牛华红岩子至四望关这段河叫拥撕江（今涌斯江）。

这一段文字，尽管是传说，但它的出现，使我兴奋不已。

至少，我可以把目光投向五千多年前，遥望那些模糊的背影，聆听他们梦呓般的对话。

每当这时，我的心情是特别兴奋的。我甚至愿意就保持这样的姿势，发呆地注视着发生在五千多年前的那段喜怒哀乐和祖先们迷人的背影。

据说，黄帝出生在陕西，后来到了河南，其势力范围逐步发展到了长江流域。这也就为之后，其后代来到五通桥做好了必要的理论准备。黄帝所从事的主要领域就是农业，其中也包括制陶和纺织。

于是，我想把这些发现的文化脉络稍加整理：古瓷的黑釉和巴盐的雪白，是五通桥文化脉络的两条重要走向，是缺一不可的精神文柱。剩余的所有故事和传奇，尽可以沿着这两条脉络任意延展开来。

而这个美丽的传说，像一道闪电，把五通桥和黄帝联系在了一起。这无疑是一个伟大的伏笔，它是一个精神源泉，源源不断地灌溉着五通桥的城市土壤，滋润着五通桥源远流长的传奇，从而让我们获得前所未有的精神补给。

从某种角度上说，这样丰盈的精神食粮，在时光的河流中，姿态万千，流光溢彩。

这就是五通桥？

对，这才是五通桥。

"蜀有佳人，在彼茫溪。其盖瞳瞳，绿兮烟兮。烟兮肃肃，十里流之。烟兮邈邈，君子慕之。蜀有佳人，在彼茫溪。其衣荷荷，绿兮蕙兮。蕙兮荫荫，白鸟朝之。蕙兮芸芸，君子仰之。"诗人游秋娣温婉的古风，荡漾在蜀南沃土、茫溪映月。

青龙山，一直让我倍感神秘的山脉。终于在一条江水的面前，变得清丽而平静。

在一个风起的日子，我想我会一个人，徒步行走在青龙山。徒步行走在涌斯江、茫溪河。徒步行走在盐码头，去看看那些同样安静的西坝古瓷和黄葛树。

若尔盖

躺在若尔盖供有暖气的旅店里，我做了一个宽广无边、色彩斑斓的高原梦。梦中的世界，长满了美丽的格桑花，和自由放牧的牛羊，策马扬鞭的我，一路飞奔在群山之巅……

我们一口气驱车七百多公里，从五通桥到达若尔盖。

这对于我来说必然要算是一个奇迹了，而且是一个以前不敢幻想的创举，还是在海拔高度不断攀升，高原反应屡屡出现的情况下完成的壮举。我在旅途的连连惊喜中，早已把疲惫和高原反应忘得一干二净。

一群群山羊如同音乐的符号一样，任意镶嵌在公路两旁陡峭的岩石上，映衬着碧蓝的天空。这样的场景，无数次让我放慢车速，甚至停车驻足。我知道，我从内心惊叹于这种自由散漫的放养模式，这种模式总给人无限的想象空间。

生命，也许原本就该如此。

车至茂县，那些个性鲜明的民族图腾和依山而建的羌寨群落，表达着一种力量和种族信仰。

车在继续前行。沿途路过了许多峡谷里的村庄，穿过了有着浓郁民族味道的松潘古镇和有着明显宗教色彩的川主寺，然后转向西北方向，直奔草原而去。

仔细回味这段旅程,我发现,从汶川开始,几乎所有的道路就完全属于上坡状态。而且是不断地向上,不断地爬坡。

一路上,我老在思考一个问题,山的那边是什么?

而心底,对于草原无比渴望的向往,就成了我源源不断的动力。路旁的标志牌清晰地告诉我,现在已经到了海拔高度为三千五百米的尕里台草原。我的眼前陡然出现一片极为开阔的地带,在夕阳的照射下,显得格外的华美。这种开阔不是浅丘地势的有限平坦,而是那群山之巅的无限延伸。而且,这种延伸给人以广阔和豪迈的感觉。有了这种感觉,尽可以有天地与我同在的气势。

我知道,我离草原近了。

对于若尔盖大草原陌生而好奇的情感由来已久,对于游牧民族云朵一样的生活无比神往。我神往这里的每一条河流,我神往这里的每一座高山,我神往这里的每一头牛羊,因为,它们都曾经被超度和加持!

所以,当第一次目睹山巅之上那一层层迎风飞舞的经幡铺天盖地之时,我就开始相信,信仰是有厚度的,它的厚度实在无法用人间的语言去形容和膜拜。我知道,风中舞动的经幡,就等同于不断默念的经文。这一匝一匝的经幡,该是有多少人在同时默念经文啊!何况,世代经久不息。

所以,没有任何人可以轻狂地质疑这个民族神话一般的存在方式。你可以低头走过,但千万不可以留下痕迹。

一路往北。

天渐渐暗了下来。

公路两旁不时有闪过的帐篷和牛羊,还有打马牧归的人,以及一眼望不到尽头的草原。毫不夸张地说,视线有多远,草原就有多辽阔。

空气中弥漫着一股青草和动物粪便的味道，当然，更多的是一股牛羊的腥味。而自己仿佛爱上了这股味道，不时地深呼吸。"所有的土拨鼠都放下了手中的活计，与天空中翱翔的苍鹰久久对峙。我看见头马带领马群在大地飞腾，鬃毛扬起如芦荻，擦拭着忧伤的马头琴声。"我对诗人，心生敬意。

天，完全黑了。

而黑夜中的那种不安全感，在此时此刻的草原上却丝毫没有。车灯和速度，恰如其分地为黑暗撕开了一道柔软的口子。我们就如同悬浮在空气中的树叶，在气流的旋涡中恣意地翻转。翻转的树叶有一种令人心醉的美，假如能够在这瞬间凝固的话，就可以成为永恒，成为艺术家们呼之欲出的灵感。这种时候，我会想起客居乐山的广东设计大师罗新潮先生给我讲的那些关于艺术表达的形式和各种荡气回肠的灵感，以及先生超然物外的旷达。

可永恒只能成为一种话题，不能用来诠释生命。

生命，都没有永恒。生命只有在不断的奔跑中得以延伸。

漆黑的草原包裹着我们。我和草原的夜晚长久地对视着。渐渐地，终于在漫无边际的黑暗中，出现了点点光亮。那是城市的灯光，也是我此行的第一站：若尔盖县城。此时的我们仿佛是在茫茫的大海里看见了灯塔一样，在车里欢呼起来。

我们找到旅店，放好行装。

这个身处草原腹部的县城，夜晚很冷。冷得连路灯都照射不远了。不过，一路的风尘仆仆、舟车劳顿，还是使我很快入睡了。

若尔盖的街道并没有想象中的那样精致,人为打造的痕迹非常明显。事实上,对于草原我开始有了自己的理解。任何一座精致的建筑和艺术的仿造,在草原一望无垠的绵延中都会黯然失色。因为这片土地和牧场只属于那些被紫外线炙烤而变得分外黝黑的男人和女人、老人和孩子。他们略显凌乱的头发、迷离的眼神,还有那只可以抽打马背的长袖,以及喝惯了酥油茶一生都无法更改的信马由缰,早已是根深蒂固。怎样更改,都觉得别扭。

在这佛光闪闪的高原,纵然有再多的心事,都能忘得一干二净。

放眼望去,这片被神灵眷顾的地方,这片繁衍着梦想的草原,干干净净地为每一个冒失的闯入者兑现着某种因果的承诺!

草原上并没有实际意义上的景区,更没有烽火城墙围拢的精神面具。但是,草原却可以轻易地改变一个人的眼神,让你不会感到丝毫的陌生。所以,在我看来,广袤的草原任何地方都值得喝彩,任何地方都值得恭敬地长久伫立。一个生命望着另外一个生命,不是很有意义吗?

而我,在这一刻,忽然觉得草原的广阔,其实是一种孤独,草原的安静,其实是一种寂寞。

不管有多少牛羊和青草,不管有多少飞奔的骏马和故事,不管有多少无缘无故的闯入者,都无法减轻草原从古至今连绵不绝的孤寂和空旷。但恰恰是这样的孤寂和空旷,却充满了诗情画意,充满了耐人寻味的痴迷。

于是,我可以把傅雷的话改成:草原孤独了,所以创造了一个世界!

面对草原,我还想起白落梅说过,"时间很短,天涯很远。"

望着草原一望无垠的空旷,我想,每一个人都必须做出让步。

无论是漫无边际的草原,还是起伏的人生,都该把沉重的心事和萎缩的爱恨,把渐渐发白的青春和还有余温的感动,就那么轻轻地、庄严地,种植在玛尼堆旁边的草皮之下，然后，借着高原纯净的空气和阳光，借着若尔盖已经悄悄冷却的马蹄声，祈祷数百年之后的重逢。

是的，为了这样的重逢，也许，需要一生的时间去做些准备。

而若尔盖，有的是时间！

寻找柳江

柳江，有一种极为入骨的美。说她入了骨，是因为这个地方没有把老建筑拆除后重新修建，也没有修建一群仿古的新建筑来矫揉造作地指鹿为马。

这种入了骨的沧桑美，往往能在一瞬间，就侵入一个人的心灵。这样的感觉，许多地方根本没有。谁愿意站在一堆仿古的新建筑面前看着天空的蒙蒙细雨和拂面而来的风独自忧伤？又有谁，面对饱经沧桑的断垣残壁和褪色的窗棂能无动于衷？

人们常说寻根，而根在哪里？

我觉得，应该在那些保存完好的古建筑的窗棂之上，在那些散发着时光味道、窄窄的青石板路上，在那些镂空雕花默默无语的门楣上，在那些长满苔藓、幽静而布满阳光的天井里，在那些落满时光尘埃的青瓦木椽上——凡是可以让人体会到母性柔情的地方，凡是可以让人心安稳且倍感幸福的地方，都是根。而不可能是在那些混凝土加钢筋凭空修建的仿古坐标上，这些仿古坐标哪怕可以暂时缓减人们的思乡疼痛，却无法填补深埋于灵魂的忧伤。这忧伤，可能就是被遗忘的乡愁。

我不可能长时间地伫立于一座混凝土加钢筋修建的仿古建筑旁，但一定会忘情地站在一段倒塌的古城墙面前，迈不开脚步，喃喃自语，情深意浓。

我们无法看到时间在哪里，我们不知道岁月为何物，我们对于一切抽象的东西都感到困惑的时候，只有眼前这些布满尘土的老建筑，能给予我们满满当当的温暖和慰藉。

这是根，是悲喜人生的全部情怀，是循序渐进的修行起点。谁能忘记这样的情怀？

我来柳江的那一天，没有下雨。好友说，这是一种遗憾。

因为，只有雨中的古镇，才有那么一股烟雨朦胧的味道。也正是这股味道，令许多人心驰神往。

于是，我的脑海中便不断地浮现出雨中柳江的万种风情。柳江，似乎只能停留在画面之中。停靠在，暖暖的记忆之中。

柳江之美，首先是她的名字。一个杨柳青青的柳字，足以摇动许多人灵魂深处冬眠般的浮云。这朵浮云，便会在我们毫无知觉的情况下翩翩起舞。而江，更是为我们铺开了一幅泛着墨香的与水有关的画卷。

与其说这是一条江，不如说她就是跳跃在峡谷中的一条溪流更为恰当。只不过，她比溪流更加宽大。正是这样一种平缓而宽广的水域，成就了柳江，成就了许多人的幻觉。这个幻觉，总会在你把目光投向她柔美弧线的那一刻，看清柳江，明白她的质地，触摸到她的温情。

柳江无疑是一个和水有着深刻情感的地方，这里的一切都会使人在情不自禁中，让我们怀念和水相处的过去与未来。柳江的水，能在每一个人的内心，甚至是每一根血管之中轻轻摆动，曼妙而温润。

来这里的人们都非常愿意赤裸着双脚踏入水中，或者蹲下身来，用双手划动清凉的水面，捧起来，贴在脸上。因为我们人的一生，都是从水开始的，这种亲水的天然情结，不论是谁，都挥之不去。

柳江不大，属于远离都市隐身于崇山峻岭的偏远小镇。

周围都是海拔很高的山峦，使得这里一年四季都很湿润和封闭。我觉得恰好是偏僻的地理位置，恰如其分地保护了这里的人文历史。感谢当年没有发达的交通条件，没有大刀阔斧的造城运动，让孤独的柳江，活了下来。久而久之，就形成了自己独特的人文景观。更让一些传统的建筑和古老的习俗得以完整地保存下来，使后来人有幸目睹她们昨天的风华，极大限度地满足了我们对于过去岁月的好奇和追问。

也许在柳江，我们更可以清晰地看到现实与虚拟之间的跨度，看到富足和贫穷最轻松的相处。那些临窗而坐的，是正在被虚构的一幅幅朦胧的油画。而保存最为完美的，却是在天地之间那一股如水般柔和、如水般秀丽的往事。这些往事，任由这里的每一个人忘情地阅读和缓慢地叙述。

因此，步行在其中，人们的目光总是渴望着能在有意无意之中，抚摸到那些已经走远的传说，感觉到那一段尚未褪色的记忆。甚至，期望这样的传说和记忆能与自己有关。

无论外面的世界多么的繁华，这里依然存留着一种慢悠悠的生活节奏，与世无争。正是由于快与慢节奏的交替和变幻，为我们再一次清晰地呈现出柳江的昨天和那些曾经走过的路途。那种似曾相识的画面，就会一次一次顽固地浮现在我们的脑海中，让我们陷入久久的沉默。

没有过去，哪有未来？

一个人如果不知道或者不愿意念想过去所走的路，他也许不会明白未来的路该如何走下去。

我会情不自禁地和柳江一起，安静地怀旧，痴情地幻想。这个世界上还有哪一个地方能够满足这样的要求？

我觉得，眼下，只有柳江。

在那些斑斑驳驳的青砖灰瓦之间，在那些曲径通幽的老宅小巷里，柳江一直为我们保存着最为真实而华美的岁月。在这里，我们可以真切地看到时间停留在一把陈旧的木椅上，停留在一块残缺的石头上，停留在流淌的水中，停留在尚未腐烂的树叶上，停留在业已褪色却古韵尚存的建筑上……

这样一种刻骨铭心的感受和奢华的审美境界，必然会捕获任何骄傲的内心。

所以，我想，这就是人们络绎不绝、远道而来的缘由吧。

柳江终归是柳江，我终究还是要起身离开。

这是个可以使人滋生梦幻的地方，这是个可以和过去未来对话的古镇，而如今，就那么一尘不染地平铺在了我记忆深处，占据着一根弯弯曲曲的情感纹理，纹理的两边，已然是芳草萋萋。

贪看白鹭横秋浦，不觉青林没晚潮。

劫后余生

一场滔天的洪水袭击了五通桥，致使整个竹根滩全部被淹。

2020年8月18日凌晨6点，我被手机微信响铃吵醒：（官方微博）一级响应！最大洪峰即将在五通桥过境（约8:00），请岷江、涌斯江、茫溪河等江河沿岸居民有序撤离避让。

我立刻有一种强烈的预感，此次洪水绝非儿戏。

我打算先把车开到对面的菩提山避一避，因为这是我们唯一可以移动的家产。刚刚走到我们居住的小区地下车库时，我的手机响了，是小区物业公司打过来的，告诉我务必马上到车库将车开走。这就让我有一点紧张了。车库里已经没有几辆车了，我同时也看见其他的人在陆陆续续往车库这边走。

雨很大，我远远望见涌斯江的洪水非常湍急，其义无反顾之态像是冲向战场的一只劲旅。但江水还没有涨起来。到四望关广场，我看见一辆三轮车在揽生意。是一位很瘦的老头，胡子拉碴的，面色憔悴，却很镇定。我放下车窗，隔着大雨喊他跟着我一起走，把车停山上后好把我再拉回来。

老头瘪着薄薄的失血的嘴唇向我嘀咕："我的车，爬不上那个山的陡坡，啊，我在山脚下等你哦。"

我大声对着他说："好。"

陡峭的上山公路路面上满是急速流淌的雨水。我把车停在了菩提山的广场上，撑着雨伞冒着如注大雨往山下走。在快要到坡脚的地方，我看见那辆三轮车独自停在倾盆大雨之中等我，心里顿时涌起一股感动。

大约10点左右，岷江河的洪峰已经越过城市的河堤，以排山倒海之势向茶花路、中心城区奔涌而来，如同侵略者，杀声震天。我看见一群又一群的人和警车向有洪水出现的地方奔过去。因为没有人见过大洪水出现在街面上，好奇和惊讶、亢奋和不安都有。然后，随着洪水快速的步步紧逼和围攻，让人可以立足的地方越来越小，人群节节败退。

街道两边的各种铺面在众人的眼中逐一被洪水侵入淹没，人们无可奈何，也无计可施。肆虐的洪水以飞快的速度占领着这座四面环水的竹根滩，很多小区的围墙在洪峰里坍塌，根本来不及开走的汽车被淹没，悲哀地等候着它们伤心的主人。各种城市设施和民房陷入汹涌的洪流之中，令人伤心欲绝、欲哭无泪。涌斯江的洪水也快速地上涨，两条江水合围，使得五通桥的竹根滩全面沦陷。一片江洋。

后来有人讲，他们凌晨四点就奉命开始去劝说临江的居民和村民们撤离。然而，很少有人配合政府的劝说，包括某些养殖户们，都无人相信这场洪水会超过历史水位而拒绝劳神费力、伤筋动骨地转移。苦口婆心的政府工作人员冒着大雨，心急如焚，却收效甚微。结果，几个小时不到，这些拒绝撤离的人们便悔青了肠子——洪水夺去了他们的财产。于是，有些人开始破口大骂，有些人开始抱怨政府的不作为。

事实上多数人看到的是，政府工作人员在这场洪水中可谓是身先士卒，舍生忘死，却依然招致谩骂。之前屡劝不走的群众，最终陷于洪水包围。政府工作人员只得冒着被洪峰卷走的危险，分批次用船和一切可用的办法把他们送至安全的地方。

哀其不幸，怒其不争。我还是想用这句老话，来客观地评价那些被洪水冲走了理智的人，不要动不动就把自己放在受害者的角度，歇斯底里，不分青红皂白地兴师问罪。

听说有一位在江边生活了一辈子的马婆婆，从航运站退休后一直住在青龙嘴的老房子里，对前来劝导其撤离的工作人员说："大惊小怪的，不走。朝哪里走？我都八十岁的人了，涨不涨水，我还不晓得唛。"后来，当人们蹚着洪水把她从窗户里拉出来的时候，马婆婆颤抖着手，抹了一把脸上的雨水说："不按，不按，完全不按！"（"不按"五通桥方言，没有想到之意）

听说有一只母狗和七只狗宝宝被洪水围困，主人费尽九牛二虎之力把母狗救出险境，而七只可怜的狗宝宝在洪水里拼命挣扎，时隐时现。已身处安全地的母狗哀嚎一声，挣脱主人，扑进了滔天的洪峰里，奋力游向自己的孩子，结果与七只狗宝宝一同被洪水卷走。

这无疑是一场浩劫。

夹杂在人群里的我，抬头看见天空的云层诡异而神秘，空气沉闷而浑浊。这是一场几十年不遇的特大灾难，这场灾难所引发的后果，将会极其深刻。

紧接着是全城停电、停水、网络中断。焦虑和恐慌在人群里开始蔓延，抱怨和愤怒在人群里滋生。而更多的是无助和悲伤。无论我们有多么强大的力量和现代化的工具，无论我们有多么悠久的文明和自信，无论我们有多么昂扬的优雅和底气，在洪水的面前，都微不足道。

水能给予我们一切，也能剥夺我们的一切。

洪水不动声色地完成了对人类社会的羞辱和侵略，然后扬长而去。丝毫没有理会我们的绝望和恐惧，丝毫没有顾忌我们的愤怒和损失。这是一种告诫还是威吓？这是一场较量还是戏谑？我茫然失措。

我在人们一脸茫然的表情里看不到答案，但是我相信，我们都长了一点记性。

当洪水来到我的店铺时，我和许多人一样，除了赶紧收拾紧要的物品之外，没有任何可以阻止其继续上涨的办法。

只有静待洪水退却。

之后，在新闻上看到，乐山大佛的脚都被洪水洗了。这种只在传说中听见过的场景让所有的人感慨万分。

有人在洪水里失去了生命，有人在洪水里失去了财产，有人在洪水里失去了工作，有人在洪水里失去了理智，有人在洪水里失去了方向。一场洪水，考验了整个社会的秩序和良知。有人在洪水里舍生取义，有人在洪水里苟且偷生。洪水里的得到与失去，不再是评判良知的标准，而是苍天对一切生命的安排。这种安排是对众生执着和妄念的回应，同时也透露出无限的生机。古语云：否极泰来。

我站在大街上冰冷而湍急的水浪中痛彻心扉。

我目睹那些在洪水里蹚着齐腰深的水回家的人，他们扶老携幼，小心翼翼，神情凝重。还有人把充气的皮划艇都拿出来作为交通工具，好像是一群战败的勇士，在敌人面前狼狈不堪。

后据新闻报道，竹根滩上游的易家坝和下游全区海拔最低的双旋坝（海拔仅331米），在此次罕见的洪灾中遭遇重创。其境况触目惊心，损失极为严重。

洪水退了，没有预兆，如同洪水的上涨一样。它们鸣金收兵，偃旗息鼓，全身而退。

从此之后，我们都会留下庚子年的秋天这场滔天的洪水带给我们的深刻记忆。我们还将永远记住,庚子年初开始的那场还没有结束的新冠肺炎疫情带给所有人的伤害和警示。

人间正道是沧桑,生活终将回到原点,我们终将开始新一轮的奔波和战斗。我只是不知道,我们的未来还要遭受多少风雨和磨难?人与自然之间,我们又该如何去面对和化解?是对抗还是妥协?是相互尊重还是杀鸡取卵?

我们能不能明白,从此时此刻起,学会不等待、不眷念、不慌张、不畏惧,甚至是不自大、不自欺、不妄念,断恶修善。在劫后余生里,宠辱不惊,安度春秋。

史载:

北宋太平兴国八年(983)七月,岷江河水暴涨,八月复涨。

元世祖至元十五年(1278)四望溪大水,三日始退。

清乾隆五十一年(1786)大渡河山崩水塞,经九日始通。河水自峨眉境流出过嘉定至五通桥,流速极快,浪头高数丈,淹没居民以万计,朝峨洞岩上有"洪水至此"石刻。

清嘉庆二十年(1815)正月,五通桥大雷雨。七月,大洪水。

清道光三年(1823)四望溪大水。

民国六年(1917)七月,五通桥大水,较乾隆五十一年洪水高八尺。茫溪河堤被冲毁,花盐街至四望关一带尽成泽国。

民国十三年(1924)五通桥大水。

民国二十六年(1937)四望溪干涸断流,致使船户失业,盐不得出,煤不得入。

民国三十年(1941)八月,连日大雨倾盆,河水暴涨,几与岸平,五通桥沿河房屋倒塌。

1955年7月13日，五通桥大雨，洪水水位最高为344.09米，超过警戒水位2.09米。

1961年7月，五通桥区境内遭受较大洪灾，受灾面积达5万多亩，冲走房屋1100间。

1990年7月，五通桥区遭受特大洪灾，民房、水利工程及河堤、交通、通讯遭到严重损坏。

1991年8月，岷江河上游及五通桥区境内普降暴雨，持续两天两夜，山洪暴发，河水陡涨。

同年12月27日，五通桥下雪一昼夜，平地积雪15毫米，史所罕见。

2020年8月18日，五通桥遭遇罕见的特大洪水，竹根滩全境被淹，损失惨重。8月19日洪水退去，一片狼藉，满目疮痍。

2020年8月20日，有坊间惊传，城区内某大型化工企业发生泄露。天灾人祸导致全城民众一派恐慌，扶老携幼，倾城而逃，几近空城，其境况令人汩奔。

原本极度脆弱的人心啊，哪里还经得起风吹草动。

劫后余生的城市，在我的视野中尘土飞扬。

后记：当地政府在洪灾里奋力抢救民众之财产和灾后之重建，不遗余力。

图书在版编目（CIP）数据

珍贵的人间 / 田文钢著. ——成都：成都时代出版社，2021.11
ISBN 978-7-5464-2760-7

Ⅰ.①珍… Ⅱ.①田… Ⅲ.①散文集－中国－当代 Ⅳ.① I267

中国版本图书馆 CIP 数据核字（2021）第 000006 号

珍贵的人间
ZHENGUI DE RENJIAN　　田文钢 / 著

出 品 人	达　海
责任编辑	李卫平
责任校对	李　佳
装帧设计	成都九天众和
责任印制	车　夫

出版发行	成都时代出版社
电　　话	（028）86742352（编辑部）
	（028）86615250（发行部）
网　　址	www.chengdusd.com
印　　刷	成都蜀通印务有限责任公司
规　　格	145mm×205mm
印　　张	9.25
字　　数	240 千
版　　次	2021 年 11 月第 1 版
印　　次	2021 年 11 月第 1 次
书　　号	ISBN 978-7-5464-2760-7
定　　价	51.00 元

著作权所有·违者必究　本书若出现印装质量问题，请与工厂联系。电话：（028）64715762